Na Companhia
das estrelas

Na Companhia *das* estrelas

PETER HELLER

Às vezes, um bom coração é tudo de que um homem precisa

Tradução
Rosana Watson

Editora Novo Conceito

Esta é uma obra de ficção. Nomes, personagens, lugares e acontecimentos descritos são produto da imaginação do autor. Qualquer semelhança com nomes, datas e acontecimentos reais é mera coincidência.

1ª Impressão — 2013

Edição: Edgar Costa Silva
Produção Editorial: Alline Salles, Lívia Fernandes
Preparação de Texto: Erika Sá
Revisão de Texto: SD Edições, Tamires Cianci
Diagramação: Futura
Impressão e Acabamento Geográfica 280313

Este livro segue as regras da Nova Ortografia da Língua Portuguesa.

Dados Internacionais de Catalogação na Publicação (CIP)
(Câmara Brasileira do Livro, SP, Brasil)

Heller, Peter
Na companhia das estrelas / Peter Heller; tradução Rosana Watson Martins Pereira. – Ribeirão Preto, SP : Novo Conceito Editora, 2013.
Título original: The dog stars.
ISBN 978-85-8163-234-6

1. Ficção norte-americana I. Título.

13-03163 CDD-813

Índices para catálogo sistemático:
1. Ficção : Literatura norte-americana 813

Rua Dr. Hugo Fortes, 1.885 — Parque Industrial Lagoinha
14095-260 — Ribeirão Preto — SP
www.editoranovoconceito.com.br

Para Kim

< LIVRO UM >

< I >

Mantenho sempre a Fera em funcionamento. Mantenho o combustível do avião disponível em grandes quantidades; faço o prognóstico de ataques. Sou jovem o suficiente, sou velho o suficiente. Antigamente eu adorava pescar trutas mais do que qualquer outra coisa na vida.

Meu nome é Hig, um nome apenas. Grande Hig, se quiser saber meu nome completo.

Se algum dia eu acordar gritando no meio de um sonho, não que eu já tenha feito isso, é porque todas as trutas acabaram. As do tipo *brook*, as arco-íris, as marrons, as *cutthroats*, as *cutbows*, todas.

Os tigres se foram, também os elefantes, os chimpanzés, os babuínos, a chita. O chapim, a fragata, o pelicano (cinza), a baleia (cinza), a rola-turca. Triste. Não chorei até a última truta nadar contra a correnteza, talvez procurando por águas mais frias.

Melissa, minha esposa, era uma velha hippie. Não tão velha. Ela era bonita. Nesta história, ela poderia ter sido Eva, mas eu não sou Adão. Estou mais para Caim. Eles não tiveram um irmão como eu.

Você já leu a *Bíblia*? Estou falando de sentar e ler a *Bíblia* como se fosse um livro. Dê uma espiada em Lamentações. É praticamente onde estamos. Muito lamentável. É como ter o coração transbordando como água.

Disseram que no fim ficaria mais frio depois de ter ficado mais quente. Muito mais frio. Ainda estou esperando. Esta velha Terra é uma surpresa, uma grande surpresa depois da outra desde que se separou da Lua, que gira e gira como o companheiro de um ganso baleado.

Não há mais gansos. São poucos agora. Em outubro, ouvi o velho balido depois do pôr do sol e os vi, cinco gansos contra o azul frio lavado do céu, no cume das montanhas. Eram cinco, todo o outono, acho; no mês de abril seguinte, nenhum.

Bombeio à mão o combustível 100LL[1] do avião, tirando-o do tanque do velho aeroporto quando o Sol não está brilhando, e também tenho o caminhão que fazia a entrega do combustível. Mais combustível do que a Fera pode queimar durante toda a minha vida se eu mantiver minhas incursões militares pelas redondezas, que é o que pretendo fazer, tenho de fazer. A Fera é um avião pequeno, um Cessna 182 de 1956, uma beleza de avião. Creme e azul. Imagino que estarei morto antes que a Fera desista do último fantasma. Vou comprar a fazenda. Oitenta acres de lei-

[1] Um combustível específico. (N. T.)

to de rio com relva e milho em uma região onde ainda há um riacho que nasce nas montanhas roxas, repletas de trutas.

Antes que isso aconteça, farei minhas rondas. Indo e vindo.

< >

Tenho um vizinho. Um. Somos só nós em uma pequena região no campo com um aeroporto que fica a poucos quilômetros de distância das montanhas. Um campo de treinamento onde construíram um bando de casas para as pessoas que não conseguiam dormir sem seus pequenos aviões, como golfistas que moram perto dos campos de golfe. Bangley é o nome no documento de seu caminhão velho que não funciona mais. Bruce Bangley. Achei o documento no porta-luvas enquanto procurava um medidor de pressão que pudesse levar comigo na Fera. Um endereço na cidade de Wheat Ridge, Colorado. Eu não o chamo pelo nome, não vejo motivo, somos apenas nós. Só os dois em um raio de pelo menos 13 quilômetros, que é a distância do campo aberto até o primeiro bosque de zimbros ao pé da montanha. Eu apenas digo “Ei!”. Acima dos zimbros ficam os bosques cerrados de carvalho e de madeira preta. Bom, na verdade, marrom. Mortas pelos besouros, ressequidas. Muitas dessas árvores estão de pé, mas mortas agora, balançando como milhares de esqueletos, suspirando como mil fantasmas, mas não todas. Há faixas de terra de mata verde e eu sou o maior fã delas. Procuro por elas daqui da planície. Vai, vai, vai, cresce, cresce, cresce! Esse é nosso hino de guerra. Grito o hino pela janela enquanto voo baixo sobre a mata. As faixas verdes estão crescendo ano a ano. A vida é obstinada se você lhe der um pouco de ânimo. Juro que elas me escutam. Elas balançam de volta, acenando com seus braços cobertos de folhas de um lado para outro, lembrando mulheres com quimonos. Dão passos minúsculos ou permanecem paradas, acenando, acenando com as mãos nas laterais.

Vou até lá a pé quando posso. Até os bosques mais verdes. É engraçado dizer isto: não que eu esteja com a agenda ocupada. Subo para respirar o ar diferente. É perigoso, é muita adrenalina, poderia passar sem ela. Tenho visto sinais de alces. Não muito velhos. Se é que ainda existem alces. Bangley acha que não tem como. Tem, sim, mas... Nunca vi um. Tenho visto muitos veados. Levo o calibre .308, atiro em uma corça e a arrasto até um caiaque cujo convés serrei para transformá-lo em trenó. Meu trenó verde. Os veados permaneciam com as lebres e os ratos. A grama nativa permanecia, acho que isso é o bastante.

Antes de subir as montanhas, sobrevoo a região duas vezes. Uma vez durante o dia, uma vez à noite com os óculos de aviador. Os óculos de aviador são ótimos para ver lá embaixo, através das árvores, se não forem muito espessas. As pessoas parecem sombras verdes pulsantes, até mesmo dormindo. Melhor isso do que não checar. Sobrevoo fazendo uma alça pelo sul e pelo leste, voltando do norte. Quarenta e oito quilômetros, pelo menos um dia para um viajante. Tudo aberto, tudo planície, sálvias e grama, matagais e as antigas fazendas. Os círculos marrons dos campos são como a pegada de uma muleta desaparecendo na pradaria. Cercas vivas, quebra-ventos, metades das árvores caídas, derrubadas pelo vento, algumas ainda verdes por algum gotejamento, ou por estarem ao lado de um riacho. Depois relato tudo para Bangley.

Percorro os 13 quilômetros arrastando o trenó vazio em duas horas; dali em diante, tenho cobertura. Ainda consigo me mover. Contudo, é um caminho e tanto para voltar carregando um veado. Em campo aberto. Bangley me dá cobertura a partir da metade do caminho. Ainda temos os rádios e eles ainda podem ser recarregados nos painéis solares. São japoneses, coisa boa. Bangley tem um fuzil CheyTac calibre .408 guardado em uma plataforma que ele mesmo construiu. É um fuzil que mede a distância até o alvo. Para minha sorte. Um fanático por armas. Um fanático por armas bastante impiedoso. Ele diz que consegue atirar em um homem a um quilômetro e meio de distância. Já fez isso. Vi mais de uma vez. No verão passado, ele atirou em uma menina que estava me perseguindo pela planície. Uma jovem, uma menina esfarrapada. Ouvi o tiro, parei, saí do trenó, voltei. Ela foi lançada sobre uma pedra, um buraco onde sua cintura deve ter sido quase cortada ao meio. Seu peito arfava, arquejante, a cabeça caída para o lado, um olho negro brilhante, olhando para mim, sem medo, como que perguntando, ardendo. De tudo o que já testemunhei, essa foi difícil de acreditar. Assim mesmo. Assim mesmo, que droga. Por quê?

Foi o que perguntei a Bangley, por que essa droga?

Ela teria pegado você.

E daí? Eu tinha uma arma, ela tinha uma faca pequena. Para protegê-la de *mim*. Talvez ela quisesse comida.

Talvez. Talvez ela fosse cortar sua garganta no meio da noite.

Encarei-o, sua mente ia longe demais, no meio da noite, eu e ela. Meu Deus. Meu único vizinho. O que posso dizer a Bangley? Ele salvou minha pele outras vezes. Salvar minha pele é o trabalho dele. Eu tenho o avião, sou os olhos, ele tem as armas, é o músculo. Ele sabe que eu sei que ele sabe: ele não sabe pilotar, eu não tenho estômago para matar. Se fosse diferente, provavelmente seria um de nós. Ou nenhum.

Também tenho Jasper, filho de Daisy, o melhor alarme de nossa fronteira.

Quando estamos enjoados de comer lebres e peixes do lago, caço um veado. Quase sempre tudo o que quero é subir as montanhas. A sensação é a mesma de estar em uma igreja, santificada e fria. A floresta morta balançando e sussurrando, a floresta verde cheia de suspiros. O cheiro almiscarado do refúgio dos veados. Os riachos onde sempre rezo para ver uma truta. Mesmo que fosse bem pequena. Uma velha sobrevivente, com sua sombra verde nadando lentamente contra as sombras verdes das pedras.

Treze quilômetros de terreno plano até começar a montanha, as primeiras árvores. Esse é o nosso perímetro. Nossa zona de segurança. Esse é o meu trabalho.

Ele pode concentrar seu poder de fogo na direção oeste dessa maneira. É assim que Bangley fala. Por serem 48 quilômetros até o final, com planícies altas em todas as outras direções, seria mais de um dia de caminhada, mas seriam apenas algumas horas a oeste até as primeiras árvores. As famílias estão a 16 quilômetros ao sul, mas não nos incomodam. É assim que as chamo. Elas são algo parecido com os menonitas com uma doença no sangue que apareceu depois da gripe. Como uma peste, mas que age vagarosamente. Parecida com a AIDS, acho, talvez mais contagiosa. As crianças nascem com a doença, o que faz com que sejam todas fracas e que, todo ano, algumas delas morram.

Temos o perímetro. Mas e se houver alguém escondido? Nas casas da fazenda. No meio da vegetação. Nos salgueiros ao longo do riacho. Nos regatos também, com as margens em erosão. Certa vez, ele me perguntou: como eu *sei*? Como sei que ninguém está dentro do nosso perímetro naquela planície toda, escondido, esperando para nos atacar? O que acontece é que consigo ver bastante. Não como a palma da mão, tão simples assim, mas como um livro que li e reli muitas vezes, talvez como a *Bíblia* para alguns camaradas de mais idade. Eu saberia. Uma frase fora do lugar. Uma lacuna. Dois pontos onde deveria haver um. Eu sei.

Eu sei, eu penso: quando morrer — não se vou morrer— vai acontecer em uma dessas viagens às montanhas. Cruzando o terreno aberto com o trenó cheio. Atingido nas costas por uma flecha.

Há muito tempo Bangley me deu um colete à prova de balas, um dos coletes de seu arsenal. Ele tem todo tipo de tralha. Disse que é para proteger de qualquer revólver, flecha, mas, se for fuzil, depende, aí vai da sorte. Pensei naquilo. Devemos ser as únicas almas além das famílias em um raio de centenas de quilômetros quadrados, os únicos sobreviventes, aí vai da sorte. Visto o colete porque ele me esquenta, mas no verão quase não o uso. Quando uso o colete, é como se estivesse esperando que alguma coisa acontecesse. Será que eu ficaria parado em uma plataforma esperando por um trem que não vem há meses? Talvez. Talvez essa coisa toda seja exatamente isso.

< >

No início havia o Medo. Não tanto pela gripe até aquele momento; naquela época eu caminhava, falava. Não falava tanto, mas eram os sons do corpo — e da mente, você que o diga. Duas semanas inteiras de febre, três dias entre 40 ºC a 40,6 ºC, sei que cozinhou meus miolos. Encefalite ou algo do gênero. Calor. Pensamentos que já foram concatenados, harmônicos, agora eram confusos, incertos, depressivos, assim como aqueles pôneis noruegueses peludos levados pelo professor russo para o Ártico Siberiano, segundo uma história que eu lera antes. Ele estava tentando recriar a Era do Gelo, com muita grama, fauna e poucas pessoas. Se ele soubesse o que estava por acontecer, teria buscado outro passatempo. Metade dos pôneis morreu, talvez de saudades de suas florestas escandinavas, e a outra metade ficou na estação de pesquisas, alimentada com grãos, mas mesmo assim morreu. É assim que meus pensamentos surgem às vezes. Quando estou estressado. Quando alguma coisa está me incomodando e não me deixa em paz. Meus pensamentos são bons porque têm sua finalidade, mas muitas vezes estão deslocados, é meio triste. Às vezes imagino se os pensamentos não deveriam estar a milhares de quilômetros daqui em um lugar com milhões de hectares de abetos da Noruega. Às vezes não confio em meus pensamentos. Não para fugir do perigo... Provavelmente não é meu cérebro; provavelmente é normal para a situação em que estamos.

Não quero ficar confuso: estamos há nove anos assim. A gripe matou quase todos, depois a doença sanguínea matou mais. Os que sobraram são na maioria Nada Legais. É por isso que vivemos aqui na planície, por isso faço a patrulha todos os dias.

Comecei a dormir no chão por causa dos ataques. Sobreviventes, parece que eles selecionavam no mapa. Perto de riacho grande? Sim. Tem água? Sim. Deve ter combustível? Sim. Era um aeroporto? Sim. Qualquer um que soubesse ler saberia, também, que era um modelo de energia sustentável? Sim. Todas as casas têm aquecedor solar e uma BFO funcionando quase que totalmente com energia eólica? Sim. BFO significa Base Fixa de Operações. Também poderia ter dito "Caras que Mantêm o Aeroporto Funcionando". Se eles soubessem o que teriam pela frente, não teriam complicado tanto as coisas.

A maioria dos invasores vinha à noite. Vinham sozinhos ou em grupos, vinham com armas, com fuzis de caça, com facas, vinham até a luz da varanda, que eu deixava acesa, como mariposas em busca da luz.

Tenho geradores solares de 460 watts na casa onde não durmo. Portanto, uma lâmpada LED acesa a noite toda não é problema.

Eu não estava na casa. Estava dormindo debaixo dos cobertores a céu aberto atrás da berma, a cerca de 90 metros de distância. É um aeroporto antigo, é tudo planície. O rosnado baixo de Jasper. Ele é uma mistura de Blue Heeler com um focinho grande. Acordo. Chamo Bangley pelo rádio. Para ele, acho que aquilo era esporte. Era mais ou menos uma higiene mental, como subir as montanhas para mim. A berma era alta, uma grande inclinação de terra, nós a deixamos mais alta. Alta o suficiente para andarmos por trás dela. Bangley sobe e se senta ao meu lado no topo da berma, onde já estou à espreita com os óculos de aviador, sentindo sua respiração ofegante. Ele também tem óculos de aviador; na verdade, ele tem uns quatro e me deu um. Ele disse que com o uso que fazemos, o díodo durará dez anos, talvez vinte. E depois? Comemorei meus 40 anos no ano passado. Jasper pegou um fígado (de corça), eu comi uma lata de pêssegos. Convidei Melissa, e ela veio como costuma vir sempre, um sussurro e um arrepio.

Em um espaço de dez anos, o aditivo não conseguirá manter o combustível em boas condições. Em dez anos, será o fim de tudo. Talvez.

Metade do tempo, se a Lua está alta, se há estrelas e neve, Bangley não precisa dos óculos. Ele tem uma mira holográfica com ponto vermelho luminoso na lente, ele só mira o ponto vermelho nas silhuetas que se movem, nas que estão paradas, agachadas, sussurrando, mirando na sombra perto do velho contentor de lixo, direciona o ponto vermelho no torso. *Bangue*. Ele espera o tempo que for necessário, planeja a sequência, *bangue*, *bangue*, *bangue*. A respiração, um pouco antes, fica mais pesada e mais ofegante. Como se ele estivesse prestes a foder alguém, e acho que vai.

O maior grupo que tivemos foi de sete. Ouvi Bangley se deitar ao meu lado contando baixinho. SOS, ele murmurou e riu como sempre fazia quando não estava feliz. Quer dizer, muito menos feliz que de costume.

Hig, sussurrou ele, você vai ter de participar.

Tenho a AR-15 semiautomática, sou bom com ela. Ele me deu a arma com mira noturna. E eu quase...

Atirei.

Três deles sobreviveram à primeira saraivada e depois disso tivemos nosso primeiro autêntico combate armado. Mas eles não tinham óculos de aviador noturno e não conheciam o terreno, por isso não durou muito.

Foi assim que comecei a dormir ao relento. Jamais seria pego em uma armadilha dentro da casa. Como o dragão que dorme sobre a pilha do tesouro, mas não eu. Prefiro ficar atrás.

Depois do segundo verão, eles foram gradualmente diminuindo, como se uma torneira tivesse sido desligada, *ping, ping*. Um visitante por estação, talvez, depois nem um mais. Não por pelo menos um ano, depois um bando de quatro marginais que quase acabaram conosco. Foi então que comecei a voar regularmente como se fosse um trabalho.

Agora não tenho de dormir no chão. Temos nosso sistema, confiamos nele. O Medo é como a lembrança de um enjoo. Você não consegue se lembrar do quanto era ruim ou que você quase pediu para morrer. Mas durmo. Durmo no chão. No inverno, debaixo de uma pilha de cobertores que devem pesar quase dez quilos. Gosto disso. De não estar encaixotado. Ainda durmo atrás da berma, ainda deixo a luz da varanda na entrada acesa, Jasper ainda se encolhe nas minhas pernas, ainda choraminga em seus sonhos, ainda treme debaixo de seu cobertor, mas acho que está quase surdo agora e é inútil como alarme, o que não deixaremos Bangley saber. Bangley... Nunca se sabe o que ele vai fazer. Ele se protege. Pode se ressentir da carne que eu compartilho, vai saber. Ele acha que tudo tem utilidade.

Já tive um livro sobre constelações, não tenho mais. Minha memória é boa, mas não a memória estelar. Então, invento constelações. Criei uma para o Urso e para o Capricórnio, mas talvez não onde elas devessem estar. Criei uma para os animais que já existiram, os que conheço. Também criei uma constelação para Melissa, seu eu completo está ali, meio que sorrindo, alta, olhando para mim aqui embaixo, nas luzes do inverno. Olhando para mim enquanto a geada enruga meus cílios e infiltra-se em minha barba. Fiz uma constelação para o pequeno Anjo.

< >

Melissa e eu morávamos perto de um lago em Denver. A somente sete minutos do centro da cidade, da livraria grande, dos restaurantes, do cinema. Gostávamos disso. Podíamos ver grama, água e montanhas pela janela ampla de nossa casinha. Os gansos. Tivemos um bando de gansos não migratórios e um bando de gansos-do-canadá que vinha no outono e na primavera em grandes formações em “V”. Misturados com os locais, talvez acasalassem, depois iam embora. Decolavam novamente, em ondas estridentes. Eu sabia diferenciar os gansos de passagem dos selvagens. Pelo menos achava que sabia.

Em outubro, novembro, andando ao redor do lago nas tardes antes do jantar, apontávamos os gansos um para o outro. Eu sempre achava que ela estava errada. Ela ficava meio brava. Melissa era muito inteligente, mas não conhecia os gansos como eu. Nunca me achei muito, muito inteligente, mas sempre soube coisas instintivamente.

Quando pegamos Jasper ainda filhote, tive a confirmação: ele corria atrás dos selvagens, que eram ariscos, desconfiados, mas não atrás dos maldosos gansos sedentários, os não migratórios.

Não tínhamos filhos. Melissa não podia. Fomos a um médico. Ele tentou nos vender tratamentos que recusamos. Estávamos bem um com o outro. Um dia aconteceu, como um milagre. Ficou grávida. Estávamos acostumados um com o outro e eu não tinha certeza se conseguiria amar alguém mais do que a amava. Observava Melissa dormindo e pensava: amo você mais do que qualquer coisa.

Algumas vezes, naqueles tempos, pescando com Jasper nas águas sulfurosas, chegava a meu limite. Sentia que meu coração poderia explodir. Explodir é diferente de romper, quebrar. É como se não houvesse como conter tanta beleza. Não é isso também, não é só a beleza. É como tudo se encaixa. Essa pequena inclinação de pedras lisas, os penhascos. O cheiro do abeto. Pequenas trutas fazendo círculos silenciosos nas águas negras de uma piscina. E não é preciso agradecer. Apenas ser. Apenas pescar. Apenas subir o riacho, escurecer, esfriar, tudo é um pedaço. De mim, de algum modo.

Melissa faz parte do mesmo círculo. Um pouco diferente porque estamos comprometidos com algumas almas. Como se eu pudesse segurá-la com cuidado nas minhas mãos em concha, carregando-a delicadamente; o campo, eu não posso, mas ela, sim; mas talvez o tempo todo fosse ela me carregando.

O hospital St. Vincent era do outro lado do rio. Os helicópteros laranja aterrissaram lá. No final, chegamos a falar sobre pegar um avião e ir para a região oeste, mas já era tarde demais e tínhamos de ficar no hospital, então fomos para lá. Para um dos prédios que foram dominados. Ocupados pelos mortos.

< >

Bangley sempre aparece do nada. Estou trocando o óleo. Ele poderia bater na lateral de aço da janela, mas não, ele gosta de me provocar um ataque do coração. Aparece ao meu lado como se fosse um fantasma.

O que estamos aprontando agora?

Meu Deus, se eu tivesse algum problema de coração, quem faria suas patrulhas?

Encontraríamos alguém, não é? Poríamos um anúncio no jornal.

Seu sorriso forçado vai até os olhos que nunca sorriem.

De qualquer modo, aposto que consigo pilotar essa porcaria de avião.

De vez em quando, ele diz isso. É como um aviso. Para quê? Se ele quisesse esse lugar exposto ao vento só para si, poderia ter tido. Há muito tempo.

Agora Jasper está acordado sobre seu cobertor empoeirado, rosnando. Jasper não tolera Bangley, a menos que seja como visitante em uma situação de emergência. Neste caso, mantém a boca fechada, sabe trabalhar em equipe. Certa vez, logo depois de Bangley aparecer, Jasper avançou em seu braço, fazendo Bangley puxar uma arma do tamanho de uma frigideira, então gritei. Foi a única vez. Eu disse: Se você atirar no cachorro, todos nós morremos.

Bangley piscou, mantendo seu sorriso irônico. O que quer dizer com todos nós morremos?

Quero dizer que faço a patrulha aérea, a única maneira de saber como podemos proteger o perímetro.

Aquela palavra. Era a única palavra que atingia o alvo. Eu quase pude vê-la atravessando seu ouvido pelo canal auditivo até entrar em seu cérebro. Perímetro. Única forma de proteção. Ele piscou. Mexeu a mandíbula de um lado para outro. Fedia. Como sangue velho quando um veado é abatido.

É a única razão para eu ainda estar vivo. Como você acha que vivo aqui sozinho?

Assim o acordo foi selado. Sem ao menos uma negociação. Nenhuma palavra além dessas. Eu voava. Ele matava. Jasper rosnava. Deixávamos cada um fazer o que fazia.

Estava contando que estava trocando o óleo da Fera quando ele apareceu ao meu lado como um fantasma.

Por que você visita os druidas? Pergunta ele.

Não são druidas, são menonitas.

Ele resmunga.

Coloco a chave do filtro na caixa. Pego os alicates dos arames de segurança.

Bangley fica parado ali. Sinto seu cheiro antes de vê-lo. Passo o arame pelo buraco do flange na base do filtro, torcendo-o com o alicate. É arame de segurança. Segura o filtro no lugar. Tudo conforme as especificações. Regulamentações da Administração Federal da Aviação (AFA). Não queremos que o filtro de óleo se solte com a vibração, caindo, derramando todo o óleo no ar e destruindo o motor. Já aconteceu. Dizem que todas as regras da AFA resultaram de um acidente real. Então, o fio de segurança .032 talvez seja um tipo de homenagem a algum piloto. Talvez à sua família também.

Bangley está palitando os dentes com uma lasca de madeira enquanto me observa. Em cima da caixa de ferramentas há um pano quadrado feito de uma camiseta velha. O desenho está apagado, mas consigo ver fileiras de personagens femininas pintadas em rosa: seios grandes, seios pequenos, de todos os formatos e abaixo "melões", "pêssegos", "peitões", "ameixas", "passas", um grande "Cabo" na parte de cima. Leio todas as frutas antes de pegá-lo e limpar tudo mais uma vez. Uma pontada aguda de dor. Apenas isso. Dobro o pano. Um desenho. Pelo qual temos uma ligação inata. Dois pequenos arcos ou círculos dos peitos de um desenho conseguem remexer em lembranças, mudança de temperatura, um aperto no estômago, um formigamento na virilha. Acho curioso. Engulo em seco, fico parado por um segundo, respiro.

Melissa tinha melões.

O Cabo fica na extremidade de uma península de aproximadamente 1.500 metros de comprimento. Provavelmente está cheio de peixes. Será que há algum sobrevivente como eu no velho aeroporto municipal, trocando o óleo de um avião Maule velho, fazendo voos de inspeção todos os dias e usando um pano feito com uma camiseta escrita "Ski Colorado"? Pescando em um fim de tarde em um píer dilapidado que ainda fede a creosoto? Fico pensando como deve ser esquiar.

Por que as camisetas do Colorado nunca têm peitos? Pergunto a Bangley.

O velho B não tem muito senso de humor.

Ele vai até uma das paredes do hangar e retira uma caixa com 50 embalagens de Aeroshell, apoiando-a em um banquinho de madeira. A luz do Sol está escondida atrás da laje de concreto da porta da frente aberta. Bangley está usando sua arma pendurada de lado. Noite e dia. Certa vez, ele foi até o lago na parte baixa do rio para pegar um bagre, e um estranho barbado construiu um tipo de armadilha para ursos e o atacou. Foi o que me contou. Bangley atirou em sua cabeça cabeluda. Ele trouxe uma perna inteira, ainda com três calças rasgadas, e uma bota coberta por ataduras. A esquerda. Jogou-a na frente do hangar.

É para o cachorro, disse ele. Zangado. Porque não fiz meu trabalho direito. Não garanti o perímetro.

Por que você visita os mórmons? Questiona ele novamente. Só pode estar querendo me ferrar. Está rígido como uma vareta de espingarda e se inclina para a frente subitamente quando está puto da vida.

Puxo uma das abas da caixa de papelão de óleo de motor. A cola está dura. Abro um lado, abro o outro, há quatro fileiras com três litros de embalagem preta. A faixa pálida que desce pela lateral de cada embalagem de óleo é transparente para a leitura do nível, fazendo lembrar a calça de um *smoking*, com uma faixa na lateral. Doze pequenos padrinhos.

Como você sabe que os visito?

Bangley fica bravo em gradações de pressão interna como um vulcão. As veias de seu nariz ficam roxas. Quer dizer, *mais* bravo. Ele é como um daqueles vulcões no Equador que está sempre ameaçando entrar em erupção, mesmo quando não há nenhum sinal de fumaça no topo, como qualquer outra montanha.

Fizemos um acordo, diz ele. Sismólogos que trabalham no Instituto de Pesquisa Geológica dos Estados Unidos, ou quem quer que seja, veem tremores assombrosos em seus gráficos. Uma veia em sua testa, bem abaixo da viseira do seu boné da Ducks Unlimited, começa a pulsar.

Não, você fez um acordo. Consigo mesmo.

Está fora dos limites. Você está ultrapassando os limites.

Quem você pensa que é? O Comandante da Base?

Jamais deveria falar com Bangley dessa maneira. Percebo isso com clareza enquanto falo. Fico simplesmente doente com essa atitude, isso acaba comigo. Ele mexe sua mandíbula de um lado para outro.

Coloco o funil improvisado, que é uma garrafa de óleo cortada ao meio, abandonada por cima das outras embalagens. Olho fixamente para ele.

Bangley, relaxe. Quer uma Coca-Cola?

A cada dois meses, aterrisso em uma avenida vazia em Commerce City e pego dez caixas de óleo. Um dia, no caminho de volta, encontrei um caminhão de Coca-Cola. Sempre trago quatro caixas, duas para ele, duas para mim. E uma caixa de Sprite para as famílias, mas não digo a ele. A maior parte das latas já foi congelada muitas vezes e explode, mas as garrafas de plástico sobrevivem. Bangley sempre termina seu estoque de Coca bem mais rápido.

Você vai nos matar. Fizemos um acordo.

Pego uma Coca para ele. Tome, relaxe. Não faz bem para o coração.

Ele tinha arteriosclerose. Tem. Uma vez confessou: sou uma bomba-relógio. Isso ele nem precisava dizer.

Abro a garrafa, assim ele não tem como recusar. Com o barulho da tampa se abrindo e o som efervescente do gás, ele estremece, como se pensasse: mais uma Coca descendo pela minha garganta, uma a menos no mundo.

Tome.

Hig, você vai acabar nos matando. Ele bebe, não consegue evitar. Vejo o líquido passar por sua garganta, indo até seu tórax em forma de barril.

Ele se obriga a parar antes de esvaziar a garrafa toda. Você conhece apenas uma tosse, diz. Foi o que disseram no final. O contágio não se dá apenas pelo sangue.

Compartilhando fluidos corporais. Não sou um maldito menonita.

A tosse é um fluido corporal. Ela aterrissa no seu olho e abre sua boca para falar.

Não acho que isso tenha ficado comprovado.

O que importa se essa merda foi comprovada ou não? Você quer arriscar e morrer com a doença no sangue?

Arriscar. Estou pensando, e não falando. Arriscar. Bangley, Jasper e uma dieta de baixas calorias. Bem.

Você não pode escolher por mim, Hig.

Respiro.

Tudo o que fazemos é arriscado. De vez em quando, eles precisam de minha ajuda.

Para quê? De que merda eles tanto precisam? Eles terão o quê? Dois, três, cinco anos no máximo? Se tiverem essa sorte. A cada dois meses um morre. Vejo que você anda deprimido. Pelo quê? Furúnculos, erupções na pele, tosse e febre?

São pessoas. Estão tentando permanecer vivas, dia após dia. Talvez algumas consigam sobreviver. Há rumores de sobreviventes.

Ele ainda está inclinado para a frente, a veia ainda pulsando, com um resto de Coca na barba por fazer em seu queixo.

Eles não são uma ameaça para nós, Bruce.

O som de seu primeiro nome faz seu olho arregalar. Ele nunca me contou seu primeiro nome, sempre diz que seu nome é Bangley, o qual eu raramente uso.

As famílias sabem que é preciso ficar a quatro metros e meio de distância. Eu os treinei. Nem uma única vez demonstraram qualquer traço de agressividade, nada além de gratidão, um tipo constrangido de gratidão quando conserto uma bomba ou lhes mostro como fazer uma armadilha para pegar peixes no riacho. A verdade é que eu faço isso mais por mim do que por eles: é como se alguma coisa dentro de mim se desprendesse. Algo que quase endureceu.

Bangley mexe a mandíbula e me encara. Aquilo que falei por último, é como se tivesse falado japonês, um parágrafo inteiro terminando com uma sutil reverência. Era como se: (A) ele não acreditasse que eu dissera aquilo ou (B) não entendesse uma única sílaba. A linguagem espiritual da alma o deixa, como se diz, menos do que insensível.

Certa vez, perguntei se ele achava que havia algo mais. Estávamos dividindo duas raras Coca-Colas na varanda da frente de minha casa, onde nunca entro, debaixo da lâmpada que deixo acesa à noite e que costuma funcionar como armadilha para os invasores, os quais, à maneira de alguns insetos, são atraídos pela luz. Era fim de tarde e o Sol de outubro estava se pondo atrás das montanhas. Como um velho casal relaxando. Duas cadeiras de vime que perdiam a tinta e rangiam quando transferíamos nosso peso para elas. A cadeira dele tinha um ritmo como se estivesse se lembrando de como era estar sentado em uma cadeira de balanço. A única vez que me lembro de ele ter contado alguma coisa sobre sua vida antes. Ele foi criado em Oklahoma. Foi o que me disse.

Não é como você pensa, acrescentou ele. É uma velha história.

Foi isso. Um pouco oculto. Eu não pensara em nada, na verdade. Ele nunca entrava em detalhes. Ainda assim, parecia que estávamos rapidamente construindo alguma intimidade.

Contei-lhe que costumava construir casas.

Que tipo de casas?

Com estrutura de madeira. Tijolo de adobe. Coisas estranhas. Também escrevi um livro.

Um livro sobre construção de casas.

Não. Um livro sem importância. Poesia. Ninguém leu.

Poesia? Ele tomou um gole comedido da Coca, observando-me conforme inclinava o fundo da garrafa, analisando-me enquanto colocava a garrafa sobre a coxa, meio que me avaliando com uma nova compreensão, nem boa nem má. Apenas ajustando o contexto.

Escrevia para revistas de vez em quando. A maioria sobre pesca, atividades ao ar livre.

O alívio varreu seu rosto como se tivessem tirado a sombra de uma nuvem. Quase ri. Dava para ver a engrenagem de seu pensamento: ufa, atividades ao ar livre, Hig não é gay.

Quando criança, eu queria ser escritor. Um grande escritor. Durante os verões, trabalhava com construção, estruturas. Coisas do tipo. É difícil sobreviver como escritor. De qualquer maneira, provavelmente eu não era tão bom. Casei, comprei uma casa. Uma coisa foi levando à outra.

Longa história, disse.

Bangley segurou a Coca no colo com as duas mãos. Ele meio que se curvou sobre si mesmo, relembrando. Repentinamente distante, como se seu espírito estivesse recuando a uma distância segura. Para observar. A distância. Ainda balançando a cadeira que não era de balanço.

Não conversamos por muito tempo. O Sol tocou um dos picos mais altos da montanha e foi desmanchando-se aos poucos, como uma enorme gema vermelha. O vento agitou-se, chacoalhando o matagal seco naquele exato momento. Frio.

Perguntei se ele achava que havia alguma coisa além disso, do que simplesmente sobreviver dia após dia. Reconhecer a área, consertar o avião, cultivar os cinco legumes, fazer armadilha para coelhos. O que estamos esperando?

Sua cadeira, *creque*, *creque*, parou. Ele ficou imóvel, como um caçador que sentiu o cheiro de um animal no vento. Perto. Então acordou.

Repita.

Mais que isso. Dia após dia.

Ele mexeu a mandíbula, os olhos de pedra ficaram cinza com a luz que diminuía. Acho que foi a gota d´água.

Tenho de ir, afirmou. Ficou de pé. Enfiou o dedo no bolso de sua camisa de flanela, tirou o chapéu, ajeitou na cabeça. Levou a Coca para fora da varanda, as botas fazendo ranger o degrau quebrado.

Isso talvez tenha sido no segundo ano. Agora, no hangar, sei que as coisas que nos fazem derreter por dentro não causam empatia. Metade do tempo em que estou com Bangley fico pensando nas coisas que nunca devo dizer.

Abro um litro de óleo, emborcando-o no funil feito com uma garrafa de plástico cortada, acomodando-o na garrafa gêmea. Deixo o líquido drenar. Encaro Bangley.

Quem sabe, talvez um dia nós precisemos deles. Nunca se sabe.

Hã. Um pigarro de desdém. Isso nunca vai acontecer, Hig. Talvez para os detalhes do enterro.

Ele os desprezava, até desejava isso. Que todos morressem.

Você quer ser o único a sobrar? Com certeza ficaria bem feliz. O único maldito ser humano que sobrou na Terra.

Se acabar assim. Melhor que o contrário. De qualquer maneira, tenho você. Ele entornou o refrigerante e me olhou pela garrafa.

Ele queria dizer com o "contrário" se todos morressem. Acho. Não disse isto: um dia vou entrar na Fera, pegar a direção oeste e ir embora.

Não vai, não, disse ele.

O quê?

Aquilo mesmo que você estava pensando. Não há outro lugar seguro. Talvez no planeta todo. Temos o perímetro, água, energia, comida, munição. Temos montanhas próximas o suficiente se a caça ficar minguada. Não temos disputas internas, nenhuma causa política, somos apenas você e eu. Não temos pelo que nos dividir. Não há motivo para brigas. Como os mórmons, como os outros lá fora que não estão mais vivos. Precisamos simplificar as coisas para sobreviver.

Ele sorri.

Os garotos do campo vão sobreviver.

Sua frase favorita.

Olho fixamente para meu único amigo na Terra. Acho que ele é meu amigo.

Não saia por aí nos matando, diz ele, e sai.

< >

Mesmo assim, vou quando eles me chamam. A patrulha vai na direção oeste, até as montanhas, e depois sul. Sigo a fileira de árvores que demarca o rio. Nas chaminés da usina hidrelétrica e da represa, faço a curva de volta pelo noroeste. Os menonitas ficam no riacho. Em uma antiga fazenda de criação de perus. São oito depósitos em duas fileiras de quatro dispostos em ângulo, como carros estacionados na diagonal. Árvores centenárias aparecem enfileiradas ao longo do quebra-vento e aglomeradas em um bosque, de onde se vê a inclinação do telhado de uma casa de fazenda grande de tijolos aparentes. Dois lagos são alimentados pelo riacho. Em um posso ver boias e uma canoa vazia. Um conjunto de painéis solares ao sul dos depósitos e dois moinhos de vento, um mecânico para retirar água. Por que estão aqui, para início de conversa?

No terreno, na clareira, um mastro de bandeira com nove metros de comprimento, a bandeira há tempos perdida, talvez usada para fazer um cobertor de bebê. Quando precisam de ajuda, eles hasteiam um macacão vermelho. Ele sinaliza e funciona como biruta. Ao vento forte, ele estende perfeitamente os braços e as pernas, como um homem sem cabeça.

Aterrisso na pista de terra que faz um T com a antiga estrada do campo que segue para o oeste. Vejo a placa girando ao vento. Na cabeceira da pista, eles prenderam uma placa de metal com arame e duas estacas. A placa tem uma caveira vermelha e dois ossos cruzados, e nela se lê: PERIGO. TEMOS A DOENÇA. A pista inunda, fica cheia de sulcos. Eles saem com pás e preenchem os buracos. Manutenção não é o forte deles, na maior parte do tempo estão fracos demais, mas a faixa de terra para aterrissagem é algo que mantêm sempre em ordem. Quase sempre há um vento de través de, digamos, 330°. Deslizo a Fera para fazê-la descer inclinada, quase de lado para a pista, a asa esquerda para baixo, o nariz direcionado com dificuldade para o sul, quicando o solo no último minuto, os meninos ficam pulando para comemorar. Consigo ver seu sorriso a 60 metros de distância, é o único momento em que os vejo sorrir.

< >

Antes, Jasper conseguia pular para a cabine do piloto, mas agora não consegue mais. No quarto ano, tivemos uma discussão. Tirei o assento da frente do passageiro e coloquei um saco de dormir de flanela com um desenho de um homem atirando em um faisão e seu cachorro sobre três pernas, apontando na frente. Não sei por que não fiz isso antes. O cachorro não se parece com Jasper, contudo. Eu o carrego. Deito Jasper sobre o desenho do homem e seu cachorro.

Você e eu em outra vida, digo a ele.

Ele gosta de andar de avião. De qualquer forma, jamais o deixaria com Bangley.

Quando tirei o assento, ele ficou deprimido. Não podia mais sentar e olhar para fora. Sabe que precisa ficar longe dos pedais do leme. Certa vez, houve um deslocamento relativo. Ele caiu sobre os pedais e quase nos matou. Depois disso, adaptei uma cerca de madeira de mais ou menos 10 centímetros, mas joguei fora depois que ele a inspecionou e saltou do avião, recusando-se a voar, sem chance. A cerca o insultou. A coisa toda. Costumava me preocupar com o ronco do motor e com a rajada de ar na hélice. Uso o fone de ouvido mesmo que não tenha com quem falar no rádio porque o fone diminui o ruído, mas me preocupava com Jasper, até tentei fazê-lo usar um protetor de ouvido, aquele que se parece com um capacete, mas não ficava no lugar. É provavelmente por isso que ele está quase surdo agora.

Quando pegava o óleo e outras coisas, colocava o acolchoado no topo da pilha para ele poder olhar para fora.

Viu? Disse. Pelo menos é bom metade do tempo. Melhor do que esperávamos.

Ele ainda não estava satisfeito, eu percebia. Não ficava tão animado como antes. Por isso, agora, quando não vou pegar coisas e vou apenas voar, ou seja, a maioria das vezes, coloco o assento de volta; demora apenas alguns minutos. Não é porque não temos tempo. Da primeira vez, ele se sentou ereto novamente e olhou para mim como que indagando, por que demorou tanto? Depois olhou para frente muito sério, a fronte franzida como um copiloto. Seu humor melhorou visivelmente, como o tempo.

Ele está ficando velho. Não conto os anos. Não multiplico por sete.

Eles criavam cães para tudo, até para mergulhar em busca de peixes, por que não os criavam para viver mais tempo, para viver tanto quanto o homem?

<>

Uma coisa estranha: o GPS ainda funciona. Os satélites, os militares ou seja lá quem for que os coloca lá em cima para girar ao nosso redor e nos dizer onde estamos, eles ainda mandam seus sinais, calculam minha posição, o pequeno Garmin instalado no manche ainda pisca alertando se acha que estou chegando perto demais de um terreno elevado.

Estou sempre bem perto de terrenos elevados. Isso é outra coisa com relação ao fim de tudo: parei de me preocupar se meu motor vai falhar. Há um botão *Nearest* (Mais Próximo) no GPS Garmin. Alguém pensou nisso. Ele informa rapidamente qual a direção e a distância do aeroporto mais próximo. Mostra uma lista dos aeroportos mais próximos, seus identificadores, distância, coordenadas, frequência da torre. Quando me preocupava com essas coisas, o botão *Nearest* era meu melhor amigo. Em qualquer tipo de clima ou qualquer problema, se estivesse com pouco combustível, apertava o botão e a lista aparecia ali e, se eu rolasse a tela para baixo e selecionasse, poderia apertar *Ir Para* e *puf*, ele dava meu vetor. Era só colocar a flecha de volta no centro do arco. Brilhante.

O GPS ainda é útil, mas depois de nove anos, muitas das pistas de decolagem estão inutilizadas ou você tem de saber exatamente onde estão os buracos de 60 cm de diâmetro e desviar deles. Impressionante como é rápido. Como a grama e a terra voltam rapidamente. Antigamente havia um programa de TV: *Life After People* (A Vida Depois das Pessoas). Assistia a todos. E os gravava. Ficava hipnotizado por esta ideia: a cidade de Nova York em mil anos se pareceria com: um estuário. Um pântano. Um rio. Florestas. Colinas. Eu gostava disso. Não sei por quê. Ficava eletrizado.

Rápido assim. É incrível como a viga de aço é corroída quando exposta à água e ao ar, à maneira que as raízes decompõem excrementos. Tudo cai. Ah, e as pistas de decolagem também: nove anos não parecem muito tempo, mas é bastante tempo para o asfalto sem manutenção e para um humano com o cérebro frito tentando viver. Poderia fazer uma lista. Nove anos é tempo demais:

Para viver com as loucuras de Bangley.
Para me lembrar do hospital designado para a gripe e.
Para sentir saudade de minha mulher depois.
Para pensar em pescar e não ir.
Outras coisas.

Mas. Perdi um cilindro uma noite ao sul da Bennet Road. Estava passando por cima da cidade em que estou agora, mas não tão baixo para ver e... *Tap*, *tap*, *tap*, uma vibração terrível. Melhor descer e descobrir o defeito, pode ser apenas uma vela suja. Não precisava do Garmin para me dizer que Buckley, a base da força aérea, estava bem a oeste, talvez a uns 20 quilômetros de distância. Inclinei, fiz a curva e desci com o Sol dourado bem nos olhos, o ruído aumentando, agora meio alarmante como se fosse sugar e depois arremessar um rolamento. Praticamente cego com o Sol, usando a borda esquerda da calçada como guia, 30 metros depois toquei o chão ainda de forma agressiva, talvez 112 km/h fosse a velocidade indicada no visor, VRUM, e se fosse a engrenagem do nariz e não a engrenagem esquerda principal, a Fera e eu estaríamos fritos. E Jasper também. Fui para a parte de trás e chequei. O buraco batia praticamente na minha cintura, perfeitamente retangular, parecendo ter sido cavado por cães das planícies com minirretroescavadeiras. Merda. Minhas costas. Os solavancos. Sentei-me com as pernas para dentro do buraco. Jasper também se sentou, apoiando-se em mim como sempre faz e levantando o olhar para mim rápida e educadamente, com sincera preocupação. Sentar daquela maneira me lembrou de um restaurante japonês a que Melissa me levou certa vez e que tinha, no lugar de cadeiras, esteiras e almofadas, como um poço para os pés, como um chão trapaceiro para os ocidentais duros de cintura se sentarem. O Sol lançava nossas sombras a mais ou menos 800 metros de comprimento na pista. Como imaginava, o impacto rachou o amortecedor. Foi assim que aprendi a soldar, e é possível soldar com energia solar.

Sentei-me com meus pés dentro do buraco, dei de ombros e disse: O que há de errado com você? Isso é um jogo para você?

A resposta demorou algum tempo.

Você quer viver hoje?

Sim.

Você acha que vai querer viver amanhã? E talvez depois de amanhã?

Sim.

Então seja metódico. Você tem todo o tempo do mundo.

Fiz uma pesquisa. Peguei a tabela que chamamos de seccional e voei cada faixa de ar em um raio de pouco mais de 160 quilômetros. Voei sobre a cidade de Centennial. Voei sobre Colorado Springs, a Academia da Força Aérea, voei sobre Kirby, o antigo Nebraska, e também sobre o município de Cheyenne. Passei sobre todas a uns nove metros de altura, com boa luz, e fiz anotações. É surpreendente quantos quiseram me matar. Em Cranton, quase morremos quando entrei voando bem baixo e paralelamente à pista, e algum xenófobo fez um furo enorme em minha fuselagem. Fiquei sabendo porque a bala saiu bem pela minha janela lateral, na parte de cima. Foi assim que soube que tínhamos vizinhos em Cranton.

Portanto, o botão *Nearest* ainda funciona, mas cerca de metade das vezes não consigo usá-lo porque é perigoso aterrissar. Melhor aterrissar em algum campo antigo. Em outros tempos, o botão *Nearest* era sinal de "Refúgio Mais Próximo", agora é sinal de "Armadilha Mais Próxima para a Morte". Todas elas informações importantes.

< >

Ainda monitoro o rádio. É difícil perder velhos hábitos. Todo aeroporto tem uma frequência, assim os controladores de tráfego podem se comunicar se não houver torre de controle. É importante saber onde estão todos quando no momento da decolagem ou adentrando o padrão. Era assim. Colisões ocorriam todo ano. Entre aeroportos não há uma maneira preestabelecida para se comunicar, mas existe a frequência de emergência 121.5. O que faço quando estou me aproximando de um aeroporto é mudar para o antigo canal. Quando estou a oito mil metros de distância, faço uma chamada. Chamo algumas vezes.

Tráfego de Loveland Cessna Meia Dúzia Três Três Três Alpha oito quilômetros ao sul a mil e oitocentos metros de altitude na rota de Greeley. Repita. Alguém aí? Sou o único maldito avião aqui em cima e provavelmente o único até o final dos tempos. Talvez em outro planeta, em outro universo, inventem o Cessna novamente. Rá!

Eu rio. Grito de alegria. É meio mórbido. Jasper me olha de lado com um leve constrangimento canino.

Tenho um livro de poemas de William Stafford. Foi a única coisa que voltei para pegar: minha coleção de poesias. Aterrissei à noite sem energia, sem luz, no estacionamento do antigo King Sooper, uma fileira de 30 metros entre carros, as asas passaram por cima, não havia postes de luz. Era apenas um pouco mais de um quilômetro e meio dali até a casa. Havia fogueiras queimando a oeste e sul, alguns disparos de arma interrompiam o silêncio. Esperei no avião com o AR-15 entre minhas pernas para ver se alguém havia ficado para incomodar a Fera durante a meia hora em que estaria fora.

Peguei o fuzil e corri ao redor do lago como muitas vezes antes, de manhã e à noite. Costumava correr. Ignorei as fotografias sobre a lareira, ao longo das escadas, não olhei. Enchi uma mochila velha e uma sacola de tecido com livros, só de poemas. Passei os dedos sobre *We Die Alone*, o primeiro livro que Melissa me deu e que foi assustadoramente profético somente no título: é uma história verídica sobre um soldado, membro do comando norueguês durante a Segunda Guerra Mundial. Ele consegue passar por duas tropas alemãs inteiras e sobrevive para depois posar lindamente na meia-idade com uma malha de lã de gola alta para a contracapa de seu livro de memórias. Sempre invejei esse cara, um herói de guerra da calorosa Noruega, que deve ter tido uma cabana nos fiordes, os golfos estreitos entre montanhas altas, mil amigos e muita sidra, aquavita ou seja lá o que eles bebem nas festas, curtindo esquiar dessa vez como diversão. Se aquele homem tivesse imaginado o inferno na Terra, teria visto apenas as sombras. Toquei o livro, não li a dedicatória e o coloquei de volta na prateleira. Feito. Decidi que não choraria por mais nada.

Quando voltei ao estacionamento, fiz a volta pelas fileiras de fora e vi dois vultos se inclinando para dentro da porta aberta do avião, um prestes a subir. Amaldiçoei a mim mesmo e chequei se estava seguro, meu coração disparado. Fiquei de pé e gritei para eles darem o fora; quando pegaram o rifle de caça e a arma, atirei neles a menos de 20 metros de distância. Por poemas. Dei as armas dos dois para Bangley, recusando-me a responder quando fez perguntas.

O livro de Stafford se chama *Stories That Could Be True*. Um poema se chama “The Farm on the Great Plains” e começa assim:

A telephone line goes cold;
Birds tread it wherever it goes.
A farm back of a great plain
Tugs an end of the line.

I call that farm every year,
Ringing it, listening still[2]

Ele liga para o pai. Liga para a mãe. Eles se foram há anos e agora há apenas ruído na linha, mas ele ainda liga.

Quando ninguém responde no aeroporto pelo qual estou prestes a passar, mudo para a frequência de emergência e faço uma chamada-padrão.

Emergência, emergência, Cessna Seis Triplo Três Alpha sentindo-se terrivelmente sozinho.

No sétimo ano, alguém respondeu. Tirei as mãos do manche e apertei os fones de ouvido nas orelhas. Os pelos dos meus braços se eriçaram, como fazem quando há uma tempestade elétrica.

A estática parou com uma falha no sistema de radar.
Triplo Três Alpha... Áudio sumindo.

Triplo Três Alpha... Rajada de estática... *Grand Junk*. Uma pancada como uma batida com vento magnético.

Grand Junction...
Esperei. Sacudi a cabeça. Na verdade, bati a têmpora nos fones de ouvido. Encaixei o microfone com o botão de apertar no manche.

---

[2] A linha fica muda;/Os pássaros pousam aonde quer que ela vá./Uma fazenda atrás de uma campina/Puxa uma ponta da linha/Ligo para a fazenda todo ano,/Tocando, ouvindo, ainda (N. T.).

Grand Junction? Grand Junction? Triplo Três Alpha passando sobre Longmont. Estou passando por Longmont, droga! Não copiei. Repita. Não copiei!

Fiz uma volta. Fiz uma volta maior. Subi até quatro mil e quinhentos metros e rodei em círculos até ficar tonto pela falta de oxigênio. Desci até quatro mil metros e dei voltas por duas horas, até o medidor de combustível me informar que tinha só mais 15 minutos, então segui para o oeste.

Seja lá quem fosse, era piloto ou controlador.

Foi a primeira e única vez.

< >

Faço minha comida no hangar. Cerca de um mês depois de Bangley aparecer, pedi sua ajuda para transportar com um carrinho de rodinhas um fogão à lenha da cozinha de uma mansão brega no lado leste da pista. Talvez o costume provisório de comer no que é, em essência, uma garagem de mecânicos faz com que eu sinta que nada disso é permanente. Isso é parte dos motivos por que não moro em uma casa. Como moro em um hangar, durmo do lado de fora e posso fingir que existe uma casa em outro lugar, com alguém nela, alguém para quem voltar. Mas quem está enganando quem? Melissa não vai voltar, as trutas também não, nem o elefante, tampouco o pelicano. A natureza pode inventar um peixe guerreiro manchado de águas frias novamente, mas jamais dará ao improvável elefante outra chance.

Ainda no verão passado vi um falcão noturno. O primeiro em anos. Voando rápido para pegar insetos em um anoitecer quente, a faixa colorida na asa brilhando ao crepúsculo. Aquele seu piado suave e elétrico.

Portanto, é no hangar que cozinho e como. Tentei comer na mesa da cozinha de minha casa, como Bangley faz, tentei durante alguns dias, mas não consegui.

Toda a lenha que seria possível usar durante nossa vida está nas paredes das casas ao redor do aeroporto. Uma marreta e um pé-de-cabra me dão tudo de que preciso usar durante uma semana em poucas horas. Sem contar a mobília chique.

Depois de me sentir mal e recuar algumas vezes, acostumei-me a destruir móveis de cerejeira e imbuia e pisos de madeira para usar como lenha. Mas. O valor depende da necessidade. Ainda assim, estou destruindo as casas feias em primeiro lugar. Não sei se vou chegar até as quatro ou cinco minimansões realmente bonitas, feitas com madeira de lei exóticas. Se chegar até lá, não terão mais o toque de classe que tiveram um dia. Provavelmente terão apenas um aroma refrescante e diferente ao queimar. Com outro acordo tácito, começamos a retirar madeira das casas mais simples, do lado oeste da pista, com ele trabalhando ao norte e eu, ao sul. Isso faz com que eu tenha um pequeno carrinho de mão para trazer de volta ao hangar.

Com frequência, Bangley vagueia pelas redondezas e se junta a mim. Ele não sabe cozinhar, eu sei. Não consigo de maneira nenhuma treinar o homem a bater à porta quando chega, ou pelo menos a não sussurrar como um fantasma, o que me assusta um pouco porque nunca sei há quanto tempo ele já estava ali observando.

O jantar vai sair cedo hoje.

Vá se foder, Bangley, eu quase me queimei.

Você parece curtir cozinhar.

Hã?

O modo como você se movimenta com a frigideira, a faca, como se isso fosse uma cozinha. Como se estivesse em um daqueles programas de culinária da televisão.

Quando Bangley está se divertindo, suas narinas se dilatam no ritmo das brânquias de um peixe.

Encaro-o por um momento.

Está com fome?

Como naqueles programas de culinária em que os participantes usam avental. Como se preparar um maldito jantar fosse uma dança. Trá-lá-lá.

Ponho uma panela cheia de batatas fresquinhas no forno. No início tentava usar carne de cervo como gordura, mas ficava rançoso muito rápido.

Bom, como você pode ver, não estou usando avental e não estou dançando.

Quase não havia óleo na despensa das casas após os primeiros meses. Deviam estar ingerindo óleo para ganhar calorias. Depois, no porão da enorme Bauhaus, na Piper Lane, encontrei dois barris de azeite de oliva com 19 litros cada. Escondido atrás de uma pilha de tijolos novos.

Mas você estava cantando. Ele dá aquele sorriso que atravessa seu rosto. Faz com que pareça mais maldoso.

O fogão está quente com o abeto canadense estreito, a melhor madeira para fritura porque esquenta rápido. O óleo está estalando e empurro as batatas cortadas até que a maioria esteja em contato com o fundo da panela. Com a espátula de metal, alcanço e movimento a alavanca cromada que fecha a abertura lateral do fogão para diminuir o fogo. Penso: se eu fosse feito de um material diferente, se achasse que conseguiria defender este lugar sozinho, atiraria em Bangley onde ele está agora e acabaria com isso. Será? Talvez. Mas então sentiria falta da aporrinhação diária. Provavelmente sentiria um grande vazio. Realmente nos transformamos em um casal.

Não acho que estava cantando, respondi por fim.

Você estava, Hig, estava. Você não é nenhum Johnny Cash. Ele sorri.

Como se essa fosse a única música aprovada no Livro de Bangley.

Bom, que porcaria de música eu estava cantando?

Ele deu de ombros. Não sei. Uma música pop. Do rádio, lembro-me vagamente.

Lembro-me vagamente. De pé ali com um sorriso de triunfo e sua velha barba suja. Juro. Começo a rir. É o que ele faz comigo: me irrita até o ponto de eu começar a rir. Até o ponto do ridículo, e então o estopim dispara, gira um botão, e começo a rir. Bom para nós dois, acho.

Senta aí, Bangley. Puxe um banquinho. Vamos comer bagre, salada de dente-de-leão com manjericão e batatas *au* alguma coisa não *gratin*.

Viu? Pergunta ele. Igual aos programas de televisão. Se você não joga água para fora da bacia, então eu sou judeu.

Olhei para ele. Rio ainda mais.

< >

Às vezes ponho alguma música. Tenho MP3, CDs, vinil, tudo. Conectei meu hangar ao banco de baterias da base fixa de operações do aeroporto, a que puxa da turbina eólica, portanto energia não é problema. O humor precisa estar bom. Tenho de ter cuidado, caso contrário sou mandado para aquele lugar onde não quero nunca mais estar. Não pode ser nada do que costumávamos ouvir: éramos fanáticos pelos cantores-compositores que se apresentavam nos festivais, músicas country, Whiskeytown passando por Topley até Sinead O´Connor. Adorávamos Dixie Chicks, quem não gostava? As bandas Amazing Rhythm Aces, Open Road, Sweet Sunny South, Reel Time Travelers, a velha e boa música folk *bluegrass* e as bandas antigas de antes de antes. Naquela época, achávamos tocante. Tente tocar isso em uma bela manhã de primavera com a porta do hangar aberta e um único falcão de rabo vermelho rondando sobre a pista de decolagem em aquecimento:

And I remember your honeysuckle scent I still adore
I can´t believe that you don´t want me anymore[3]

Ou o tenor doce e dramático de Brad Lee Folk cantando *Hard Times*.

Head hung down and homeless, lost out in the rain...[4]

Nunca pensei que seria um velho aos 40 anos.

Consigo escutar blues. Ela nunca gostou muito de blues. Consigo me acalmar com Lightning and Cotton, B. B. King, Clapton e Stevie Ray. Curto demais Son Seals cantando *Dear Son* até os coiotes no riacho elevarem ao céu uma interpretação solidária e arrebatadora do solo. Uivos e latidos penetrantes. Sons que mostram que a música os está matando e que eles a adoram. O que, em última análise, é o blues.

---

[3] E eu me lembro do seu cheiro de madressilva que eu ainda adoro/Não acredito que você não me quer mais (N. T.).

[4] Cabeça baixa e sem teto, perdido na chuva... (N. T.).

< >

À noite me deito com Jasper encostado na parte de trás da berma. Estamos no início da primavera, em algum horário bem tarde ou muito cedo, com a constelação de Órion tombando com relutância sobre a borda dentada das montanhas, e sem gritos, em silêncio; silencioso enquanto tenta atirar no touro antes que ele o pisoteie. Algumas vezes, ele é bastante pacífico, mas esta noite não. Esta noite ele está lutando por sua vida.

Jasper está solto, dormindo sobre minha coxa esquerda, mas meus pensamentos estão bem amarrados. Permito que eles circulem por perto. Passando pela casa verde, o hangar, a possibilidade de uma viagem na primavera para caçar ursos quando estão distraídos por causa da fome.

Ele está roncando sutilmente, como faz sempre, um ronco pequeno quando inspira e talvez uma lamúria quando expira. Então, contrariando todos os planos, começo a me lembrar da chamada de Grand Junction. Que vem como um trem que sai de uma tempestade de neve, que entra com tudo na faixa de frequência do rádio para depois sumir em meio à nevasca estática e ruídos com um rabo longo e pesaroso de distância no radar. Perdido. *Triplo Três Alpha... Grand Junk... Grand Junction...* A voz era mais velha, gentil, preocupada, como a de um avô chamando de cima de uma escadaria íngreme.

Quantos anos atrás? Dois ou três. Era verão, eu me lembro. Lembro-me da fumaça dos incêndios de verão, rodando em círculos com a Fera por cima da fumaça, e o pôr do sol naquela tarde foi um massacre. Fiquei voando em círculos, subindo, fazendo círculos maiores, chamando incessantemente ao microfone. Movimentava o abafador de ruídos freneticamente. Alguma zona de silêncio na atmosfera talvez, como o som poderia viajar tão longe sendo que nenhum dos repetidores funcionava há anos? A competência na voz. Um homem mais velho. Lembro-me disso. Veio através dos ruídos. Outro piloto, tenho certeza de que era outro piloto.

Posso voar até Gunnison e voltar com um tanque, talvez voltando por Delta em uma rota diferente. Talvez — se o vento estiver favorável nas duas direções. O que raramente acontece. Vinha pensando naquilo. Muitas vezes. Junction a menos de meia hora além do perímetro. E depois. O quê? Outro piloto em outro aeroporto, provavelmente menos seguro. Mas.

De alguma forma, eles tinham energia elétrica. Eles — ele — sobreviveram por sete anos. Talvez ainda estejam vivos.

Jasper se mexe, estica as pernas em um alongamento sonhador e empurra suas costas contra mim, acordando. Cheira. Baixa a cabeça novamente.

I lift my head from the pillow.
I see the frost the moon.
Lowering my head I think of home.[5]

O poema mais famoso de Li Po.

---

[5] Levanto a cabeça do travesseiro./Vejo a lua congelada./Baixando a cabeça penso em meu lar (N. T.).

Mesmo naquela época, muito antes do fim, a saudade abismal. Quase nunca em casa, nenhum de nós.

Inclino-me sobre a bolsa de pano estofada com espuma que uso como travesseiro. Ela não suja tão rápido, não me faz lembrar da minha antiga cama. Esfrego a aba de meu gorro de lã na parte mais baixa da testa. O céu está claro, os incêndios na floresta não começam até meados de junho e a Via Láctea é um rio de estrelas fluindo, profundamente raso. Quero dizer, mais fundo do que se pode pensar. Jasper suspira. Quase não há vento. O que há está esfriando minha orelha direita, uma brisa preguiçosa que vem do norte.

Será que me sentiria mais em casa se eu me encontrasse com o piloto de Grand Junction? Se Denver, ao sul, fosse uma cidade agitada? Se Melissa estivesse dormindo do outro lado de Jasper, como costumava fazer? Com quem me sentiria mais em casa? Comigo mesmo?

Ainda assim penso na voz do piloto. A competência e o anseio na voz. Para se comunicar. Acho que deveria ter ido até lá. Deveria ter forçado o combustível, recuado o manete, voado devagar, talvez 46 quilômetros quadrados, deveria ter aproveitado minha manhã e me mandado. Para ver. Não sei bem o quê. Mesmo assim não cheguei nem perto. De ir. Reconheço: estava apavorado. Por não conseguir comunicação pelo rádio como aconteceu inúmeras vezes. Nada, mas. E ficar sem combustível antes mesmo de voltar para Seven Victor Two, na cidade de Paonia, onde a pista de decolagem fica em cima de um monte isolado, achatado e estreito como um porta-aviões. Ficar sem combustível nas planícies argilosas ao leste da cidade de Delta. Cair nas sombras de Grand Mesa.

Antes, li que encontraram Amelia Earhart. Foram provas irrefutáveis, acho. Na ilha que fora descartada em 1940 por já ter sido inspecionada. Conchas de molusco abertas, um canivete com a lâmina despedaçada, talvez por uma lança de pesca. Uma fogueira. Maquiagem antiga esfarelada. Uma janela de avião de plástico. Um sapato de mulher. Ossos. Lascas de ossos. O DNA confirmado com o de uma prima viva da família Earhart. Obviamente era sua ilha, ela e o navegador náufragos, por quanto tempo, até serem vencidos pelo quê? O recife de corais aéreo: um oásis elíptico com uma lagoa central. Um recife plano na maré baixa, como um estacionamento. No avião Lockheed Electra com velocidade de estol de cerca de 90 km/h para aterrissar, ela precisaria estar a cerca de 210 metros de altitude, não mais. Levando com dificuldade as provisões para a praia, talvez ferida. Talvez a maré não estivesse baixa, talvez a engrenagem tenha sido arrancada pela água. Talvez sangue na água. Ficar sem combustível sobre o Pacífico, aceitando com gratidão o que viesse. Para chegarem, por fim, à minúscula ilha. Sobrevivendo de conchas e chuva.

Conchas e chuva.

E a companhia do outro, apenas um.

Inanição. Lentamente sendo queimada pelo tempo como o fogo em madeira úmida. Sendo reduzidos a ossos, ossos ambulantes, até que um morra, depois o outro. Ou até serem atacados por habitantes das ilhas poderia ser melhor.

Do que será que ela sentiu mais falta durante todo aquele tempo? Pessoas sem rosto tagarelando, a fama, as festas, os flashes das máquinas fotográficas? Os amantes, a diversão, o champanhe? A solidão talhada e resignada da celebridade, debruçada sobre mapas de navegação com uma única lâmpada e uma mesa ampla de um hotel de luxo? Serviço de quarto, café antes do amanhecer? A companhia de um amigo, ou dois? A escolha: tudo ou não? Alguma coisa ou nada? Agora, agora não, talvez mais tarde?

Não tenho nada disso agora. Essas escolhas. E ainda. Não quero ficar sem combustível e cair no meio do deserto de Gunnison Valley e morrer tentando caminhar com Jasper 480 quilômetros até chegar em casa. Casa. Com toda sua escassez. Nada a perder com o que tenho. Nada é alguma coisa de algum modo.

< >

Jasper rosnou. Eu dormira em meu devaneio.

Baixo, raivoso, sério.

Prendi a respiração, prestei atenção. Sentei-me lentamente. Ele está quase surdo, sim, mas seu olfato é bom.

Podem ser coiotes. Ou lobos. Os lobos da montanha nos últimos dois anos: descendo montanha abaixo em matilhas barulhentas. Pressionando cada vez mais com seu crescimento contínuo. Costumavam ser em número razoável, e são novamente.

Jasper rosnava agora no meio da noite e eu me sentei com os cobertores, o coração aos pulos. Sussurrei "Fique" e rastejei até o topo da berma.

Jasper sabe. Sabe quando a merda é séria.

Ele se sentou sobre as patas traseiras, rosnou mais baixo e olhou para mim com genuína preocupação, mas também com a segurança de um caçador que gosta de fazer seu trabalho. Estava nervoso. Eu também. Isso não acontecia há tempos, talvez seis meses, e eu me sentia um pouco letárgico, um pouco fora de forma. Se fosse há uns dois anos, eu já estaria no topo da berma agora, examinando com os óculos de aviação e com a mão esquerda no fuzil AR. No entanto, tive de procurar o fuzil em meio ao tecido úmido e frio no fundo da mochila. Perto dele estavam os óculos, dentro de uma velha meia de lã. Pelo menos pensei em trazê-los comigo enquanto dormia. Coloquei os óculos de aviação na testa e estiquei o elástico sobre a parte de trás da cabeça e, bem devagar, silenciosamente, puxei a alavanca de armar encaixada à arma. Subi na berma devagar, com a máxima cautela.

Jasper ficou imóvel. Esforçando-se para não ceder ao impulso de correr atrás do cheiro na escuridão. Ou talvez fosse algum som, algum som em uma frequência que penetrava sua quase surdez. Subi lentamente a parte íngreme atrás da berma. Rezei para que fossem coiotes ou mesmo lobos. Não estava nem um pouco a fim de matar. Não eu, não estava a fim de espionar por Bangley.

No topo da berma, deslizei o fuzil para a parte de cima e me abaixei na terra fria, movimentando-me sinuosamente até meus olhos ultrapassarem a borda.

À luz da lâmpada da varanda, eu os vi. Um dois três quatro cinco... *quebrar a formação de um dois três quatro cinco tolos, simplesmente assim, do nada...* Cinco homens, todos adultos, com exceção talvez de um menor, talvez mais jovem.

Merda.

Com grande esforço naquele primeiro verão, nós erguêramos o contentor de lixo na parte de trás, ao sul, talvez a uns 30 metros de altura acima da casa. Estava virado de lado, com a abertura de cima totalmente escancarada. A margem do rio era íngreme e profunda. A corrente de água passava ao redor do aeroporto, portanto ele estava em um cotovelo de rio. Uma vala perfeita. O único trecho raso era uma trilha que ia até a base dessa casa, a única trilha que iluminamos. Então eles naturalmente se agrupavam contra o contentor de lixo, à sombra da lâmpada, abrigados pela casa onde eles — qualquer um que não fosse um soldado profissional — imaginariam a ameaça e o prêmio.

É sopa no mel. Seja lá qual for a metáfora que se aplique ao infeliz que logo estará morto.

Eu mato veados. Não tenho problema quanto a isso. Tirar a pele, destrinchar, comer.

O coração agora está martelando como se quisesse sair pela boca. Toquei meu cinto e apertei as laterais do rádio, pressionando o botão do microfone três vezes. Depois mais três, e ainda mais três. Então comecei a contar. Antes de chegar a duzentos, Bangley estaria passeando atrás de mim carregando duas armas: o M4 e um fuzil de precisão leve, provavelmente um AR-10 calibre .308. Contei para mim mesmo e coloquei o fuzil sobre um dos sacos de areia na parte mais alta, acomodando a coronha no meu ombro direito e mirei. Vinte e sete metros e meio de altura. Medíramos cada centímetro.

Cento e trinta e um, cento e trinta e dois

Estavam agachados e falavam entre si, sussurrando. Não conseguia ouvi-los. O vento estava fraco, passando gelado por trás de meu pescoço, na direção ocidental de mim para eles. Levando o som. Muito devagar, coloquei o dedo no gatilho para atirar, ouvi o clique, estremeci; pareceu alto, soltei a pequena alavanca para o automático.

Cento e setenta e nove, cento e oitenta

Não eram nada profissionais. Estavam agachados juntos como um único alvo. Nessa distância, apenas um estava completamente na minha mira, muito mais do que na mira. Eram seguradores de fazendeiros. Provavelmente. Miseravelmente juntos. Mas. Mudei a mira, a mais leve pressão da parte interna de meu ombro, e eu acabaria com eles. Tinham armas, cada um deles. Enquanto fazia a varredura, a imagem tremia com as marteladas de meu coração. E a essa altura eram matadores. A essa altura de nossa história que faz todos serem culpados. A quem dizer quantos ou com que crueldade? Naquele momento estavam todos reunidos na posição de ataque armado. Quem sabia que remanescente da família conseguira sobreviver naquela casa? E.

A crueldade daquilo despencou sobre mim: eles em relação a casa, a família ficcional, eu em relação a eles, qualquer um de nós poderia estar nessa posição. *Não pense, Hig. Você vai acabar nos matando*, Bangley gostava de bradar.

Dois zero cinco, dois zero seis. Não, Bangley. Que merda. Nunca aconteceu de ele não estar aqui antes de duzentos, geralmente antes.

Afastei um pouco meu olho do visor e virei minha cabeça para a esquerda. Sem sombra. Nenhum vulto, Bangley não estava se aproximando. *Droga*. Olho de novo na mira. A mão no guarda-mato tremia. Comecei a tremer.

Eles conversavam entre si. Destravei o gatilho com a mão esquerda trêmula, liberando-o. Mirei para o lado fora da linha do visor. Meu campo de visão se abriu.

Mesmo quando garoto, a parte de matar era a de que eu menos gostava. Adorava caçar com meu tio Pete. Era um homem ultrapassado nas letras e nos combates, assim como Ernest Hemingway e Jack London, exceto pelo fato de ensinar dança de salão. Em navios que fazem cruzeiro. Ele e tia Luiza faziam isso há uns 20 anos. Ela morreu, e meu tio, normalmente falante e exuberante, se tornou calado, mais sério. Continuava engraçado, entretanto. Não era muito bom em nenhum dos dois, nem no combate nem nas letras, mas eu o idolatrei durante muito tempo, mais tempo que o necessário. Fui à minha primeira caçada de alce com ele, aos 12 anos. Eu era bom. Entendi com rapidez a topografia e o habitat quase como se tivesse crescido entre os povos das montanhas. Era silencioso e cuidadoso quanto à direção do vento, o som dos galhos finos sibilando pelo tecido de minha mochila e o som das águas encobrindo. Era também um espreitador competente e útil no acampamento, quase pulando para fora do saco de dormir às 5 horas da manhã de um dia gelado de novembro. Adorava aquilo tudo, e não me incomodava nem um pouco em colocar o alce intimidado na mira. Contudo, havia a maneira pela qual ele cambaleava sobre as rochas caídas quando eu atirava, tropeçando e dando cambalhota sobre seu pescoço, e a forma pela qual seus olhos procuravam me impressionar, arrastando as pernas inúteis, inclinando-se sobre as rochas antes de eu atirar novamente bem na cabeça, em pânico, e a vida deixava seus olhos e pernas. E havia também o modo pelo qual eu tirava as tripas do animal, seu sangue espirrando sobre o chão congelado, misturando o vermelho com o leite quente de suas tetas...

Não gostava daquilo. Fazia isso durante anos e adorava tudo, inclusive ter carne de alce no freezer, mas matar, não. Não gosto nem de matar insetos.

Dois vinte e três, dois vinte e quatro

Nada de Bangley. Tentei negociar certa vez. Foi o mais próximo que cheguei da morte.

As velhas regras acabaram, Hig. Foram pro saco. Foram-se com as geleiras e o governo. É um mundo novo agora. Mundo novo, regras novas. Nunca, jamais negocie.

Ele adorava dizer isso antes de se preparar para atirar em alguém.

Cinco... Era um grande bando, o maior que tivemos nos últimos anos. Eles estavam agachados, o maior deles, mais próximo ao contentor de lixo, tinha um fuzil com mira e estava virado para trás dando as instruções, sinalizando com a mão direita, tocando o gorro enfiado na cabeça, o que estava bem ao lado tinha um tipo de fuzil de assalto, provavelmente um AK, e os outros três: duas espingardas de caça e um fuzil, tudo bem visível, a 27 metros, com os óculos de aviação. O terceiro da esquerda para a direita com uma espingarda usava um chapéu de caubói, um homem baixo com um chapéu grande. Estavam agrupados, acenando com a cabeça e prestes a se movimentar. Minha mão tremia. Eles jamais seriam alvo tão fácil.

Planejei atirar da direita para a esquerda. No automático. Coloquei a mira no meio da massa corporal do último e planejei cruzar pela linha intermediária do grupo.

Movi o indicador direito sobre o gatilho frio, respirei fundo, uma respiração profunda para soltar lentamente da forma ensinada e

Um forte estalo. A noite. Não eu. Um pulsar de chamas irrompeu do meu lado direito, a carcaça pesada de um caminhão, a rajada concatenada de tiros rápidos, o grupo na minha mira entrando em colapso, o ponto vermelho voando como um inseto letal, lançando suas sombras para cima e para a terra, para ser engolido pelo solo verde.

Eu não.

Não puxei o gatilho.

Um guincho agudo e um grito, um gemido, outra contorção de dor e lamúrias. Vi Bangley sair de trás do caminhão, sacar sua arma calibre .45 e andar calmamente pelo terreno aberto e dar três tiros. Os que estavam gritando silenciaram.

Um vento leve e frio. Sangue correndo em minhas orelhas, enxaguando os gritos. Silêncio.

Ele pegou as armas espalhadas, prendeu as cinco na presilha. Deu a volta na berma, soltou as armas, ouvindo-as tinir no chão. Falou baixinho com Jasper, subiu até onde eu fiquei ainda deitado de barriga para baixo, diria que ainda imóvel com o dedo no gatilho, porém mais como se estivesse paralisado, sem acreditar.

Que merda foi essa?

Bom, disse ele. Bom trabalho. Não tinha certeza de que você ainda tinha isso.

Ele quis dizer que eu faria. Que meu dedo estava movendo o gatilho. Antes de ele assumir o comando.

Que droga, Bangley. Você não tinha certeza de que eu ainda tinha o quê?

Silêncio. Ele sabia que eu sabia.

Nunca tive porcaria nenhuma comigo. Mas eu faço. Que merda você estava pensando? E se eu o visse e achasse que você era um deles?

Nunca aconteceu. Você me vê. Hã-hã. Não dessa maneira.

Abri a boca, fechei-a. Que coisa incrível. E se eles tivessem se separado? Quero dizer, tomado a iniciativa de atirar? Antes.

Silêncio. Ele sabia que eu sabia que ele os tinha na mira desde o princípio.

Bem, como é que você sabia que eu estava para puxar o gatilho e por que você não me deixou? Puxar o gatilho.

Silêncio. Ele sabia que eu percebi agora que ele me tinha na mira mais de perto do que os outros. Observando meu maldito dedo enquanto ele ficava com um olho nos homens que poderiam ter nos matado. Ele os tinha na mira o tempo todo. Atirou somente quando me viu prendendo a respiração, talvez. Eu o visualizei puxando o gatilho no primeiro homem sem ao menos olhar, observando-me primeiro na boa mira noturna sobre suas pernas, vendo-me estremecer, alarmado com o susto, para depois, de maneira casual, mas eficiente, pegar sua arma e metralhar o restante do grupo. Metralhar não. Bangley não usa o automático.

Provavelmente dois tiros para cada vulto em pânico. Tá-tá. Cada tiro rápido assim. Talvez ele estivesse rindo da minha confusão enquanto ceifava aquelas almas.

Venha cá, Hig. Deixa eu te mostrar uma coisa.

Ele vai até o topo e desce a berma. Jasper ainda está lá embaixo, tremendo. Não de medo. Posso vê-lo à luz das estrelas. Sentado nas patas traseiras, seguindo meus movimentos com preocupação, restringindo seus movimentos, pessoas fazendo seu trabalho como devem fazer.

Vem cá. Assobio suavemente. Ele pula, não como nos velhos tempos, mas ainda rápido o suficiente, subindo até o topo da berma. Bangley está lá embaixo entre os vultos negros esparramados. Jasper se movimenta de um lado para o outro, sem parar, cheirando, rosnando baixo.

Veja isso, Hig. Eles nunca poderiam ter feito isso.

Ele não parece infeliz.

Bangley sobe e acende a lâmpada de LED frontal amarrada em seu boné. A aba está virada para trás. Ele ilumina o homem baixinho, o que usava o chapéu de caubói. O chapéu agora estava caído no escoamento de um sulco a alguns metros de distância. É um menino. Talvez de uns nove anos. Mais ou menos isso. Melissa estava no sétimo mês de gravidez quando. Nove anos atrás. O menino é magro, com o cabelo emaranhado e embaraçado. Havia uma pena de falcão amarrada nele.

O rosto era encovado, uma sombra manchada de terra e castigado pelo Sol. Deve ter nascido no meio disso. Nove anos disso. Juntando as peças do quebra-cabeça deste mundo em uma imagem horrenda em sua mente, para terminar como um a mais na brincadeira de Bangley.

Ele resmunga. Armas nas mãos de bebês. Deviam tê-lo deixado para trás.

Onde?

Bangley dá de ombros, levanta a cabeça, a luz vem na direção dos meus olhos, deixando-me cego.

Contraio o rosto contra a luz branca e hostil, sem virar o rosto.

Se ele viesse andando sem rumo para fora dos limites do riacho amanhã, faminto, você teria atirado nele como fez com os outros, mas em plena luz do dia e a 300 metros de distância, e não 30.

Não consigo ver nada além da luz, mas sei que o sorriso de Bangley é largo e implacável.

Hig, você não aprendeu porcaria nenhuma nesse tempo todo. Você vive no passado. Fico imaginando se você gosta dessas coisas. Droga.

Ele se afasta. Ele quer dizer que mereço isso. Viver.

Vou embora e deixo Jasper com seus interesses. Nós os enterraremos amanhã.

É isso o que faço, é o que tenho feito: tiro a pele das ancas, braços, peito, nádegas, panturrilhas. Corto fatias finas, coloco em salmoura e seco-as para Jasper, para os dias seguintes. Você se lembra da história do time de rúgbi nos Andes? Os corpos eram corpos já mortos. Eles faziam o que faziam para sobreviver. Não sou diferente. Faço isso por Jasper. Eu como carne de cervo, peixes de fundo, coelho e os peixes prateados. Mantenho a carne seca em baldes hermeticamente fechados. Jasper gosta mais dessa carne, com certeza por causa do sal. Amanhã farei tudo de novo, mas o menino não. Eu o enterrarei sem qualquer sensibilidade nem arrependimento, mas inteiro, com sua pena de falcão.

Chegamos a este ponto: refazendo nossos tabus, esquecendo as razões originais, mas ainda mergulhados em advertências. Dou a volta por trás da berma. Deveria me deitar nos cobertores e dormir com a berma atrás de mim como uma grande lápide. Assim estaria descansado para voar amanhã. Não dormirei a noite toda. Coloco a arma no chão, só a arma, acomodando-a debaixo da mochila, e continuo andando.

< II >

Naquela época, dedicava-me ao ato de voar com a sensação de estar fazendo algo que nasci para fazer durante minha vida toda. Muitas pessoas que pilotam aviões sentem-se assim, acho que isso tem mais a ver com algum tipo de gene de copa de árvore ou topo de montanha do que com qualquer sentimento de liberdade ilimitada ou metáforas do espírito que transcende. O modo pelo qual a terra embaixo se transforma. A forma pela qual a paisagem se encaixa ao redor das bacias hidrográficas, dos vasos capilares e artérias de quedas d'água. As encostas das montanhas, corcundas e enrugadas, comprimindo-se para dentro das fendas do vale profundo e do riacho, da ravina e do precipício; os lugares baixos definindo os picos; as cadeias montanhosas e os contrafortes, do mesmo modo que os contornos definem a superfície de um rosto, diminuindo os recortes dos cânions; as campinas pantanosas e os vales com despenhadeiros mais baixos; os rios sinuosos e os leitos secos onde as águas corriam e pareciam segurar as montanhas e as ondas das planícies altas, e não o contrário. A forma como os assentamentos se espalham para então juntarem-se nesses rios e amontoarem-se em cada afluência. Pensei: é uma visão que deveria nos surpreender, mas isso não acontece. Já vimos isso antes e interpretamos esse terreno abaixo com a mesma facilidade que caminhamos pelas margens de um riacho, e sabemos onde colocar nossos pés.

Contudo, o que eu mais amava desde o primeiro treinamento de voo era a harmonia, a sensação de tudo estar em seu lugar. As fazendas em suas áreas quadradas, as estradas municipais divididas em quatro e orientadas para os pontos cardeais, quebra-ventos lançando longas sombras na direção oeste pela manhã, fardos redondos, gado espalhado e cavalos parecendo perfeitos em seus desenhos, como se fossem estrelas salpicadas, retendo o mesmo Sol vermelho nos flancos; caminhonetes nos jardins, trailers estacionados em fileiras diagonais, casas de loteamento repetindo a iluminação lateral dos telhados, o campo de beisebol e as pistas ovais de kart, até mesmo os ferros-velhos, filas irregulares de carros enferrujados e amontoados de restos de metal tão inevitáveis e adoráveis como os choupos delineando os rios, traçando suas enormes sombras. A pluma branca da chaminé de uma usina hidrelétrica inclinava-se para o leste com o vento da manhã, pura como algodão. Isso era antigamente. Daqui de cima não havia infelicidade, sofrimento, conflitos, apenas desenhos e perfeição. A quietude imortal da pintura de uma paisagem. *Nor never can those trees be bare...* (Essas árvores não serão desnudadas)[6]. Até mesmo as luzes piscantes do carro de emergência seguindo pela trilha de uma autoestrada pulsavam com o ritmo tranquilizador de um grilo.

[6] Trecho de um poema de John Keats, "Ode a uma Urna Grega" (N.T.).

Enquanto voava, vendo isso tudo como um falcão veria, de alguma forma me libertava dos detalhes dolorosos: não sou adepto do sofrimento, não tenho as articulações mais rígidas, não sou sempre solitário, não vivo constantemente com nojo de ter matado e pareço destinado a matar novamente. Sou aquele que sobrevoa tudo olhando para baixo. Nada me toca.

Não tenho ninguém com quem falar sobre isso, e ainda assim me parece muito importante deixar as coisas claras. A realidade e o que provavelmente foge a ela. Que ainda agora, às vezes, é belo demais para suportar.

Também imagino do que Bangley seja feito por dentro e todos os que são como ele. Ele está em casa com sua solidão enquanto a nota reverbera por dentro como um sino. Ele prefere. Protegerá sua solidão até a morte. Vive para protegê-la à maneira que o falcão-peregrino vive para matar outros pássaros enquanto voa. Bangley não quer comunicar o que a morte e a beleza fazem uma com a outra dentro dele.

Eu o levei para andar de avião na primeira semana depois de sua chegada. Ele queria conhecer nosso perímetro, nossos pontos fracos de aproximação. Bangley se espremeu no assento do passageiro e dei-lhe um fone de ouvido para que pudesse falar comigo. Fiz círculos amplos por fora e subi como um falcão. A manhã estava clara, os canais ainda tinham sombra e um bando de gaivotas muito brancas voavam entre nós e o chão. A 16 quilômetros por hora e 305 metros de altitude, disse ele.

Druidas. Faça uma volta voando mais baixo.

Nunca tinha ouvido aquela palavra.

Eu os encontrei no caminho, contou-me ele. Têm a doença no sangue. Gritei do outro lado do terreno, de longe, e atirei em dois que chegaram perto demais. Gostaria de ter um explosivo agora.

Olhei para ele de relance. Fiquei chocado. Nunca ouvira essa história, mas é claro, como poderiam saber que Bangley acabara se tornando meu vizinho, meu parceiro?

Algumas crianças mais levadas saíram de dentro de uma cabana onde ficam os perus e acenaram, pulando. Bangley virou seus ombros arqueados no assento apertado para olhar para mim.

Eles conhecem você?

Sim. Eu os ajudo. Eles não são druidas, são menonitas.

Senti seus olhos na lateral do meu rosto e depois ele se virou. Ele não disse mais nada o restante da viagem, nem mesmo quando passamos perto das montanhas e vimos a neve fresca despencando sobre as cadeias montanhosas.

< III >

Fico pensando o que é essa necessidade de falar.

Animar de algum modo a quietude mortal da beleza mais profunda: respirar vida ao falar.

Imagino que seja para contrariar o *modus operandi* de Bangley, que é basicamente matar tudo que se move.

< >

Na noite do tiroteio unilateral em que não puxei o gatilho, caminhei até passar pelos hangares do lado oeste e continuei andando. Jasper tinha bom olfato e eu sabia que, se ele levantasse o olhar e ficasse preocupado, acabaria me seguindo. Não queria assobiar e tirar Jasper de sua diversão. Conhecia Bangley o suficiente para saber que ele já matara o suficiente por uma noite para se meter com meu cachorro. Não levei os óculos de aviador nem armas. Bangley sempre usa um cinturão para carregar armas, tenho certeza de que ele dorme com isso. Nunca o vi dormindo, mas imagino quantas noites ficou nos observando na base da berma, cochilando. Existem inúmeras coisas nesse homem que me assustam, mas essa é a pior, a impiedosa sensação de ser vigiado. Aprendi a conviver com isso da mesma forma que a tribo Cree no Canadá deve conviver com os enxames de mosquitos. Convivo. Mas existe um medo torturante: se meu vizinho decidir que os ataques diminuíram o suficiente para defender o lugar sozinho, ou se minha visita às famílias for arriscada demais, ele mataria a ambos, a mim e a Jasper, sem problemas, com dois tiros fáceis a cinquenta passos de sua varanda. Sendo assim, sou louco, nesse sentido, por dormir ao relento, mas se Bangley quisesse me matar teria inúmeras oportunidades a qualquer hora, portanto decidi desde o início fazer minhas escolhas diárias sem incluir a Sra. Morte no cálculo.

Pensava nisso enquanto passava pelos últimos hangares e, longe de nossa lâmpada acesa na única varanda que não estava na escuridão total das planícies iluminadas pelas estrelas, considerei que, assim sendo, a visita dos cinco homens serviu como um tipo de garantia a favor de minha sobrevivência, pelo menos por enquanto. Por algum tempo Jasper e eu éramos indispensáveis, apesar de Bangley ter despachado o grupo, a parte da matança, com os olhos bem abertos.

Passei ao redor do antigo tanque de combustível, que era verde à luz do dia, e agora estava preto, expandido em meio ao matagal alto de sálvia, e meus pés encontraram sem hesitar a trilha desgastada que dava nas montanhas. Minha trilha. Pela qual Jasper e eu passamos durante nove anos, e Bangley em sua torre. O aeroporto de Erie não tinha torre de comando, era uma área não controlada, o que significava que os pilotos simplesmente falavam uns com os outros e resolviam as coisas de acordo com o protocolo há muito usado, mas Bangley e eu construímos nossa torre a seis quilômetros de distância sobre a planície, a meio caminho das montanhas, e essa torre era usada para matar. Demoramos dois meses para construí-la, soltando as tábuas e destruindo com cuidado uma coisa de madeira feia, atarracada e moderna na Piper Lane, que me fazia lembrar de uma escola de ensino fundamental dos anos 1970. Transportamos a madeira até o local na caminhonete dele quando ela ainda funcionava, e em seu reboque, o mesmo em que ele apareceu, recheado de pistolas, armas de todo tipo, bombas, comida enlatada e munição. Transportamos também um gerador, de um dos hangares do lado norte que funcionava sem eletricidade, fazendo-o funcionar com combustível de aviões para ligar serras e furadeiras. Bangley não era um carpinteiro nato e foi a primeira e única vez em que o vi fazendo um trabalho manual com algum tipo de glória. O trabalho incentivou, agora vejo com total clareza, longos tiros com sua arma calibre .408. Ele mal podia esperar para chegar à plataforma mais alta e instalar o banco de descanso e o suporte giratório com trava que ele passara horas desenhando em sua mesa. Uma instalação permanente para seu telescópio portátil e outra para seu telêmetro a laser. Nenhum deles — a arma, o telescópio ou o telêmetro — ficava na torre, nunca. Mas ele deixava um anemômetro para medir a velocidade e a direção do vento lá fora, no mastro, onde não seria prejudicado pelo desvio do vento caindo do telhado, e deixava também suas tabelas balísticas em uma gaveta que fiz para ele.

Seu raio favorito era de 365 metros. Perto o suficiente para garantir a morte com sua habilidade, mas também longe o suficiente para lhe massagear o ego. O que queria dizer que havia um ponto na trilha no qual muitas pessoas, naqueles anos todos, tiveram seu último triste olhar neste mundo. Era um ponto literalmente ensopado com sangue. O chão, ali, a terra entre a sálvia ao sul da trilha e os densos bosques ao norte, estava preto de minerais cúpricos do sangue derramado, manchado da mesma maneira como fica o local no jardim ou na entrada de carros onde se troca o óleo. Naquela noite, percorri os seis quilômetros mais os 365 metros em muito menos de uma hora. Não percebi a distância nem o tempo. De acordo com meu calendário, era a noite do dia 21 de abril, que até onde sei não é nenhum solstício ou equinócio, mas de qualquer modo parece significativo para mim, como todos os dias 21 do mês. Também era o dia do aniversário de Melissa. Ela não gostava de festas, portanto nunca fazíamos. Fazíamos jantares calmos, geralmente sushi, que ela considerava uma forma decadente de alimentação, mas adorava comer, contudo, duas vezes ao ano. Os de que ela mais gostava acabavam perto do fim, o atum, o solha e o salmão selvagem, mas os restaurantes eram tão caros que paramos de frequentá-los.

Sempre lhe dava um livro. Um livro de capa dura usado, na mesma seção da livraria de livros usados onde se encontravam Hardy Boys e Nancy Drew, e o embolorado e rabiscado *Hobbits*, as capas de papel ilustradas que cobrem as capas duras, frequentemente rasgadas ou perdidas. No entanto, sempre alguma ideia principal da capa ilustrada era estampada no tecido da capa dura, a parte de trás de um cavalo ou um elmo antigo, para que se pudesse fechar os olhos e passar as mãos sobre a superfície granulada e sentir as curvas superficiais do cavalo indomado, os desenhos braquiais de uma árvore que se esparrama.

O meu predileto era um tipo de guia ilustrado de criaturas

aquáticas no qual uma criança pequena escrevera a lápis em cada página debaixo da figura de uma lontra:

> Eu amo a lontra
>
> Debaixo de um rato-almiscarado:
>
> Eu amo o rato-almiscarado
>
> Castor:
>
> Eu amo castor

< >

Passei pela torre na escuridão. O caminho pela vegetação cerrada absorveu e devolveu a luz da Via Láctea, deixando visíveis suas sinuosidades. Passei sobre o local para onde a mira está apontada, sobre uma mancha negra que não era a sombra da sálvia. Não tive calafrios nem senti muitas coisas. Senti o vento. Estava a oeste das montanhas e deveria estar o frio dos dias de neve, mas estava quente e havia cheiro de terra e de cedro, nas inclinações mais baixas, e de abetos, mais acima. Como rochas emergindo do gelo. Líquen e musgo. Pensei que aquele cheiro era o da primavera.

Estávamos em meados de abril, cedo demais para um degelo, mas as referências das antigas estações ficaram na saudade. Tivemos neve nas montanhas nesse inverno, mas houve dois anos seguidos em que os picos ficaram secos, quase sem nada. Isso me assustava mais do que ataques ou doenças.

Perder as trutas era ruim. Perder o riacho era outra coisa.

Eu ainda pescava nas montanhas. As trutas tinham acabado porque os riachos ficaram quentes demais, mas eu pescava rêmoras e carpas, que embelezavam o fundo da água como antes. Tinha de superar a repugnância quando pegava uma rêmora, com sua boca esticada e suas escamas. Era uma resistência indolente que não poderia ser chamada de luta. Obriguei-me a me acostumar com o gosto e as espinhas. Agora que não havia mais trutas, as carpas aprenderam a ocupar o espaço, alimentando-se cada vez mais na superfície, tanto que eu até pescava com moscas artificiais. Nunca as levava para Bangley porque ele não entenderia. As horas passavam. Esse era o perigo em ficar tão absorto ao longo da correnteza, que era a passagem tanto de animais como de viajantes.

Mas eu ficava ali. Bangley teria chamado isso de "divertimento", era como ele chamava ironicamente qualquer coisa que não fosse nossa sobrevivência direta, ou matar, ou planejar matar, o que dava no mesmo. *Deus do Céu, Hig, nós não estamos aqui por divertimento, estamos? Que droga.* Caçar veados era uma coisa. A quantidade e qualidade de proteína em uma viagem bem-sucedida compensava o risco. O fato de eu querer ir, de precisar — chegar até lá em cima, ficar afastado, respirar aquele ar —, ele deixava passar. Se eu detestasse ele acharia melhor. O mesmo acontecia com voar. Ele sabia que voar para mim era, de certa forma, viver, e ainda assim ele não conseguiria contar nas duas mãos as vezes em que fomos comprovadamente salvos pela inteligência da patrulha.

Ele não era meu chefe e eu fazia o que queria, mas ele deixava bem claro todo seu descontentamento, e depois de algum tempo era mais fácil não deixar essas coisas à vista. Era uma questão de não cutucar a onça com vara curta no dia a dia.

Eu pescava. Costumava deixar minha mochila encostada em uma árvore ainda verde. O caiaque trenó. Meu fuzil. Passei pelo besouro-do-pinheiro, pelos tocos das árvores mortas que se quebraram e caíram ao sabor do vento, e segui adiante mata adentro. Sempre buscava um trecho da mata que não havia morrido, ou que estava brotando. Coloquei a mochila no chão e respirei o aroma da água que corria, das pedras frias, dos abetos, que me lembravam os sachês que minha mãe guardava nas gavetas de meias. Respirava e agradecia a algo que não era exatamente Deus, a algo que ainda estava por aqui. Podia quase imaginar que esse algo já existia quando éramos jovens e muitas coisas ainda viriam.

Escutava o riacho e o vento, observando esse último movimentar os galhos escuros e pesados. Em um lago abaixo de mim, a superfície escura estava coberta de pólen verde. As raízes de uma árvore estavam expostas na margem, contorcendo-se sobre a água e nos espaços entre elas, ao ritmo do vento, viam-se os reflexos dos fios de uma velha teia de aranha, balançando.

Tirei as quatro partes da vara de pesca envoltas em uma flanela e montei-as, observando as guias e girando os círculos de metal brilhantes para que ficassem bem alinhados. Era um conjunto de quatro varas de pesca da marca Sage que eu tinha desde o ensino médio. Meu pai me deu no meu aniversário de 16 anos, logo depois de eu ter ido morar com ele. Meu pai morreu de câncer no pâncreas no ano seguinte, antes de conseguir me mostrar como usá-la, mas acabei aprendendo sozinho e com tio Pete.

Retirei a carretilha que ganhei com a vara, que mantive limpa e lubrificada quando nenhuma parte de minha vida funcionava bem, se é que algo funcionava. Deslizei o pé do passador para dentro da fenda de alumínio que fica na parte superior do cabo de cortiça e atarraxei a porca. A porca percorreu a vara de pesca e o fixador da carretilha. O cabo tinha um desenho de diamantes em relevo para facilitar a pegada do polegar e do indicador. A porca girou facilmente, travando bem.

Tudo isso, os movimentos, a sequência, a tranquilidade, o regato e o gorgolejo apressado, as ondulações do riacho e o vento sussurrando nos galhos das grandes árvores. Enquanto coloco a linha na vara de pescar. Eu já fizera isso centenas, provavelmente, milhares de vezes agora. Tratava-se de um ritual que dispensava o pensar. Como calçar meias. Porém, esse ritual me punha em contato com algo que era muito puro, o que significava que, ao pescar, o melhor de mim sempre vinha à tona. Minha atenção e meu cuidado, minha disposição para arriscar e meu amor. Paciência. Não importa o que estivesse acontecendo. Comecei a pescar logo depois de meu pai morrer e tentava pescar da maneira que achava que ele faria. É um pouco estranho pensar nisso agora: tentar seguir os passos de um homem que nunca vi empunhar uma vara de pescar, com a ferocidade de um filho para quem esse homem nunca tivera muita chance de ser um pai.

Quando perdi minha namorada do ensino médio, fui pescar. Quando estava em meio a uma crise de frustração ou desespero, parava de escrever o que fosse e ia pescar. Fui pescar quando conheci Melissa e nem ousava ter esperanças de que encontrara alguém que pudesse amar de um modo que ultrapassasse tudo o que havia conhecido. Eu pescava, pescava e pescava. Quando as trutas foram atingidas pela doença, pesquei. E quando a gripe finalmente a levou enquanto estava sendo tratada na Ordem Social Beneficente dos Elks, convertida em hospital, lotado de macas com mortos a menos de quinhentos metros de nossa casa, fui pescar.

Não me deixaram enterrá-la. Ela foi incinerada com os outros. Fui pescar. No caos crescente dos suprimentos cada vez mais escassos, das longas filas para comprar combustível e dos tumultos, eu pescava. Até então pescava carpas como válvula de escape e para seguir um trecho do riacho, as curvas e os humores que conhecia tão bem quanto conheci o corpo de minha esposa falecida. Durante todos os anos que passei no aeroporto, continuava levando minha vara de pescar até as montanhas. Pousava minhas coisas, montava a vara de pesca e respirava. Jasper entendia a deixa e se deitava na margem, onde podia ter uma boa visão do que acontecia. Calcei as botas de pescador, que eram como tênis de cano alto com uma borracha aderente nas solas, pisei nas pedras arredondadas que estavam empoeiradas e acinzentadas e entrei na água. Assim que as pedras próximas ao leito do rio ficaram molhadas, sua cor tornou-se mais viva: verdes, marrom-douradas e azuis. Eu também. Também me senti assim. Imediatamente o frio congelante atingiu meus pés, pressionando minha canela.

Nunca mais usei as botas de pescador. Gostava da sensação do frio correndo contra minhas pernas.

Estava pensando, lembrando-me disso enquanto seguia pelo caminho que ia na direção das montanhas, lembrando que não pescava há mais de um ano, nada no verão passado, e fiquei desejando que tivesse agora a vara de pesca e Jasper, pelo menos os suprimentos necessários para pescar durante um dia, sem armas, que se danasse Bangley, pois não ia fingir que estava indo caçar. Mas não tinha nada disso. Vinha caminhando pelo tempo que Órion demorou para se pôr atrás das montanhas, provavelmente uma hora e meia, e então parei. Respirei e olhei em volta pela primeira vez, percebendo que estava muito perto das primeiras árvores ao pé da montanha. E estava sozinho. Saí dos meus devaneios e quase chamei por Jasper, percebendo só então que ele não estava comigo. Um medo gelado contraiu meu estômago, virei-me e corri, trotando devagar por todo o caminho de volta.

< IV >

Esquentou rápido. A primavera abriu caminho sem resistência. Duas semanas antes da do ano passado, de acordo com o calendário. Rabisquei os dias em uma tábua de madeira no hangar. Percebi a ameaça de uma noite com geada, então fiz sulcos e estiquei fios ao longo das fileiras, semeando e plantando sob um Sol benéfico que aquecia a parte de trás de meu pescoço e deixava o pelo de Jasper agradavelmente quente sob minhas mãos.

Plantei as mesmas coisas de todos os anos: vagem, batatas, milho. Espinafre também, que eu cultivava ao lado dos pequenos pés de tomate que já havia começado a plantar.

Nos últimos dias, quando decidi que teria de sair da cidade rapidamente, foi tudo o que levei para meu galpão no quintal dos fundos. Uma cesta velha e encrustada de terra com pacotes de semente e um balde com sementes de batata. Os mesmos cinco legumes, sendo que esse era nosso décimo plantio. Logo teria de trocar sementes com as famílias para manter as plantas fortes. Por que não fizera isso antes, não sei. Em alguns anos, utilizei o calor do jardim de inverno de uma das mansões para plantar mudas, mas elas morreram com a forte geada cada vez que o frio vencia o calor retido no chão de tijolos. Eu não poderia me preocupar em colocá-las num fogão à lenha para mantê-las aquecidas. Então fiz uma pequena estufa para o espinafre, para que pudéssemos tê-lo o ano inteiro e, para os tomates, faço isso na primavera. Geralmente funciona. Plantava as batatas mais tarde que o normal, para que tivéssemos uma colheita tardia e as tivéssemos durante o inverno todo. Com o que tínhamos, e apenas comigo e Bangley, enlatava mais do que podíamos consumir e estocava em jarras e uma pilha de batatas em um quarto frio no porão de minha casa, a que tinha a lâmpada. Nunca contei a Bangley, mas jogava legumes frescos no verão, e jarros durante o ano para as famílias, que também tinham sua horta, mas tinham a infelicidade de serem mais fracos por conta da doença.

Nessa tarde do fim de abril, trabalhei lentamente, aproveitando o calor do dia e deixando o sol penetrar meus ossos depois do inverno. Conversava com Jasper o tempo todo.

Precisamos fazer um montinho de terra, eu o chamava, pegando a pá. Temos de fazer duas fileiras caprichadas para as batatas.

Jasper abria bem os olhos e concordava, feliz em apenas ficar deitado sobre um monte de terra aquecida pelo Sol, supervisionando.

Ei, onde estão as estacas para os feijões? Onde você as enfiou?

As orelhas de Jasper ficavam de pé e sua boca se abria em uma versão de um sorriso. Ele não sabia. Não dava a mínima.

Se a vida fosse simples assim, pensei, como pensara muitas vezes antes. Simples como a vida de um cachorro.

Cavei com a pá os montinhos para as batatas e enterrei as porções, cada uma com seu furo no centro. Encontrei os pedaços de madeira que usávamos como estacas para os feijões e finquei-os, alinhando-os com um barbante e amarrando três linhas paralelas, como uma escada para as parreiras, a uma altura superior a 1,80 metro. Não havia nada mais gratificante na Terra quanto uma parede de feijões, com as folhas balançando, mais altas do que você.

Não havia pressa. O que não plantássemos hoje, plantaríamos amanhã. Provavelmente estaria quente o suficiente até para plantar milho. Nossas sombras se moviam para o norte ao meio-dia, alongando-se sobre os sulcos do arado enquanto o Sol da primavera transitava na direção noroeste. Cantarolava quase desafinando. Melissa sempre me provocava por causa da melodia inconsciente que eu repetia dia após dia enquanto trabalhava. Sempre a mesma música que não era música. O consolo. Fiz uma pequena vala para os feijões, espalhando-os e cobrindo-os com firmeza. A terra que eu cavava cobria os pelos de meu braço e me sujava o rosto quando coçava o nariz com o dorso da mão. Com o riacho represado, a água escorria até a vala rasa na parte principal da horta, dividindo-a em quatro partes com a ponta da pá para fazer a água correr para dentro dos sulcos. Os afluentes prateados na terra revolvida tornaram-se avermelhados e derreteram com o Sol baixo, manchando a terra dos dois lados. Até o meio da noite, a plantação toda estaria molhada.

Estava cansado. Amanhã plantaria o restante, os tomates e o milho. No dia seguinte, se o tempo estivesse bom, Jasper e eu levaríamos o trenó, e desta vez a vara para a pesca com moscas, e subiríamos as montanhas para caçar.

Cervos perambulavam pelas planícies, mas eles sabiam de alguma forma que deveriam ficar longe do aeroporto, e eu não tinha tido muita sorte perseguindo-os na pradaria aberta. Eu era um caçador das montanhas e, ainda assim, queria subir lá antes que a maré ficasse muito alta.

Algumas vezes Bangley subia até o segundo andar de sua casa com um saco de areia em uma janela aberta e atirava a distância, por esporte, o quanto podia. Ele matou dois lobos cinza a uma longa distância, mas então eles também se mantiveram a distância. Ele costurou a pele de um animal sobre o capuz de seu casaco de inverno e o usava como troféu.

Fiquei no fundo do novo jardim contemplando o Sol tocar as montanhas, tingindo de vermelho a terra revolvida e os filetes de água. Posso dizer que havia algo se mexendo dentro de mim, parecendo um tipo de felicidade.

Nunca conseguiria dar nome a isso. Não naquela época. Por medo. Mas hoje consigo.

Vamos lá, Jasp.

Finquei a pá na terra solta a fim de continuar no dia seguinte e voltei-me para o hangar, ouvindo as palmas abafadas enquanto Jasper se sacudia e vinha trotando atrás de mim.

< >

Dois dias, eu disse. Talvez três.

Enfiei dois sacos Ziploc com a carne para Jasper no fundo da mochila. Há muito tempo meu tio Pete me ensinou algo sobre a náusea: você pode se acostumar a tropeçar sobre um bode morto na soleira de sua porta. Mas e uma pessoa morta?

Por que três? Bangley perguntou.

Coloquei minha jaqueta impermeável acolchoada na mochila, uma bem volumosa com uma mancha marrom que tenho desde os meus vinte e tantos anos e que levo comigo para a floresta em todas as viagens. Por cima, coloco os sacos com a carne, a carne de cervo, e a lona de náilon impermeável, dobrada, que uso como tenda, além de um rolo de cordão de paraquedas.

Por que dois ou três dias? Há muita neve, Hig. Os veados devem estar lá em baixo.

Não consegui pensar em um motivo, então disse: Naquela última viagem em novembro, vi sinais de alces. Juro. Sei que você pensa que é loucura, mas vi. Pegadas de uma fêmea grande. Quero procurar outras. Meu Deus, se conseguíssemos pegar um alce.

Não olhei para ele. Silêncio.

Parecíamos um casal, incapazes de falar a verdade sobre as coisas mais importantes. Nunca mentira para Melissa sobre qualquer coisa, a não ser sobre ter a convicção de que ela ficaria curada da gripe. Ela sabia que era mentira e não se ressentiu. Estava doente demais para se preocupar se iria sobreviver. Ela teve disenteria com náusea e diarreia, e seus pulmões estavam se enchendo como na pneumonia, o que era aterrorizante. No final, só queria que tudo terminasse. Travesseiro, sussurrava para mim. Os olhos estavam opacos e sem foco, os cabelos molhados de suor, as mãos terrivelmente leves, quase sem vida sobre a minha. E frias. Travesseiro. Eu havia chorado. Tentei com todas as minhas forças não fazer isso, não chorar enquanto via meu mundo, tudo o que tinha alguma importância, fugir de meu alcance. Quase em pânico, posso dizer agora, arrumei o travesseiro atrás de sua cabeça na maca, sem saber o que ela queria que fosse arrumado, então ele foi afofado e apoiou-lhe a cabeça.

Não, respirou ela. Ela mal respirava. Sua mão arranhou as costas da minha como uma garra, como se estivesse tentando agarrá-la sem conseguir.

Use-o.

Olhei fixamente para ela.

Hig. Duas, três respirações curtas, incapaz de pegar oxigênio suficiente. Por favor.

Seus olhos estavam opacos, ainda azul-acinzentados. Sempre pensei neles como um mar límpido em um dia nublado, agora tinham uma cor mais profunda, esforçando-se para focar os meus.

Por favor.

Por favor.

Olhei ao redor do corredor cheio de macas procurando por um médico ou enfermeiro, na esperança desesperada de evitar aquela situação, mas eles estavam quase todos doentes ou começando a vomitar e a tossir. Aquilo era como o ringue do inferno, não havia ninguém. Um cheiro fétido, o clamor da tosse e doença.

Sua mão arranhava a minha, seus olhos não deixavam meu rosto.

Gentilmente levantei a parte de trás de sua cabeça, retirei o travesseiro, deitei-a de novo no lençol manchado, coloquei o travesseiro em volta e disse: Eu amo você. Mais do que tudo nesse universo de Deus. Seus olhos continuavam fixos nos meus, ela não disse nem uma palavra. Eu cobri seu rosto usando o travesseiro. Minha própria esposa.

Ela tentou levantar duas vezes, fez força, unhou-me de leve, ficou imóvel. O clamor no corredor não parou, os gemidos, a tosse. Não parou.

Eu a amava.

É com isso que vivo.
I lift my head off the pillow
I see the frosted moon
I lower it down I think of home.[7]

---

[7] Levanto a cabeça do travesseiro./ Vejo a lua congelada./ Baixando a cabeça penso em meu lar (N. T.).

Bangley indagou: O que há de errado com você, Hig? Você parece meio acabado.

Eu me sacudi. Como Jasper faz.

Não é nada.

Talvez você esteja precisando de umas férias, Hig. Você trabalhou demais na horta. Os homens não nasceram para ser fazendeiros, é o que acho. É o começo de tudo se danar.

Por férias ele queria dizer deitar na rede à sombra da casa. Entre duas árvores ornamentais, um abeto norueguês e um álamo que sempre me pareceu um pouco perdido aqui, e eles balançavam os galhos com saudades das montanhas de onde vieram.

Respirei. Sim, talvez você tenha razão. Mas, escuta, eu quero ir lá em cima. Se houver alces. Meu Deus. Seríamos reis.

Nós já somos reis, Hig. É o fim do mundo.

Ele começou a rir. De modo grave, como uma tosse. Desagradável.

Foi preciso acabar o mundo para que fôssemos reis por um dia. Hein, Hig? Capitães de nosso destino. Rá!

E então ele realmente tossiu. Uma crise curta. Quando acabou a crise, continuou: Bom, vá lá. Pesque um pouco. Curta seu divertimento. Relaxe. Pegue um maldito alce. Mas pegue um veado também, por que não, Hig? Algo que possamos comer.

Ele sorriu de orelha a orelha, encarando-me com olhos que produziam centelhas, como cascalho no fundo de um riacho.

Não mais que três dias. É sério. Toda vez que você dá suas malditas voltas, ficamos vulneráveis.

Levantei a cabeça e olhei para ele. Foi a primeira vez que admitiu minha utilidade.

Não durmo tão bem, admitiu. Para ser honesto.

Ele tossiu uma vez mais e cuspiu na porta do hangar. Bem, boa sorte, desejou, e saiu.

Ele não dormia bem quando eu estava fora. Como uma esposa. Maldito Bangley. Bem quando pensava que o queria bem longe.

< >

Partiríamos no dia seguinte ainda no escuro. Eu conseguiria fazer os 13 quilômetros sob as estrelas frias e chegar até as árvores com o ar ficando cinza e granulado. Fiz a mala para três dias, apesar de achar que, se encontrássemos um alce, esse tempo poderia se estender. Bangley teria de negociar. Eu poderia amarrar a mochila na parte de dentro do trenó e arrastá-la, mas eu o mantinha leve e preferia a mochila em meu corpo com o trenó quase sem peso atrás. Conhecia os riachos e me movimentava de uma drenagem à outra, por isso trouxera apenas dois litros de água.

Decidi fazer mais um voo. Para procurar a caça e dar a Bangley mais um dia de segurança nas três direções. A tarde estava agradável, com apenas uma brisa leve chegando até as montanhas, quente no Sol, mas quase fria como no inverno, na sombra do hangar. O fogão à lenha estava aceso e a chaleira estava em cima, soltando vapor. Fiz chá com o vaso das flores do verão, das folhas que sequei: morango silvestre, amora preta, menta, e me sentei na cadeira reclinável *Valdez* que puxei para fora do salão de jogos de uma das mansões. O nome vem do navio petroleiro da Exxon que se chocou com um recife causando um vazamento de petróleo no Alasca.

A cadeira reclinável era dupla, provavelmente para marido e mulher, mas agora para mim e Jasper, com uma alavanca de cada lado e revestida com o mais fino couro de bezerro. Era muito macia. Coloquei uma colcha ao lado dele, daquelas que estão na família há gerações. Feita em *patchwork* com tecidos estampados em azul e amarelo e com a estampa repetida de uma cabana rústica feita com quadrados e triângulos no tecido estampado. Cada peça diferente, mas com a mesma fumacinha saindo de cada chaminé, tecido de lã de cores vivas, bolinhas, ou cheio de cores. Dava a impressão de uma vila imaginária espalhada uniformemente sobre um campo de figuras geométricas e plantios floridos, na hora do descanso quando todos estão dentro de casa apreciando o calor de uma lareira. Como nós. Era reconfortante olhar para a colcha e confortável sentar na cadeira profunda em meio ao calor do fogão, reclinados até a metade, tomando chá.

Quase imaginava que era como antes, que Jasper e eu estávamos fora, em algum lugar por um longo tempo, e retornaríamos em breve, que tudo voltaria a ser o que era para mim, que não estávamos vivendo uma catástrofe. Que não perdêramos tudo, a não ser nossas vidas. O mesmo aconteceu ontem quando eu estava parado na horta. Acontecia de vez em quando: considerar isso bom. Só isso. Aquela beleza simples ainda era quase insuportável, e se vivesse momento a momento, da horta ao fogão ao simples ato de voar, poderia ter paz.

Era como se eu estivesse vivendo em duplicidade, e a duplicidade era a insistência virulenta da vida em seus azuis e verdes deitados sobre os tons de cinza da morte. Eu poderia alternar um e outro, pisando dentro e fora tão facilmente quanto poderia entrar e sair da sombra fria do hangar bem ali fora. Ou que eu não pisasse na sombra, mas que a sombra passasse por cima como a sombra de uma nuvem cobrindo meus braços causando arrepios, e passasse.

A vida e a morte viviam uma dentro da outra. Foi isso que me ocorreu. A morte estava dentro de todos nós, esperando por noites mais quentes, um sistema em risco, um besouro, como o que está agora matando a madeira preta nas montanhas. E a vida estava dentro da morte, virulenta e insistente como a força de uma gripe. Como deve ser.

Era a memória que me surpreendia. Fazia esforço para não lembrar e lembrava o tempo todo.

Spencer era o nome dele. Ia ser. Sophie se fosse menina. Bastante inglês. No segundo trimestre, decidimos que queríamos saber. A família de Melissa era escocesa. Eles vieram de Melrose quando ela tinha sete anos, matricularam-na em uma escola em West Denver e fizeram-na ficar de pé na frente da classe e repetir palavras como *arithmetic* enquanto todas as crianças soltavam risinhos e os professores quase desmaiavam com tanta meiguice. Ela disse que perdeu o sotaque completamente em dois meses. A capacidade de adaptação que só uma criança de sete anos consegue ter.

O nome de seu pai.

Nunca ficou doente, nem uma vez, o tempo todo. Nunca teve enjoo. Nunca teve desejo por abacates nem sorvetes.

Ela não gostava nem um pouco de caçar, mas adorava pescar. Ela pescava comigo quando podia. De certa forma, era melhor que eu. Ela não sabia calcular a distância nem tinha precisão para lançar o anzol, mas conseguia mais do que qualquer pessoa pensar como uma truta. Ela ficava em pé na margem do riacho, só respirava e observava os insetos voando, entrando e saindo da luz do Sol.

Os guias e as pessoas estranhas faziam coisas como bombear o estômago de seu primeiro peixe com uma bombinha de borracha manual para ver o que estavam comendo naquele momento. Como se já não fosse traumático ser pego, preso em uma rede, seguro no ar escaldante. Eles jogam o peixe de volta na água, mas será que sobrevivem à operação? As pessoas alegam que sim, eu duvido. Ela não fazia nada do tipo. Encaixava as duas metades de sua vara de pesca, colocava a linha e a puxava até embaixo, começando da guia de cima com um ruído da carretilha. Deixava os dedos finos deslizarem pelo comprimento do líder, o fio de náilon, empurrando para trás a aba do boné do Yankees, e então me perguntava.

Hig, o que devo usar?

Observei os bichinhos saltando dos ovos sob a luz do Sol ou se espalhando sobre a superfície. Virei algumas pedras para olhar as larvas.

Anzol Copper John número 18 na parte de baixo e um Rio Grand King, bem grande, na parte de cima.

Ela movimentava os lábios olhando para mim como se eu estivesse zombando dela. Então amarrava as iscas artificiais, uma mosca artificial e uma mosca-de-água feita com pelo de alce. Grande e pequena, exatamente o oposto do que eu dissera. Ou ela usava um inseto roxo e peludo, o que tinha a cabeça de latão em forma de cone, o que significa imitar o nado de um peixe vairão e uma estratégia completamente diferente.

Por que você me pergunta? Indaguei. Acho que pergunta para fazer exatamente o contrário.

Seu sorriso, brilhante e repentino, era uma das minhas coisas favoritas no planeta.

Não o estou desrespeitando, Hig. Estou fazendo uma pesquisa. Meio que calibrando o que estou pensando com o melhor pescador que conheço.

Agora elogios. Céus. Continue pescando.

Ela geralmente pegava mais peixes que eu. A não ser nos rios grandes, o Gunnison, o Green, o Snake, onde um alcance longo ajudava. Da última vez em que fomos pescar, tivemos uma briga horrível.

Tomei o chá. Ocorreu-me que Jasper possuía mais cobertores especiais do que qualquer outro cão no mundo. Tinha a colcha da cadeira reclinável *Valdez* com as cabanas, o cobertor para caça, o cobertor para dormir ao relento. Estava deitado de lado com o traseiro encostado em mim e as patas para fora do cobertor.

É possível amar de maneira tão desesperada que a vida se torna insuportável? Não falo do amor não correspondido, quero dizer estar amando. Estar vivenciando o amor e sentir-se desesperado. Por saber que acabará, pois tudo acaba. Um dia.

No começo, eu bebia. Todo tipo de comida foi consumido no primeiro ano, até os cavalos, mas a bebida ainda estava guardada dentro de armários nos porões. Bangley e eu a usávamos para desinfetar cortes. Bangley nunca bebia, era parte de seu Código. Não sei se achava que era algum tipo de soldado, ou até mesmo um guerreiro, mas era um Sobrevivente com S maiúsculo. Tudo mais, tudo o que Bangley foi no rigor de sua juventude, acho que considerava como treinamento para algo mais fundamental e mais puro. Vinha esperando pelo Fim por toda a sua vida. Se antes ele bebia, agora não mais. Não fazia nada que não fosse dedicado à sobrevivência. Acho que, de algum modo, se Bangley morresse de algo que não considerasse como legítima causa natural, e se pudesse ter um momento de reflexão antes da escuridão, ficaria menos decepcionado com o fim de sua vida sabendo que não tinha perdido o jogo. Por não ter cuidado de todos os detalhes. Por ter sido enganado pela morte ou, pior, por outro mendicante endurecido por esse holocausto.

Algumas vezes, penso que o único motivo pelo qual ele me mantinha por perto era para que tivesse alguém para testemunhar sua façanha de vencer dia após dia. Fiquei pensando se a proeza daquela noite foi só para que eu soubesse que foi ele. Que ele concede nossa sobrevivência todos os dias. Lembre-se disso, Hig.

Certa vez, ouvi uma piada sobre um naufrágio. Foi há muito tempo, quando uma modelo chamada Trippa Sands era a mulher que estava nos pôsteres das paredes dos adolescentes. A campeã das capas de revista, modelo de perfeição de sensualidade. Ela está de férias em um navio de cruzeiro enorme que bate em um recife no Caribe e afunda. Ela é arrastada pelo mar até uma ilha deserta com meu amigo Jed. Os únicos sobreviventes. São carregados até uma praia, onde as ondas os cobrem de espuma. Suas roupas ficam em farrapos, estão quase nus. Os dois se olham profundamente com a compreensão de sua incomparável solidão, e o amor os atinge com a força de um côco que cai do coqueiro. Apaixonam-se perdidamente. Por sorte, a ilha está repleta de frutas e água fresca, ostras e peixes que pulam para dentro das cestas de vime. Alimentar-se é muito fácil, e eles têm muito tempo para simplesmente olhar nos olhos um do outro, fazendo o amor feroz que, imagino, só o apocalipse possa proporcionar. Depois de uma semana disso, Jed diz, Tripp?

Ahh. Humm. Sim, meu garanhão perfumado.

Preciso lhe pedir um favor.

É claro, meu querido. O que você quiser.

Você pode usar meu chapéu de caubói por alguns dias?

Claro, por que não?

No dia seguinte, ele repete, Trippa?

O que foi, tesouro?

Tenho um favor para lhe pedir.

Pode falar, docinho.

Você poderia desenhar um bigode com esse carvão?

Hum. Bem, para você, meu amor, faço qualquer coisa.

No dia seguinte, fizeram amor sem parar durante todo um ciclo da maré. Estavam sentados em uma couraça de tartaruga observando uma tempestade varrer a água azul-celeste. Trippa ainda com seu chapéu e bigode, e Jed diz: Querida?

Sim, tesouro.

Ahn, posso chamar você de Joe?

Hum, tudo bem, meu tubarão-martelo mergulhador.

Jed a agarra pelos ombros e a sacode.

Joe! Ele grita. Joe! Joe! Estou comendo a Trippa Sands!

Isso ainda me faz rir. Não consigo deixar de pensar em mim e Bangley, o que não é tão engraçado. Ele quer que eu seja o tal do Joe para poder mostrar a alguém o quanto ele é bom. *Sou foda em usar essas tralhas de sobrevivência, não sou, Hig?* Ele nunca me contou nada sobre sua criação, a não ser que não é o que se pensa, mas imagino que sua mãe, se é que ele teve mãe, deveria ser uma pessoa muito difícil de impressionar.

Eu acho. Digo isso para Jasper, que mudou de lado e está com a cabeça pendurada para fora da cadeira reclinável, mas continua roncando. Passo a mão por seu pelo curto, na altura das costelas, acariciando-o.

Vamos andar de avião.

< >

É tarde da noite, meu horário favorito da madrugada. Abasteço. A bomba funciona fora do painel solar. Estou acostumado a usar uma bateria e um inversor, mas a bateria acabou e liguei a bomba diretamente no inversor, mas agora só posso abastecer se o Sol estiver brilhando. Tenho uma bomba manual para usar em caso de necessidade, mas é um saco. Encho o tanque com uma escada de abrir e fechar através das aberturas cobertas na parte de cima de cada asa, mas é muito chato ficar no solo, bombear e verificar o nível do combustível, que tem de ser checado subindo e olhando dentro do tanque flexível até a boca de abastecimento. Posso fazer uma estimativa e chegar perto, mas é muito mais fácil só ficar ali de pé, apertar o gatilho da mangueira e ouvir o zunido elétrico com os números rolando no medidor, como se abastecia um carro antigamente.

Antigamente. Ainda há muito combustível no mundo, mas o problema é que o combustível dos automóveis estragou e ficou ruim em um ou dois anos. O 100 LL, que é o que uso, está estável há uns dez anos. Acho que vou perdê-lo algum dia desses. Talvez seja possível mantê-lo por mais dez anos acrescentando aditivos. Depois terei de procurar por combustível de jatos, o querosene, que dura eternamente. Sei onde está o querosene mais próximo. Sei também que no momento sou a única pessoa viva que sabe, ou pelo menos que sabe como consegui-lo. Mas toda vez que aterrisso no aeroporto de Rocky Mountain sinto-me vulnerável com uma intensidade que não sinto em outras paradas. É muito intenso. Um aeroporto de aviões a jato grande e velho, com muitos prédios, hangares, abrigos, com bombas e placas de aço inox ao relento.

Quando for necessário, eu e Bangley nos reuniremos para tomar uma decisão. Talvez tenhamos de deixar nosso território. Não quero nem imaginar. Ou talvez seja obrigado a levá-lo comigo para me dar cobertura toda vez que precisar abastecer, o que será uma festa para ele, mas Erie ficaria muito vulnerável pelo menos durante meia hora.

Jasper está sentado em seu assento no avião e eu passo taxiando pelas fileiras de aeronaves particulares ainda amarradas. Todas têm os pneus furados e estragados, muitas rachaduras no para-brisa por conta das geadas. Em alguns, as cordas se desgastaram e romperam com os ventos fortes, e os aviões subiram uns nos outros ou rolaram rampa abaixo. Na última primavera, houve uma ventania, um avião Super Club se soltou, foi parar na janela do segundo andar de uma casa chique que estava em reforma e fica do outro lado da rua, na Piper Lane. O sinal verde da rua ficou como uma lápide antes de ser gravada.

Por que não voo em um dos Super Clubs ou Huskies? Alguns são bastante estreitos (um assento na frente e outro atrás), um pouco mais ágeis, fazem descidas rápidas e aterrissam em pista curta, podendo basicamente pousar e decolar em uma quadra de tênis. Por que voo no meu Cessna de oito anos de idade e quatro assentos?

Porque os assentos estão lado a lado. Assim Jasper pode ser meu copiloto. Esse é o verdadeiro motivo. O tempo todo falo com ele e fico surpreso demais por ele fingir não me ouvir o tempo todo.

Taxiamos entre as fileiras. Alguns aviões eram lindos, com suas listras coloridas: os azuis, dourados e vermelhos desbotando. Os números. Costumava pilotar um desses, um avião pequeno, feito no fundo do quintal com *cockpit* tipo "bolha" que abre para baixo, o nariz apontando para a pista como um pássaro desamparado. Estrelas da Força Aérea Americana pintadas na fuselagem queimada por respingos de água. Esse avião foi construído por um amigo de longa data, Mike Gagler. Um piloto de aviões pequenos do Alasca que acabou pilotando jatos para as companhias aéreas e montando aviões como passatempo. Ele nunca fazia nada como os outros por questão de princípios. Morreu cedo com sua família em uma casa amarela que consigo ver da porta aberta do hangar. Recusou-se a ir para o hospital, dizia que os hospitais eram uma desculpa para o governo colocar os mortos em um só lugar. Foi o último de sua família a morrer, por sua enorme força de vontade, para que a esposa e as duas filhas tivessem alguém que cuidasse delas. Enterrei os quatro com a escavadeira do aeroporto quando ela ainda funcionava.

Nos primeiros anos, tirava o RV-8 de Mike e desperdiçava gasolina. Deixava Jasper sentado, ansioso e solitário, ao lado das bombas de combustível e subia direto para o Sol, puxando a alavanca até o céu virar para baixo e o horizonte ficar sobre minha cabeça como o visor de um capacete. Grande, lento, dando voltas nauseantes para trás e a manobra "toneau" de barril, um looping combinado com um giro. Fazia isso porque não tinha mais o que fazer.

Dava rasantes sobre a pista de decolagem a três metros de altura e via Jasper fincado nas patas traseiras me seguindo com os olhos, e mesmo naquela velocidade sabia que ele estava preocupado, sofrendo por pensar que eu poderia deixá-lo como todos os outros fizeram, então parei.

A biruta apontava para o norte, soprando sem urgência, então viramos para o sul, pressionei o manete de aceleração e decolamos. A diferença de quando morrem é que você não precisa usar a pista designada.

Nada mais é designado. Se não fosse a convivência com Bangley, não saberia mais meu nome.

<>

Calculei voarmos sobre o grande círculo e depois aterrissar para tomar uma Coca-Cola. Inspecionar os prados abaixo de Nederland, no Texas, abaixo dos picos do Divide, sobrevoar em espiral para dentro, checar as estradas e as duas trilhas enquanto a luminosidade é boa. Certificar-me de que Bangley estará livre de visitantes pelo menos por um dia nas três direções, depois aterrissar onde está a máquina de refrigerantes e trazer algumas caixas. Apenas oito minutos de distância a nordeste da cidade de Greeley. Uma oferta de paz. De latas estufadas e garrafas plásticas. Há uma pilha de latas do refrigerante Dr. Pepper que vejo com a ajuda do farol, talvez agora seja a hora de surpreendê-lo com um presente de Natal. Bangley tem jeito de quem gosta de Dr. Pepper. Uma caixa de Sprite para as famílias, já faz algumas semanas que não faço uma visita. Enquanto nos inclinamos para a esquerda, norte, o Sol poente bate no vidro como se estivesse derretendo.

Olho lá em baixo, a extensão norte do aeroporto se mostra do início ao fim uma atração e um beco sem saída, e se apertar bem os olhos para não ver direito os que estão queimados, consigo até imaginar um final de tarde normal de primavera.

Continuo a subir na direção oeste, fico a 245 metros de altura e começo minha varredura.

< >

Nada. Nada o caminho todo. Estradas vazias. Ainda bem. Geralmente é assim. Se houvesse itinerantes, estaria tudo estragado, nossa caça seria atrasada. Então eu teria descido, desligado o motor, tocado a fita. Tenho quatro canções no CD acoplado ao amplificador e aos alto-falantes. Elas se chamam:

Volte para o Norte ou Morra
Volte para o Sul ou Morra
Volte para o Leste ou Morra
Volte para o Oeste ou Morra

A letra é fácil de lembrar: é só o título se repetindo sem parar. Seguido da advertência: Sabemos que você está aqui. Você será comida de cachorro como muitos outros antes de você.

Bangley me faz acrescentar isso.

Merda, não. Eu disse. Isso é desnecessário e nojento.

Bangley apenas me encarou com seu meio sorriso.

É verdade, não é? Não é, Hig?

Foi como um soco no estômago.

Acrescente isso, ele disse. Isso aqui não é um baile de debutantes.

Na maioria das vezes, funciona. Há desconhecidos o suficiente e sobreviventes o suficiente para que os visitantes não saibam ao certo se não há uma falange de mongóis no aeroporto esperando para destroçá-los. Que acho que é o que nós somos. Uma falange de dois. Não, três. E eles devem pensar: esses caras têm uma força aérea, um alto-falante, uma gravação, o que mais eles têm? Temos Bangley, penso. Você não tem ideia do que isso significa. É melhor voltar o mais rápido que puder.

Se precisarem de mais estímulos para se convencerem, tornei-me muito bom em atirar com a pistola metralhadora Uzi de Bangley pela minha janela. Tento não acertar ninguém, mas às vezes acerto.

Já atiraram em mim catorze vezes. Três passaram pela fuselagem. A maioria das pessoas não sabe como atirar em aviões. Nunca atiram o suficiente.

Não há mais ninguém agora. A rodovia 7, a 287 e a interestadual estão vazias. Nossa trilha a oeste também. O Sol está se pondo atrás do Boulder Canyon, tocando de leve os picos dos Flatirons, aquelas formações rochosas. Essa região costumava ser nossa preferida para um dia de caminhada, a trilha que passa pela base das pedras mais largas, naqueles tempos. Ao norte, o Monte Evans está ruborizado com neve escarlate. Calculei mal o tempo, não há tempo para patrulhar as colinas se pretendo pegar bebidas. Na verdade, não preciso fazer essa patrulha. Geralmente a faço porque é lindo sobrevoar os contrafortes, mas sabemos onde os veados estão. Se vamos procurar por sinais de alces, terá de ser no solo. Faço a inclinação lateral para o leste e sigo direto em linha reta para a usina hidrelétrica de St. Vrain, a sudoeste de Greeley. As bebidas estão em um caminhão articulado com reboque duplo, metade dele fora da estrada municipal, a outra metade em uma longa trilha que vai dar em uma fazenda. Consigo vê-lo a uns oito quilômetros à frente. As laterais sujas, pintadas de vermelho e branco, captam o Sol como se fossem painéis. Foi interceptado por causa da água potável, creio eu, por causa de garrafas de água e refrigerantes. Da primeira vez em que vi o caminhão, não me ocorreu aterrissar, mas depois vi os cinco corpos espalhados ao redor dele. E um corpo pendurado para fora da janela do motorista. A imagem de troca de tiros que houve ali me fez reduzir a velocidade e dar uma volta.

Tenho certeza de que não sou mais tão rápido. Às vezes meus pensamentos são névoa e cavalos. Mas do chão os corpos falavam e o caminhão fazia alarde. Pense, Hig. Troca de tiros ao redor de um caminhão de Coca-Cola.

Que resultou em nosso deleite mensal.

Daquela primeira vez, o lago da fazenda havia diminuído para um formato de meia-lua ao longo da margem norte e trazia ondulações na parte restante, então fiz o círculo e aterrissei na faixa amarela intermitente ao norte, de frente para o vento. Desci e me voltei para Jasper, que esperava sentado nas patas de trás, todo animado no meu assento, e carreguei-o até o chão. Arrastei o homem até o canal pelas botas para que Jasper pudesse... Descobri logo que era mais fácil assim do que carregá-lo pelos braços.

As portas do reboque traseiro do caminhão estavam trancadas com cadeado simples de latão. Andei até a casa da fazenda, atravessei um jardim lamacento e encontrei o cortador de fechos no galpão onde fica o trator.

Só alguns meses depois me ocorreu que poderia trazer Bangley aqui para dirigir o caminhão até o aeroporto. Enquanto isso, curti levar algumas caixas por vez. Nessa época, calculava para que as caixas durassem o mesmo número de anos que as nossas vidas. Havia muito pouco na vida para comemorar.

Só muito depois me ocorreu também que, se vivêssemos mais anos, as latas estariam totalmente arruinadas de tanto congelar e descongelar. Não importa. O esquema estava funcionando agora.

Daquela primeira vez coloquei três caixas dentro da Fera, fechei e travei as portas. Já estava com a chave virada para dar a partida no avião quando desci novamente e amarrei uma faixa feita com a camisa vermelha de um homem em uma placa, para indicar a direção do vento. Quilômetro 6. Eu lembro. O homem fora perfurado com três balas calibre 22, mais de sete centímetros os três furos somados. Muito bom. Provavelmente era o garoto da fazenda praticando para pegar roedores na pradaria.

Hoje ele vem novamente do norte. O vento. Mudou completamente em menos de uma hora, o que é típico deste período do ano. Nesta época já vi o vento soprar nas duas pontas da pista de decolagem em Erie em direções opostas, o que faz a aterrissagem ficar bem interessante.

Uma fileira de postes de telefone percorre o lado leste da estrada. Não tem problema, eles foram colocados longe o bastante. Os postes de luz e as placas passam facilmente sob as asas. Meu primeiro instrutor me disse que em uma aterrissagem de emergência, uma estrada pavimentada seria sempre larga o suficiente se você aterrissasse bem no meio, quase sempre há espaço suficiente com qualquer tipo de poste ou placa. O que se tornava arriscado era uma bela pista larga de terra. A placa que você não vê pode ser aquela que pega uma asa e o faz girar.

Mesmo assim, inclino o avião para a direita a fim de fazer uma aproximação final na direção do vento, bem alto, e flutuo para baixo usando todos os flapes. No meio da faixa da esquerda avisto um local na estrada bem perto de um choupo alto, e no horizonte à frente, a estrada se levanta para me encontrar, flutua abaixo de mim, então empurro o manche suavemente para trás, para trás, para trás até meu peito, faço o arredondamento para o pouso e ajusto a luz sobressalente enquanto a buzina da cabine trombeteia. Depois de todos esses anos ainda há emoção em uma boa aterrissagem. Fiz isso muitas vezes nessa mesma direção e sei que nem precisava encostar nos freios, somente manter o nariz para cima e deixar o avião rolar até a rampa de entrada e o caminhão.

Toquei o freio de leve e Jasper, sentado sobre as patas traseiras no acolchoado, em posição de copiloto, foi arremessado um pouco à frente, voltando as patas da frente à posição original. Puxei a alavanca vermelha que mistura ar e combustível e desliguei o motor. Houve um solavanco prolongado, o zunido da hélice tornou-se mais alto, depois foi diminuindo até silenciar.

O vento estremece o para-brisa e sacode o avião. Está mais forte do que pensava. Rajadas de vento. O vento achata a grama curta do campo, é intermitente como uma brisa atravessando um cabelo com corte escovinha. Os ásteres roxos no canal assentindo. A janela lateral está aberta, descanso meu cotovelo. Cheiro de terra úmida enriquecida com decomposição e renovação. Repleto de lembranças como só os aromas e odores podem ser. Ainda há um cheiro forte de esterco antigo que vem da fazenda de confinamento de gado atrás do curral. Tudo está instável nessa época do ano.

Viro-me para Jasper.

Bem-vindo à Old Coke City. Mais uma chegada no horário e com aterrissagem perfeita para você, da tripulação de voo da Mongrel Air. Por favor, permaneça sentado até a parada completa da aeronave. Tenha cuidado ao abrir o compartimento de bagagem acima das poltronas.

Jasper digna-se a lançar um olhar de desaprovação e continua olhando fixamente para a frente pelo para-brisa, com expressão grave, como qualquer bom copiloto. Ele não gosta de piadas quando está em serviço. Sabe que vamos até o caminhão, então ele o observa quase vinte metros à frente.

Ele rosna. Curto. Seu bufar baixo faz erguer a pele solta acima dos dentes superiores com o sopro.

Certo, paramos *completamente*. Não há compartimento acima das poltronas. Não seja chato. Céus!

Seu rosnado agora está mais baixo, contínuo. Os pelos do pescoço se eriçam, pelos sobre a protuberância bem atrás da parte macia e plana da pele esticada. Os olhos estão fixos na parte de trás do baú de Coca-Cola. Meus cabelos, os cabelos curtos na parte de trás do pescoço formigam e se arrepiam. Sigo seus olhos. O ferrolho pintado de branco na parte de trás do baú não está trancando a porta vermelha desbotada. Há uma faixa de sombra preta entre os dois. A porta da direita está entre-aberta. Só um pouco. O cheiro vem do norte para o sul pela rua. Em nossa direção.

Sem tirar os olhos do caminhão, tento alcançar o fuzil AR. Ele fica guardado na posição vertical, com o cano para cima em um suporte à frente e à esquerda do assento de Jasper. Ao lado está a pistola automática. É só abrir a lingueta da trava com o polegar e erguer o fuzil. Cortesia de Bangley.

Certo, garoto. Essa foi boa.

Estou sussurrando agora, sem motivo.

Certo, vamos.

Não adianta dizer para ele ficar no avião. Ele jamais ficaria. Não numa empreitada dessas. Não quero que ele torça uma pata saltando para fora. Destravo minha porta. Dois passos, a asa se escora no chão, dou meia-volta e o pego com um braço, o direito, abaixando-o até o asfalto. Suas unhas procuram o chão.

Muito bem. Do meu lado.

Ele sabe. Já passou por isso antes. Até demais.

Estamos a 18 metros de altura, talvez 17. Voo com o rifle preso no suporte porque é difícil demais. É difícil retirar o suporte desmontável que Bangley fez para mim. Pressionar a trava de segurança com o polegar. Empurrar a alavanca para cima, de totalmente automática para semiautomática. O vento fica fraco por um minuto, soprando quente em nossos rostos, voltando um pouco para o oeste, carregando aromas complexos, terra, flores, até mesmo sal. Do mar. Estamos longe? Pelo menos uns mil e quinhentos quilômetros. Escuto. Apenas a brisa atingindo a espiral de meu ouvido esquerdo. O rosnado de Jasper não cessou. Dou um passo. Espero. Dou mais um passo. Um peneireiro-vulgar alça voo da direita para a esquerda, calmo, inclinado, não muito alto. Dei outro passo. Cobrimos metade da distância e paramos. Agachei e continuei com um joelho. O mais baixo possível sem encostar a barriga no chão. De barriga é melhor, mas é difícil mover-se com facilidade. Desse modo, se atirarem do reboque do caminhão, estou seguro de que atirarão mais para cima.

O ruído aflitivo de minha voz me atemorizava.

Você é um homem morto.

Vento.

Você é um homem morto. Se tentar atirar para conseguir passagem definitivamente será um homem morto.

Jasper rosnando. O Sol quente batendo em minha sobrancelha e face esquerda.

Você é presa fácil. Está me ouvindo? Você está tentando lutar e esse é seu último minuto na Terra. Jogue suas armas e saia. SAIA! Mãos para cima. Se fizer isso, se fizer o que estou mandando, não vou machucar você. Dou minha palavra.

Vento. Sol. Pássaro. Estou pensando. Será que estou falando sério? Não vou machucar ninguém. Nem eu tenho certeza. Haja o que houver aqui, meu plano é continuar vivo.

Três, dois, um — MUITO BEM, VOCÊ VAI MORRER!

Avisto as miras de ferro. Sei que as últimas caixas no fundo estão empilhadas até o teto. Um terço do baú já foi esvaziado. Isso provavelmente me dá ângulo suficiente para não atirar nas garrafas e latas. Dois tiros altos...

Não há espera. Ruído de metal, um raspão. Mão segurando um pé-de-cabra contorcendo-se para fora do vão.

Uma barra de aço, mão, antebraço.

Largue isso! Largue! Largue!

A barra cai. Bate no chão com estardalhaço.

PARA FORA, mãos pra cima!

As mãos são grandes. Cabelo sujo nas costas. Paradas entre o vão parecem mãos de um criminoso tentando fazer um show de marionetes. Os antebraços estão cobertos por uma jaqueta azul, curta demais para os braços e cheia de graxa, porém nova. A porta é empurrada. Uma cabeça grande e retangular, cabelos loiros com *dred*, chapéu com estampa de camuflagem. Barba desgrenhada. Um homem enorme caminha para além do para-choque do caminhão, relutando em se virar de costas.

Há mais dois.

Um grito rouco, a voz ressoando através de meia tonelada de areia grossa. Os olhos piscando por causa do Sol.

Um avião que funciona. Onde você conseguiu um avião que funciona? Merda.

Cala essa boca. Diga a eles. O mesmo. Quero ver primeiro as mãos.

Um taco de beisebol, mãos, braços cobertos por um sobretudo impermeável, outro débil mental. Cabelos compridos com uma trança grossa, olhos irrequietos: meu rosto, a arma, o cachorro, a trincheira. Quer fugir. O rosnado de Jasper está um tom mais baixo.

Você não tem balas nessa coisa. O mundo está sem as porcarias das balas. Ouviu isso, Curtis? Está ligando de volta. Avançando lentamente para o oeste. Um passo, dois passos.

O capitão piloto pensa que vai atirar em nós. O de olhos irrequietos: a arma apontada para a trincheira.

Ele já teria acabado conosco. Com certeza. Esse aí gosta de falar.

Eu pensando: Até agora quem falou foi ele.

Saia, Curtis. Isso é bom demais. O homem está ajoelhado a uns nove metros de nós, tem uma arma, mas não tem balas.

Ele, o mais próximo, está agora a menos de um metro da porta parcialmente aberta. Vejo com os dois olhos abertos. Sempre estive em vantagem. Consigo ver a porta. Sinto a noite caindo rapidamente. O Cabelo *Dred* chamando minhas coordenadas como um atirador de morteiro. Calor. O calor da raiva pura subindo pelo meu pescoço, pura e limpa como um gás branco. Meu dedo na curva suave do gatilho.

A porta se move. Abre. Uma sombra. A porta vai para trás como uma cortina, a luz da mira seguindo, iluminando, ilumino o homem em movimento, movendo o arco e flecha para os lados e para baixo. Atiro. Duas vezes. A flecha é como um buraco rasgando o ar, o som nervoso de um vácuo alto e extenso, o homem caído para trás, o tinir do arco, a parede da frente de Cocas tombando e espirrando. Silêncio. Uma lata de Dr. Pepper rola e chega até a rua.

Os dois que estão na rua meio agachados e paralisados cobrem a cabeça com os braços em um movimento automático. Parecem os irmãos Tweedle. Tweedle Dum e Tweedle Dee[8].

A lata de Dr. Pepper rolou e pousou nas botas do Rabo de Cavalo. Um fio de sangue cai da beirada do reboque do caminhão até a calçada onde a lata caiu.

Olha o que você fez. Estou gritando agora. Seu idiota. Estragou tudo. Provavelmente vinte caixas de refrigerante.

Meu peito, respiração, vibrando com adrenalina e fúria.

---

[8] Tweedle Dee e Tweedle Dum: personagens do livro *Alice no País das Maravilhas*, de Lewis Carrol (N.T.).

Matou seu amigo também. Bela tentativa.

Os homens estão paralisados, com os braços para cima, agachados. Este é o último gesto patético antes da morte. Esperando totalmente a morte agora. A arma com a mira no Cabelo Dred, o dedo já pressionando o gatilho. Respiração ruidosa. Prendo a respiração. Vou matá-los.

Os filhos da puta tentaram me matar. Por causa de Coca-Cola. Bem. Não foi bem por uma Coca por dia. Vinte e quatro latas em uma caixa, uma vez por mês, eu levo de volta. A semana passa sem... Uma medida planejada de desejo para fazer da próxima viagem um prazer. Para mim e. Para subir minha moral com Bangley. Vamos encarar. Aterrissar no local da família com a Sprite como um deus.

Um deles está choramingando, o loiro. Nem precisa se incomodar em implorar.

Tenho de matá-los. Se os deixar aqui vão esvaziar o caminhão, esconder tudo nas trincheiras, nos quebra-ventos, não haverá mais as delícias de todo mês. Essas pequenas coisas. Pequenas o suficiente para ficar ansioso por elas. E ainda por cima eles tentaram me matar.

O Cabelo Dred se ajoelha, cobre os olhos com as mãos enormes como um garoto brincando de esconde-esconde e chorando. O Rabo de Cavalo está apertando sua cabeça com os antebraços, observando-me com um terror exposto, apertando os olhos, tremendo, preparando-se para o tiro.

Levante-se.

Acaba com isso! Grita o Cabelo Dred.

Levante-se. Não vou matá-lo.

As palavras pareciam nitrogênio líquido. Um momento de paralisação total.

O que você vai fazer é arrastar seu amigo até a trincheira e não dizer uma palavra, nem uma maldita palavra enquanto meu cachorro come seu jantar.

As imagens colidem, em conflito com a mente aterrorizada e vazia daqueles homens. O alívio ainda não digerido nem assimilado por não terem morrido, o horror de alimentarem o cachorro. Tudo isso criou um vórtice, uma contracorrente como as duas birutas no aeroporto olhando uma para a outra com ventos contrários. Os dois começam a tremer. Muito.

Estou falando sério. Não vou matar vocês. Como você disse, já o teria feito. Com certeza teria.

As mãos abaixadas olhando para mim. Matá-los por causa de uma Coca. Não seria por um alimento necessário, mas sim um luxo. Antes matávamos por diamantes, por petróleo. Não. Nos dias de hoje, não.

Vocês vão arrastar seu amigo até a trincheira e então vão carregar vinte caixas; quinze de Coca-Cola, cinco de Sprite, e ah, sim, e duas extras de Dr. Pepper. Vão colocar as caixas no fundo do avião correta e organizadamente, e então vou entrar no avião e partir. Vocês podem ficar com o restante. Porque não tenho como impedir. Depois de decolar. A menos que eu mate vocês. O que não vou fazer. Já fiz muito disso. Podem ir.

O peneireiro-vulgar está sobrevoando o campo. O vento sopra a grama curta, o Sol está quase na cidade de Divide. O Sol vai pairar e caçar até depois do anoitecer. Pairar e descer, pairar e descer. Com seu pequeno capacete, pairando incansável, pisando no ar. Caçando ratos e ratazanas.

Estou enjoado. Quero vomitar na rua, mas não vou fazê-lo. Estou passando mal por defender o que quer que seja que tenho de defender.

< >

Eles carregaram as latas. Arrastaram seu companheiro até a trincheira e assobiei uma vez, virando as costas. Carregaram quatro caixas empilhadas uma sobre a outra, foi rápido. Disse a eles para carregar a proa e a mala. Rabo de Cavalo virou um longo colar com pedaços de couro enrugado quando se inclinou. Os dois cheiravam como a morte.

Você vai morrer de qualquer jeito, resmungou Rabo de Cavalo, passando por mim com a carga.

O que você disse?

Nada. Ele resmungava com as caixas enquanto passava pela porta de lançamento de paraquedistas.

Que merda você disse?

Ele se virou, passou. Eu o detive com o cano do fuzil AR.

O que você disse sobre ser um homem morto?

Enfiei o cano em suas costelas. Ele gemeu.

Os árabes. Você pode nos matar, mas os árabes vão matar você.

O que você quer dizer com árabes?

Nós ouvimos. Em Pueblo. No rádio. Os árabes. Estão aqui. Ou estão chegando. Vão matar todos.

Ele cuspiu. A poucos centímetros de minha bota.
O que é isso? Dei um empurrão.

O que é o quê?

Aquilo. Em seu colar.

Ele ficou ereto, engoliu em seco. Seus olhos eram de um dourado-esverdeado no último Sol pleno. Ironia.

São bocetas. Bocetas secas.

Puxei o gatilho. Abri um buraco nele. Sem pensar. Deixei-o esparramado na rua, com as tripas para fora. O outro, o Cabelo Dred, deixou a carga cair e correu. Para o sul. O sul entre dois campos. Debaixo de uma camada de nuvens tingidas de rosa, uma figura grotesca diminuindo até se tornar um ponto.

< >

Tento fazer a coisa certa. As circunstâncias interferiram. O que vou fazer com vinte caixas de Coca? Doar para Bangley?

<V>

Quando contei a Bangley sobre o encontro no caminhão de Coca-Cola, ele pegou uma lata de rapé do bolso do colete, uma lata nova, deslizou a unha afiada do polegar ao redor do lacre da tampa e a retirou. De onde eu estava, na bancada, senti o cheiro, o mosto forte e salgado como uma pá cheia de turfa. Ele enfiou o fumo no maxilar inferior, voltou dois passos e cuspiu para fora da porta do hangar, sendo isso um sucesso no treinamento doméstico do homem.

Obrigado.

Que diabos, Hig, uma vez entendi que essa seria sua cozinha e sua sala de visitas, que diabo.

Ele se inclinou para trás na banqueta alta que coloquei ali para ele perto da porta. Assim ele poderia falar, virar-se e cuspir. Inclinou-se, meio em pé, com as pernas esticadas, os braços cruzados, sem nunca realmente sentar-se.

Então você lhes deu uma chance de viver.

Virou-se, cuspiu.

Você foi um verdadeiro escoteiro.

Ele fica me observando. Imaginei seus olhos de pedra quando se movimentam, fazendo um som seco como cascalho em movimento.

Está na hora de abrir mão de uma fonte importante de cafeína. Sem contar a efervescência. Não temos tido muita efervescência em nossas vidas, Hig. Efervescentes nós não somos.

Não pude deixar de sorrir para ele. Virou-se, cuspiu.

Você estava disposto a sacrificar a vida também. Duas vezes. Não, três vezes. Será que foram quatro? Nem sei mais, perdi a conta.

Ele soltou a mão que estava debaixo dos braços cruzados e franziu os olhos, comprimiu a boca e começou a contar. Sua barba deveria estar há uns três dias sem fazer, os pelos grisalhos eram fios de arame. Desistiu.

Vamos ver: o primeiro erro foi dar a volta até o lado onde você poderia atirar livremente da carga, aproximando-se da parte de trás. Você me disse que o reboque estava dois terços cheio. Bem. Você tinha espaço de sobra. E os combatentes poderiam estar escondidos atrás da porta. Você tinha bastante munição. Eles teriam corrido para fora. O cara com o arco nunca poderia ter sido pego em uma armadilha.

Sacudiu a cabeça. Não estava surpreso.

Segundo: quando o cara chamou seu amigo atrás da porta e basicamente lhe deu as coordenadas. Deu-lhe a mira, Hig. Deu o ângulo e a distância para atirar. A única coisa que consigo imaginar para um movimento tão ousado é que sabiam que iam morrer de qualquer maneira e pensaram em dar uma chance a uma tentativa desesperada. Ou seja, sabiam que iam morrer como todos os outros no hemisfério, menos o velho Hig. Não contaram com isso. Hig deve estar tentando ir para o céu.

Cuspiu.

Então eles o desafiaram, é assim que vamos atirar nesse filho da puta, e você disse que os tinha na mira. Essa seria a hora de atirar uma ou duas vezes. Pelo menos três. Matar o homem do lado de fora primeiro, rápido, o que estava mais próximo ao acostamento, ele poderia ir para trás do baú, e depois o homem que obviamente estava no fundo do baú do caminhão prestes a tentar matar você. Bangue, bangue, bangue.

Cuspiu.

Que nada. Não o velho Hig. Nunca deixa de me espantar. Você espera até a porta ser aberta e vê o cara com o arco e flecha, então espera que ele perca um disparo, só para o caso de talvez estar caçando um faisão ou algo do tipo, ele não tinha você em mente...

Não é assim.

Ele disparou ou não?

Não fazia sentido discutir. Encostei-me no balcão, cruzei os braços. Estava constrangido. Disso eu sei.

Tudo bem, você atirou nele. Primeira ação correta de toda a manhã. Mas quantas caixas foram arruinadas? Se tivesse armado a cilada pela lateral, como um bom estrategista, tudo bem. Mas sem problema. Ele está exterminado. Ameaça neutralizada. Os outros dois são idiotas paralisados, é aproveitar a oportunidade para atacar ou recuar.

Sacudiu a cabeça.

Eles dão a Hig a última oportunidade de ouro. Até onde se sabe. Apresentam-se como alvos perfeitos. Praticamente lhe implorando para acabar com aquilo.

Cuspiu. Descruzou os braços, levantou a borda do chapéu camuflado manchado de suor e coçou o couro cabeludo desbastado. Recolocou o chapéu. Sorriso de orelha a orelha.

Mas não. Vamos nos colocar em perigo mortal novamente. O fato é que vamos *dar* a eles o reboque inteiro de refrigerante pelos danos causados. O que, por falar no assunto, Hig, você nunca havia me dito que o caminhão era um semirreboque. Que poderíamos tê-lo trazido até aqui a qualquer momento. Sempre imaginei um caminhão grande para armazenagem. Nunca pensei em perguntar.

Virou-se de novo, cuspiu. Ficou meio virado olhando para fora, para o Sol que iluminava o outro lado da rampa de acesso e da pista de decolagem.

Virou de volta.

Bem, a decisão foi sua. Você achou o caminhão. Ele me encarou.

Onde estávamos? Ah, sim. Eles fizeram o melhor que puderam para tentar nos matar, é o melhor que podemos fazer. Dar-lhes toda a Coca-Cola. Prêmio de consolação. Acho. Então vamos dar tudo a eles, mas vamos dar-lhes outra chance de nos matar primeiro. Pegamos os dois para carregar o avião com nosso pequeno prêmio de consolação e nos aproximamos deles enquanto você chega perto o suficiente para tocá-los com a arma. Como eles são grandes e rápidos, será a oportunidade perfeita para outro ataque. Você é um, eles são dois, a situação não está sob controle, nem um pouco, carregando, descarregando, os dois em movimento constante, constantemente mudando os ângulos, sem contenções, não estavam nem amarrados. Como se fosse uma festa de trabalho, hein, Hig? Muito bem.

Cuspiu.

Bom, deve ter sido o melhor intervalo que você teve o dia todo. Porque talvez esse não fosse o movimento mais inteligente, mas você tem sorte, Hig. Essa é a única coisa que vou dizer. Porque então eles lhe deram informações. Do nada. Uma informação imediata. Nem foi sob pressão. Não do Hig. Pegamos as informações sobre os árabes.

Agora ele xingou de verdade. Em voz baixa. Agora não se virou, cuspiu no chão do hangar.

Temos as informações sobre os árabes e o que você faz? Você apaga o filho da puta. AGORA você o apaga. Finalmente percebe que ele não é um escoteiro como você e acaba com ele a sangue frio. Antes que pudessem lhe dizer que merda estavam querendo lhe dizer. Primeiro informam sobre uma possível visita *de carne e osso*, estou falando de um visitante com músculos, uma possível invasão, e você põe fim à conversa. Porque você descobre, ah, grande surpresa, que o homem é um estuprador e um assassino como cada sobrevivente andando por aí neste maldito país. Que merda. Merda de tiro. *Merda*.

Agora ele estava oficialmente furioso. O pescoço e o rosto estavam vermelhos. Aquela veia pulsava na testa. Senti o calor em meu rosto também. Ele tem razão. Foi o que pensei. Se eu for pego e morto qualquer dia desses, é porque sou muito benevolente. Certo? Será que vale a pena viver de outra maneira? À maneira de Bangley? Bem, sou aprendiz. Ainda. Um assistente na Escola de Bangley. Só por viver aqui. Ainda não sou muito bom nisso. Ainda.

Bom trabalho, despediu-se ele. Boa caçada.

Levantou-se, endireitou as costas, foi embora.

Bom, isso não deu muito certo. Parei no caminhão para trazer um presente para Bangley. Estava pensando nele. Hã. Ele não pegou nenhuma latinha, nenhuma. Ele pode nos observar enquanto dormimos por um telescópio noturno, mas jamais tocaria em qualquer coisa dentro do hangar. Faz parte de seu Código. De qualquer maneira, as latinhas de refrigerante estão manchadas agora. Manchadas pela incompetência. Estão aqui a um alto preço. Porque mesmo eu tendo sobrevivido ao encontro, há um custo. Pelo menos estatístico, se não houver nenhum outro. Bangley acha que fazemos muitas bobagens porque não calamos a boca, portanto a briga no caminhão põe mais um na minha coluna, que para o bem ou para o mal é agora sua coluna. Isso é o que o deixa mais furioso. Ele não quer perder porque alguém deu bobeira.

Bufei. Pensei: as montanhas são uma boa ideia. Vai ser bom subir até lá. Respirar um pouco de ar fresco. Pensei: estranho. Só há uma pessoa além das famílias em um raio de 160 quilômetros quadrados e eu ainda preciso de ar fresco.

< VI >

Agora andamos rapidamente no escuro. Eu e Jasper, o trenó se arrastando atrás. Frio. Agradável e frio. Estrelas altas pinicam a negritude da noite, sem Lua, cruzando por baixo da Via Láctea como se cruzassem um rio profundo. Jamais chegaremos à outra margem. Nunca conseguimos.

A discussão com Bangley ainda me causa amargura. Gordura acumulada no inverno. Sinto nas pernas. É melhor eu me mexer, andar rápido.

Puxo o trenó com uma guia de cachorro na mão direita, depois troco. A mochila está no trenó, o fuzil também. Graças a Bangley, desta vez estou usando o revólver subcompacto, um Glock de plástico que não pesa quase nada. Tenho a sensação de haver mais sobreviventes ao redor, aumento de tráfego, não sei por quê.

Passo a torre à nossa direita. Passo pelo "ponto", o local com sangue, sem sentir um calafrio. Os pensamentos vêm com o ritmo dos passos rápidos. Acho que consigo me habituar a matar da mesma forma que me acostumo com uma cabra à entrada da porta. Tio Pete. Com sua garrafa, suas cigarrilhas e histórias. Morando em um iate com Louise. Depois os dois morando em um barco Trawler no Alasca. Como se flutuar tornasse a vida mais interessante. Tio Pete me contou que nunca gostou de uísque. Mas bebia porque o uísque tem uma história lendária.

As cabras mortas se multiplicam. Você pode puxar uma cabra para bem longe no campo, mas as lembranças só podem ser levadas ao Sol com a esperança de serem dissecadas. Para secarem até se esfacelarem e perderem o mau cheiro.

Caminhamos. Estamos à meia hora das primeiras subidas, das primeiras árvores. A noite não tem peso: a escuridão sem peso está agora em sua passagem imanente, como um veado prestes a correr repentinamente. A luz da manhã é como um pensamento que acabou de ocorrer. Calmo e silencioso, estrelas altas, sem vento.

Penso nas tribos de índios das planícies que viveram aqui, mas que se mudaram. Os Comanches, os Arapahos e os Cheyennes. Os Comanches chegaram até aqui, os Sioux se mudavam, caçando e invadindo territórios. Havia também os Kiowas e, ocasionalmente, os Apaches. Quando era garoto, lia sobre as guerras e invasões entre eles e ficava pensando por que alguém brigaria em um país desse tamanho. Por que a paisagem sempre se tornava um território que precisava ser dividido? Bem. Bangley e eu somos dois e às vezes nossa base de recursos parece limitada. Não porque não temos comida suficiente, matéria-prima suficiente, cobertores suficientes. É ideológico. Ideologia que divide nações. Dividia, passado. Que nações agora? Quem ficou continua brigando, lutando pelos restos. Talvez fazendo associações como a que tenho com Bangley.

Mesmo assim estamos divididos, há rachaduras na união. Sobre princípios. Os dele: culpado até... Até nada. Atire primeiro, pergunte depois. Culpado, depois morto. Contra o quê? Os meus: deixe que um visitante viva mais um minuto até que ele prove ser humano. Porque sempre é. O que Bangley dizia desde o início: nunca, jamais negocie. Você estará negociando a própria morte.

Eu *versus* ele. Siga as crenças de Bangley até o fim e viverá em retumbante solidão. Cada um por si, inclusive para enfrentar a morte, alcançando uma total solidão. Você e o universo. As estrelas frias. Como essas que estão se esvaecendo, silenciosas, enquanto andamos. Acredite na possibilidade da conectividade e terá algo mais. Um macacão esfarrapado tremulando em um mastro. Ajuda solicitada e ofertada. Um sorriso atravessando o pátio de terra, um aceno. Agora o amanhecer não tão solitário.

Somos filósofos, não é, Jasper?

Ele se sente feliz por estar se movimentando. Por estarmos juntos. Sabe aonde estamos indo.

< >

Seguimos subindo a trilha do riacho. Uma trilha que existia muito antes de pisarmos nela, antes dos índios Aparahos e dos Cheyennes. Foi a trilha de veados e alces, e antes ainda dos carneiros selvagens. E dos coiotes que os caçavam. Pumas. Os lobos. Os lobos novamente. Talvez búfalos das montanhas. Os ursos-cinzentos aparecem aleatoriamente, mas em geral têm medo das trilhas, até mesmo as trilhas de caça.

Entramos e saímos dos choupos, que fazem a escuridão ficar mais profunda. Bosques cerrados de salgueiros. As subidas relvadas vão se tornando mais pálidas, adentrando um cânion curto de pedras que ecoa a queda d'água. Mais à frente, uma floresta de pinheiros ponderosa era percebida pelo olfato antes de ser vista. O aroma é carregado correnteza abaixo: fragrância de baunilha, igualzinho à de uma doceria. Estão vivos ainda. O trenó raspa nas raízes emaranhadas e pedras expostas. Amontoados de fezes de veado há tempos ressequidas. Paro, deixo o ressentimento ir e abraço uma árvore grande sustentada por uma fileira de sálvias doces, também mais pálidas que a noite; tufos delas debaixo das árvores de aroma penetrante. Abraço o tronco espesso e áspero, com o nariz encostado a uma rachadura resinada. Inspiro o aroma forte de baunilha como se estivesse cheirando os frascos marrons de sua essência; a árvore tenra e doce como creme de confeiteiro. De um tempo em que entrávamos nas docerias que cheiravam assim. Garotos do ensino médio trabalhavam ali usando aventais, lutando para servir bolas do sorvete endurecido demais. Parecia cruelmente difícil naqueles tempos. Porque deixavam o sorvete ficar tão gelado? Meninas magras com os cabelos presos para trás faziam as casquinhas de sorvete parecerem rivais mortais. O de uvas-passas ao rum era meu predileto. O de Melissa era pistache. Ou qualquer um que tivesse pedaços crocantes. Mas ela também adorava o sundae de creme. A saliva corria em minha boca na base da árvore. Mataria por ela agora talvez, e isso não é força de expressão.

Jasper é paciente. Senta-se, depois deita. Em outros tempos, teria avançado e feito uma varredura pelas laterais, abrangendo tudo, cruzando a trilha de um lado para outro, seguindo o focinho em uma brincadeira sem regras, irrepreensível. Mas agora ele fica feliz em descansar. Eu também. Não temos pressa. Temos bastante comida estocada no aeroporto, e Bangley pode ficar sem mim por alguns dias, embora eu espere que não fique bem demais. Tenho sempre um receio, quando pegamos o caminho das montanhas, de que ele aprenda a gostar. De ficar sozinho. Embora seja bastante esperto, um estrategista muito bom para saber que a longo prazo suas vantagens diminuirão. Além disso, Bangley não é fazendeiro. Jasper já passou por isso muitas vezes e é educado o suficiente para não ficar visivelmente constrangido. Com o abraço na árvore, os murmúrios. Esta noite — ainda é noite, mas está quase amanhecendo — não digo uma palavra, pois hoje estou me observando um pouco e tenho sempre desprezado tudo aquilo que emociona, talvez por ser uma fraqueza de família. Mas a árvore tem o cheiro mais doce que qualquer outra coisa no mundo, e tem cheiro de passado.

As maçãs eram uma das coisas mais doces. Na América do Norte. Por que será que as maçãs costumavam ser um agrado, por que os alunos que queriam algum favor deixavam uma sobre a mesa da professora? Mel e maçãs. Melado. Xarope de bordo das florestas do norte. Uma bengalinha doce no Natal. Vejo imagens de docinhos natalinos dançando na cabeça das crianças, como no poema de Clement Moore. Às vezes, durante o outono, voltando de uma patrulha, aterrissávamos em um pomar ao norte de Longmont. Eram acres e mais acres de maçãs, variedades cujo nome ignoro, a maioria das árvores há muito tempo morta por falta de água, as que estavam ao longo do canal que ainda fluía ficaram desnorteadas, cheias de novos frutos, revertendo a um tipo de ferocidade, atrofiadas e esburacadas, destruídas pelas lagartas, porém doces. Mais doces que antes. Seja lá o que restou ou o que quer que elas destilem, é mais concentrado em sua completa e perigosa liberdade.

Inspiro profundamente, os braços esticados abraçando-a, a palma das mãos com a pele áspera que está mais quente que o ar, os dedos segurando o veludo cotelê cheio de lascas do tronco com praticamente a mesma afinidade, a mesma sensação que teriam ao tocar as formas arredondadas de uma mulher.

Isso tem cheiro de quê? Alegrias. E o cheiro é sempre o cheiro em si, e a lembrança também, não sei por quê.

Subimos o rio enquanto o cinza-granulado se infiltra por entre as árvores esqueléticas, os pinheiros-do-canadá e o pinheiro-negro mortos pela peste do besouro, os galhos sem folhagem, mãos vazias na morte.

Continuo não gostando daqui. A floresta morta. Começou a morrer em grandes quantidades vinte anos atrás. Subimos. Descemos até a margem pedregosa, os seixos redondos como ovos. Para descansar, beber e continuar a subir. Subindo por entre os abetos que ainda são cheirosos e espessos, mantendo a profunda escuridão.

Jasper. Vamos. Você está muito lento, garoto. Não está se sentindo bem?

Corro meus dedos por seus pelos grossos e curtos, pela saliência do dorso, a pele solta do pescoço, que massageio. Ele adora. Levanta a cabeça a fim de esticar a pele. Preciso trazer aspirina da próxima vez. Temos quilos de aspirina. Bangley diz que precisamos tomar aspirina todos os dias para não ter Alzheimer.

Assim não esquecemos por que estamos aqui! Ele grita, com o máximo de animação que consegue.

Assim *você* não esquece. Isso é mais importante para você do que para mim, Hig. Lembrar as merdas. Tomar a porcaria da aspirina.

Bangley é observador à sua maneira, um juiz de caráter.

Descansamos. Sento-me em uma rocha na margem do rio sobre uma piscina natural e Jasper se deita aos meus pés. Costuma fazer isso quando não está se sentindo bem. Já é de manhã, o cinza é coberto por cores. Lentamente. Descansamos até o Sol ser totalmente filtrado pelas árvores com, juro, um leve som desafinado de cordas de banjo soltas. O riacho responde, um borbulho, um murmúrio.

No último outono, vi trilhas de alces. Um grupo seguiu descendo pelos abetos escuros, imprimindo pegadas no lodo onde o riacho correu durante o verão e perdendo-se novamente nas pedras macias e sujas da barreira de areia grossa. Uma vaca grande. Um fantasma. Elas, todas elas, deveriam ter sumido.

Um grito agudo. Um pássaro alcíone nos faz companhia. Canta alegremente rio acima à nossa frente. O voo para mergulhar me faz lembrar fios de telefone sobrecarregados com gelo, repetindo o mesmo arco diversas vezes. Fica empoleirado no membro de um corpo morto sobre o riacho, grita, voa novamente. Dizendo-nos, parece, para mantermos o ritmo. Por vários quilômetros. Talvez sozinho, sem companhia. Às vezes um peixe mexe as pedras na beira da água. Talvez uma vez por ano vemos uma águia-marinha.

Gostamos dos pássaros, não é, Jasp?

Ele abre os olhos por um segundo sem levantar a cabeça da minha bota. Se eu disser mais alguma coisa, sei muito bem o que ele vai fazer: vai erguer a cabeça para olhar para mim e checar se é algum assunto que realmente o interessa, ou talvez eu esteja querendo atenção, e ele manterá o olhar em meu rosto até entender o que é, ou se não era nada. Então não digo mais nenhuma palavra. Deixo-o descansar.

< >

Nós nos levantamos e subimos. A subida é íngreme aqui, serpenteando o primeiro baluarte das colinas.

Cruzamos a antiga estrada estadual ao meio-dia. Nem tocamos no macadame quebrado da estrada, caminhamos pela grande galeria debaixo dela, agora seca desde que a inundação arrastou e destruiu o retorno, afastando o riacho. Ficou raso. Penso em Jonas na barriga da baleia. Antes eu gritava e cantava em seu interior para ouvir meu eco se multiplicar, mas não faço mais isso.

Jasper não gostava.

Cruzamos a estrada e continuamos a subir o rio. Espero Jasper me alcançar. Seus quadris parecem rígidos, sua respiração está curta, ofegante. É a primeira caminhada longa deste ano, provavelmente ele está fora de forma, como eu, carregando uma gordurinha do inverno.

< >

Dois lobos. Duas direções de trilha entrando e saindo da lama fina na ponta da borda da água, movendo-se rapidamente. Chama a atenção de Jasper. Por um minuto. Seus pelos ficam eriçados, mas ele rapidamente perde o interesse. Parece preocupado em alcançar meu passo, como se a caminhada estivesse exigindo toda a sua atenção.

< >

Por volta das duas horas, decido que nós dois precisamos descansar. Não temos pressa. Estamos ainda a alguns quilômetros abaixo de onde vi as trilhas, mas isso não significa nada.

Pode estar em qualquer lugar aqui em cima, hein, Jasper?

Tiro a caixa da vara de pescar do trenó, assim Jasper sabe que está oficialmente de folga.

< >

Uma corrente rasa passa sobre uma pequena descida de rochas, só fazendo ondular a água. Uma árvore caída peneira o fluxo. Não é um cânion ainda, mas as árvores grandes e escuras ainda estão vivas: o abeto azul, o abeto da Noruega e a falsa-tsuga estão próximas umas das outras, os galhos cobertos por musgo espanhol que se inclina e se move ao vento. Fico imaginando há quanto tempo o musgo está ali. Está seco e leve ao toque, quase esfarelado, mas nas árvores se movimentam como tristes estandartes.

Monto a vara de pesca e coloco a linha. Jasper se deita em uma pedra plana e me observa. É a única pedra em que bate o Sol e ele me olha por uma fresta aquecida pela luz, sua sombra lançada nas pedras ajusta-se às formas arredondadas delas como um filete de água. Os caules dos verbascos do ano passado estão fincados na barreira como velas apagadas. Na mesma luz do Sol, vejo minúsculos mosquitos saindo dos ovos, quase uma névoa.

Tiro as botas e a calça, ponho os tênis leves e aderentes de solado de borracha que uso há anos. Quando a borracha se desgasta, pego outro igual. Na última viagem ao estacionamento, peguei cinco pares do meu tamanho. Não tão leves, mas maleáveis. Um par dura mais ou menos três anos, portanto o que tenho vai ter de durar até... Nem posso imaginar. O quadro não faz sentido em minha cabeça. Multiplicar os anos e dividi-los pelo desejo de viver é uma contabilidade falsa. Vamos ficar de olho nesse pequeno riacho. Amarrando farpas de penas de pássaros e moscas artificiais como isca, soprando nelas para dar sorte. Neste arremesso e no próximo, e se tivermos sorte chegaremos até o cair da noite.

Janta. Quero gritar isso para Jasper, mas ele está dormindo e conhece a palavra. Ele ficaria animado demais, por isso não vou gritar até pegar um peixe. O primeiro sempre vai para ele.

< >

Pesquei por algumas horas. Arremessei a isca diversas vezes. Andei até a parte de cima da curva, pescando nas águas rasas que se tornavam prateadas à medida que o Sol ia passando pela fenda do fluxo de água do riacho. A corrente era um entrelaçamento de prateado e preto, como mercúrio e óleo. Depois o Sol foi para além da cadeia montanhosa e nos colocou em uma sombra fria. A água refletia apenas o céu claro e eu via as pedras novamente nos fluxos rasos. Pedras verdes e água azul onde o riacho ficava enrugado. De algum modo, Jasper sabe até em seu sono quando estou me afastando. Ele se levantou e me seguiu, depois se enrolou em um buraco na areia cerca de 50 metros acima. Coloquei a mosca na vara, amarrei um pedaço de fio de náilon ao anzol, pus uma isca artificial e peguei quatro carpas grandes em poucos minutos. Deixo a mosca de baixo rolar pela água, a isca de mosca-d'água em cima vai sendo levada pela corrente com facilidade, depois com um pequeno puxão, movimentou-se rapidamente, não chegava a ser um solavanco; percebi que a carpa estava mordendo a isca de baixo e então puxei o anzol. Ela lutava sem o vigor de uma truta, mas com uma relutância triste e lenta, como uma mula fincando seus cascos. Ela não corria contra a correnteza ou se enfiava entre galhos de uma árvore caída, simplesmente se recusava a se mover, o que não tinha graça, mas depois não era mais engraçado e comecei a admirar seu estoicismo. Uma recusa apática ainda a ser absorvida pelo universo.

Como nós.

Quando peguei o torso gordo do peixe com as duas mãos e dei-lhe uma pancada na cabeça com uma pedra, disse: Obrigado, cara, mas sabendo exatamente como é não estar pronto.

Assobiei. Jasper pode estar quase surdo, mas alguma coisa no assobio mexe com algo em sua cabeça de uma maneira mais profunda que a audição, então ele se desenrolou e ficou de pé um pouco trôpego, sacudiu-se e veio trotando todo feliz rio acima. Dei-lhe o primeiro peixe, que deveria pesar quase dois quilos e meio. Cortei o peixe em filetes, dei-lhe duas fatias grossas da carne cinza, a cabeça e o rabo, e joguei os ossos de volta no rio. O peixe seguinte eu parti e limpei, e o estômago estava cheio de moscas e alguns caranguejos grandes.

Já era tarde. Caminhei na água a tarde toda, e a correnteza fria batia contra meus joelhos e coxas, mas meus pés estavam há muito dormentes com aquele tipo de morte quente. Estou começando a ficar gelado. Peguei o quinto peixe, menor, limpei-o e empurrei a extremidade mais grossa do bastão com a ponta de anzol pelas guelras, fazendo com que deslizasse até os outros por uma cordinha. Coloquei-o no trenó. Esfreguei minhas pernas descobertas para movimentar o sangue. O Sol foi embora, o riacho agora estava luminoso no começo do anoitecer. Como me sentia? Feliz. Não pensávamos em mais nada além do rio, do jantar e de montar acampamento mais acima em uma barreira de areia que eu gostava de visitar. Coloquei a calça novamente, sentei-me em uma pedra e calcei as botas. Jasper estava revigorado depois do peixe, observando-me com a boca aberta, sorrindo porque sabia que não iríamos longe e que haveria mais um peixe ou dois, dessa vez cozido e salgado.

Muito bem, vamos.

Demos a volta por um bosque fechado de salgueiros e amieiros ainda não desfolhados, encontrando o caminho por uma fileira de abetos verdes, vivos e veneráveis, a casca das árvores, laranja quase abóbora quando ficam muito velhas. Encontramos também nossa fogueira na areia a poucos metros da água e o lugar macio para dormir debaixo de uma das velhas e grandes árvores.

Retirei alguns galhos caídos das árvores mais grossas que ladeavam o acampamento, quebrei-os e coloquei-os sobre uma cama de musgo espanhol seco, acendendo rapidamente o fogo. Assim poderíamos nos aquecer. A floresta estava seca e cheia de resina, estourando e crepitando, uma canção doméstica sobre o murmurar silábico do riacho e o vento nos galhos mais altos. A escuridão já chegara à floresta, enchendo o pequeno cânion como uma maré lenta. As chamas tornavam a escuridão mais profunda, mas o céu ainda brilhava com um azul finíssimo e consegui ver duas estrelas.

Jasper também estava feliz. Encolheu-se perto do fogo afastado da fumaça, deitando a cabeça nas patas e observando-me cozinhar nosso peixe em uma frigideira leve de cabo comprido que deve ter sido feita há uns cem anos. O cabo era envolto por um revestimento brilhante de estanho para dispersar calor, com os dizeres *Simpson and Sons Ranchware* gravados. Cem anos atrás, quando os fazendeiros levavam seus rebanhos montanha acima no verão e ficavam em cabanas arrendadas do Serviço Florestal acampando durante vários dias, reunidos no outono, como diz uma música de caubóis. Aqueles cavaleiros obstinados acocorados diante de uma fogueira como esta. Eles jamais teriam imaginado. Também não imaginamos, fazendo nosso peixe aqui na frigideira com o peso de uma carpa espirrando azeite. Espirrando e crepitando, o estalar dos galhos, as chamas tremulando com o vento mutante, o mesmo vento que sopra na direção da correnteza levando o frio dos despenhadeiros, precipitando-se pelos galhos das árvores como fazia o fantasma de muito tempo atrás.

Jasper está sentado como uma esfinge e me observa atentamente agora. É o momento dele. Salgo o peixe maior, coloco-o em uma pedra plana e retiro a espinha do rabo para cima, puxando-a como se fosse um zíper.

Provecho.

Ele fica de pé, o rabo abanando pela primeira vez hoje, e devora o jantar com grunhidos silenciosos.

Amarro uma corda com firmeza em uma árvore grande que está de sentinela em nosso acampamento, que segue até um carvalho jovem, pendurando a lona para nos proteger do orvalho.

Cozinho um peixe para mim e me ajoelho perto nas pedras próximas da água, bebendo-a e lavando o rosto. No silêncio suave entre as pedras, onde mal passava um fluxo de água, um besouro d'água deslizava e um punhado de estrelas luzia.

Estiquei nossa cama debaixo da árvore e me deitei. Levanto-me novamente, desamarro os dois cantos da lona e deixo que fique atrás da árvore. Vamos nos molhar um pouco com o orvalho, mas não me importo, podemos secar tudo perto da fogueira de manhã. Hoje quero ver o céu. Deito novamente e Jasper anda com dificuldade até onde estou, quase mancando. A caminhada hoje foi longa, ele lambe meu rosto todo até eu começar a rir e afastar o rosto. Depois se enrola ao meu lado com seu costumeiro recolhimento e suspira. Ouvimos o vento alto, a água abaixo. Enfio os braços debaixo da cabeça e observo a Ursa ficar mais brilhante. Sinto-me puro. Puro e satisfeito.

< >

De manhã, acordo rígido. O saco de dormir e Jasper estão cobertos pela geada. Meu gorro de lã também. Talvez não tenha sido uma boa ideia dormir descoberto. Tudo bem, vamos acender o fogo agora mesmo.

Você deve estar com frio, garoto. Vem cá. Puxo seu cobertor para cima a fim de cobri-lo. Ele está pesado, imóvel. Ele está ficando mais rígido, de manhã é pior.

Vem cá, amigão, vai ficar melhor. Vou acender a fogueira. Vem cá.

Ele me ignora. Puxo o cobertor e coloco-o sobre ele, roçando a orelha. Minha mão fica parada. Sua orelha está congelada. Passo minha mão em volta do focinho, esfrego-lhe os olhos.

Jasper, você está bem? Esfrego e esfrego. Esfrego e cutuco seu pescoço.

Ei, ei. Puxo a pele do pesoço. Ei, acorde.

Levanto-me para sentar e rolo sobre minha barriga, meu peito em suas costas, cobrindo-o.

Ei, está tudo bem. Durma um pouco.

Durma.

Eu o puxo, rígido e encolhido, para mais perto de mim e coloco o cobertor sobre ele e me deito. Respiro. Deveria ter percebido. Como estava sendo difícil para ele a caminhada. As lágrimas que não estavam lá ontem, transbordaram. Romperam a barragem e jorraram.

E agora, o que vou fazer? Vou acender o fogo.

Jasper. Irmão. Meu coração.

Vou acender a fogueira. Coloco gravetos sobre o musgo e acendo. Vou fazer os dois últimos peixes. Vou...

< >

We have traveled.
Now you will be the path
I will walk I will walk
Over you.[9]

< >

[9] Viajamos./ Agora você será o caminho/ Vou andar e andar/ Sobre você (N. T.).

Durante o dia, não me movo. Continuo acrescentando madeira ao fogo. Deixo-o em seu cobertor, embrulhado e aconchegado, só com o focinho para fora. É a visão dele ali que não quero deixar.

Ele é o único agora. A única visão. Que. Amanhã vou. Não sei.

< LIVRO DOIS >

< I >

Nada. Não faço nada o dia todo. Não acendo a fogueira. Não cozinho. Deixo os peixes pendurados na cordinha, amarrados em um galho. Atrativo para ursos e pumas. Não me importo. Levanto para fazer xixi, beber um pouco de água do riacho, que é onde corre água mais fria devido à noite gelada. Com o leito do rio mais baixo, a árvore caída estava escorada nas pedras mais altas que ficavam fora da água. Então. Recuo. O coração é como o fluxo de água contraído também.

Volto para o saco de dormir e me deito ao lado dele. Tiro uma soneca. Movo a perna com esforço para poder sentir o peso de Jasper. É diferente agora, rígido, mas é ele. Tomo água à tarde. O dia é frio. O Sol pega o riacho por completo, em nós dois, talvez durante duas ou três horas, e depois se vai. Sinto o cheiro dos peixes agora. E então.

Deixo a lona amarrada para trás e espero a chegada da noite. Como era mesmo aquela música? *If I die before I wake, feed Jake, he´s been a good dog...* (Se eu morrer antes de acordar, dê comida para o Jake, ele é um bom cachorro...) Talvez fosse melhor assim.

Mas então seria ele a morrer de saudades. Melhor como está. Como a escuridão se derramando sobre o cânion, cobrindo a corrente de água, cobrindo-nos como uma mortalha negra. Ainda. Sem nenhuma definição. Nada. Nada decidido, nada terminado. A Ursa gira até voltar ao seu lugar. Apenas uma volta. Uma volta da roda e estamos diferentes, nunca os mesmos. Jamais. Nem mesmo essas estrelas. Até elas decaem, desintegram-se, aglutinam-se, separam-se. Fecho os olhos. É o que está por dentro. O que está por dentro se movimentando, nadando em dor como um peixe cego nadando eternamente. O que sobrevive é o que permanece. Renova-se, renova o amor e a dor. O amor é o fundo do rio e a dor o preenche. Enche o rio de lágrimas todos os dias.

Em algum momento da noite, em algum momento quando a constelação de Gêmeos está sobre o cânion, penso no trenó e no fuzil lá dentro. O que fazer com ele. Sinto o peso de Jasper em meu joelho, fizera um calço por baixo dele e pensei: ele não aprovaria, não. Diria: o quê? Não diria uma palavra. Nunca abandonou seu posto, jamais. Ele me dava força dessa maneira. Nunca abandonamos nosso posto, não é? É assim que nós somos.

Em algum momento, debaixo da constelação de Gêmeos, adormeço.

< >

Terceiro dia. Ao amanhecer, mudo de posição, sinto Jasper debaixo do cobertor e tenho uma sensação estranha. Havia esquecido em um momento e depois houve um instante em que lembrei e esperei que ele se mexesse. Esperei com todo o meu ser que ele ressuscitasse. Porque ele poderia. Já desafiamos tudo, não foi? Por que não isso?

Então, começo a chorar. Choro copiosamente. Levanto-me e carrego meu amigo enrolado no cobertor, carrego Jasper até debaixo das árvores e começo a cavar. Com um graveto, com uma pedra achatada, com os dedos.

< >

Cavo durante toda a manhã até o buraco ficar fundo o suficiente para desencorajar um urso. Está de bom tamanho. Este era um dos nossos acampamentos prediletos. Ano após ano. Se seu espírito pudesse ficar observando... A mudança do rio, uma estação após a outra. Deito meu cão embrulhado no cobertor e digo:

Adeus, amigão. Jasper. Meu companheiro. Nunca estaremos separados, nem aqui, nem lá.

E, então, coloco a terra de volta.

Passo o restante do dia juntando pedras. Seixos, ovos, pedras pesadas. Suavizadas e arredondadas pela correnteza. Faço uma pilha da altura de meu peito. Não sei o que colocar no topo. Tiro meu velho suéter de lã. Tem o cheiro dele tanto quanto o meu. Coloco-o no topo e empilho mais algumas pedras. Para que se dissolva ali como uma bandeira impressa com preces, seu cheiro e o meu lavando as estações. Como se eu pudesse cobri-lo.

Depois, carrego o trenó e sigo rio acima.

< >

Vinte vezes parei e me voltei para chamá-lo hoje. Ei, vamos lá. Vinte vezes virei os ombros para trás na direção da montanha. Abaixava minha cabeça e pé na estrada.

Parei uma vez, encarei o Sol, os olhos fechados, deixei a luz secar minhas lágrimas. Deixei a cabeça inclinada mais para trás, o lamento de um coiote.

O riacho à minha direita batia em uma saliência de pedras. O Sol pesava sobre as pálpebras, lágrimas sendo vertidas como chuva pesada.

Se não houver nada mais, pelo menos uma coisa: ser inundado, consumido.

< >

Não é por não haver mais nada. Existe tudo, menos um cachorro. Menos uma esposa. Menos o barulho, o clamor de.

Achamos que falando sem parar podemos repelir algo. Bem. Eu não consegui. Você não conseguiria. Você continuou porque pensou que era seu dever. Será que fui tolo? Os dois fomos? Amar é pegar um lado da discussão e conduzi-la rapidamente até a morte. Aterrissar em um lado com os dois pés. Ou os quatro, hein, amigão?

Os dois bobos subindo a trilha, dois bobos, agora um.

< >

Existe uma dor da qual você não consegue se livrar. Não tem como se livrar dela falando. Se houvesse alguém com quem falar. O que posso fazer é andar. Um pé após o outro. Inspirar, expirar. Beber água do rio. Fazer xixi. Comer pedaços de carne. Deixar a carne na trilha para os coiotes e os pássaros gaios. Não se pode metabolizar a perda. Ela está nas células do rosto, no peito, atrás dos olhos, nas entranhas. Músculos, tendão, ossos. É você inteiro.

Quando você anda, impulsiona a dor para a frente. Quando deixa o trenó ir e se senta em um tronco caído e... Você o imagina se enrolando ao seu lado na única réstia de Sol, talvez deitado a seus pés. Não estou me sentindo muito bem. E então a Dor o arrebata, abraça você. É sua amiga mais íntima. Constante. E à noite você não suporta ouvir a própria respiração desacompanhada de outra. Sob o enorme silêncio, o sofrimento é como o retumbar da cachoeira de tudo sendo devastado. Então. A Dor deita a seu lado, bem próxima. Não o incomoda nem mesmo com o som de sua respiração.

< >

Que merda de filosofia, hein, Jasper? Ficar todo poético quando tudo o que sinto são saudades de você. Sinto uma imensa saudade de você.

< >

Andei durante três dias. Mal comi ou dormi. Deitar no saco de dormir era meramente habitual. Não tinha vontade de acender a fogueira ou de me sentar perto dela, não tinha vontade de dormir ou não dormir. Não sabia mais o que fazer. De vez em quando, ajoelhava nas pedras e pegava alguma coisa do rio. Andei para o oeste e depois para o norte. Direto até Indian Peaks. Quando estou caçando para valer, deixo o trenó e faço uma mochila na base do acampamento e sigo em silêncio. Levo uma mochila menor durante o dia com uma jaqueta e um litro de água, a fim de subir até o cume das montanhas ou até uma subida mais distante das águas. Fósforos, um facão, uma parca com capuz. Desta vez, não fiz isso. Puxo o trenó, arrastando e batendo, fiz uma barulheira e não vi nenhuma caça, somente tâmias, picanços-azuis, corvos, esquilos alarmados tagarelando nas árvores, contando ao país inteiro: lá vem o Hig. Hig e sua arma. Ele não pode estar falando sério, ele faz um barulhão com aquele treco, não deve estar nada bem. Cadê o cachorro? O esquilo no galho, assustado, o rabo curvado sobre as costas, atento, estremecendo, sua tagarelice tão estridente quanto a trompa dos Alpes. Eles poderiam também apitar. Quem se escondeu se escondeu, quem não se escondeu não se esconde mais. Lá vou eu! Até os corvos pousam, virando a cabeça e cravando o olhar em nós, em mim, com olhos brilhantes, bico aberto, pescoço esticado, escavando, um grito sinalizando raiva dos desagradáveis resmungões. Eu os inspiro. Ao cúmulo do escândalo. O caçador está negligente. Está subindo a trilha com estardalhaço. Está descuidado, barulhento, desatento, atabalhoado. Está perturbando a Ordem. A hierarquia dos seres. Os caçadores e a caça. Uma falta de respeito. Há algo de errado com ele.

A dor é um elemento. Tem seu ciclo próprio, como o ciclo do carbono, do nitrogênio. Nunca diminui, jamais. Passa por dentro e por fora de tudo.

Na terceira noite, começou a nevar. Uma neve tardia de primavera, não era pesada nem molhada. A temperatura caiu tão de repente quanto uma nuvem passageira, frio, frio como o meio do inverno, e o vento caiu também. Estávamos na beira de um pequeno vale acima do nível das árvores, embaixo havia faixas de neve antiga e um pequeno lago recentemente descongelado. Nós. É possível continuar juntos. Diga o que quiser, sinto assim. Andando atrás, rastreando as laterais, tudo igual, só que não visível. Não tanto. O lago mais parecia uma pedra preciosa, disposto em uma moldura circular de tufos de tundra e pedrinhas. A água tinha o tom de verde resplandecente de uma pedra semipreciosa, mas texturizada pelo vento. Depois não mais. A superfície se aquietou e ficou vitrificada, polindo a si mesma em um minuto. A água refletia as nuvens escuras que se acumulavam e se derramavam no topo das montanhas como algo que se derrete. Subitamente ficou muito frio e os flocos de neve começaram a tocar a superfície. Sem ressonância, silenciosos, desaparecendo. Solto a corda do trenó. Estava a 50 metros da água. A neve foi se tornando mais pesada. Um tecido espesso que escurecia o ar, apressando o anoitecer assim como a fogueira torna a noite mais profunda. Fiquei paralisado. Era frio demais para mãos descobertas, mas minhas mãos estavam descobertas. Os flocos ficavam presos em meus cílios. Caíam nas mangas de minha roupa. Enormes. Flores e estrelas. Caíam uns sobre os outros, mantendo suas formas, formando pequenas pilhas de asteriscos perfeitos enquanto florescências tombavam em suas geometrias discretas como blocos de brinquedo.

É algo parecido com o riso. Como pode uma flor ser tão pequena, tão efêmera e um floco de neve ser tão grande, tão persistente? A simplicidade improvável. Suspirei. Por que não existe uma palavra para expressar o sentimento entre o riso e o choro?

De repente fiquei faminto. Tirei os olhos da manga direita e passeio-os pelo desfiladeiro. O cume das montanhas e o pico acima de mim estavam obscurecidos. Que diabos você está fazendo aqui? Hig, o que você estava pensando da vida? Por que está nessa altura, a essa hora do dia?

Não deveria estar. Pego de surpresa pela noite acima da linha das árvores. Tempestades movem-se rapidamente nesta época do ano, migrando como todo o restante. O frio. Exposto. Um velho pânico surgiu em meu peito. O pânico do cair da noite, da tempestade, de estar sozinho em campo aberto. Essa merda toda me pegou de surpresa.

Preciso descer, chegar mais embaixo.

Digo que o pânico me é familiar como a náusea provocada pelo medo ou pela ressaca são conhecidos, mas há tanto tempo ausentes que pensei que tivessem sido banidos. Como estar preso entre o viver e o morrer não causasse motivo para pânico. Não estava. Quis dizer que não estava banido. Não era nem um pouco estranho. O pânico estava próximo e era conhecido, com seu cheiro único, sua maneira própria de comprimir as bordas. Peguei a corda do trenó. Olhei para trás, para minha trilha no campo com uma crosta de neve. Tarde demais para me mexer. Droga.

Jasper sempre me acalmava. Não ficava agitado demais a não ser talvez por uma trilha de lobos, portanto eu também não ficava.

Mas estava tudo tranquilo. Sem vento não havia perigo. Poderia fazer uma cobertura com a lona encostada em uma rocha grande e me enfiar dentro do saco de dormir. Amanhã de manhã, se a neve não estiver muito alta, posso seguir descendo e ganhar o abrigo das árvores sem problema. Posso facilmente pescar no riacho dentro de meio dia. São algumas horas para descer.

Comi toda a carne seca de cervo. Minha fome era profunda, voraz, viva. Se não tivesse jogado fora a outra comida, a de Jasper, provavelmente a teria comido agora. Quem me julgaria? O que importa se era ele ou eu, nós somos o mesmo. Mas eu esvaziara os sacos na trilha dias atrás.

Tudo bem. Havia água. Havia uma pilha de rochas grandes do outro lado, na subida pela lateral do lago. Puxei o trenó, dei um passo e parei.

Havia uma sombra no topo da montanha. Tudo estava muito próximo: lago, subida, pedras soltas rolando, cumes afiados atrás da sombra que subia em meio à tempestade de neve, seguindo para a parte mais baixa das nuvens. Bem ali na curva do contraforte, bem quando ele desapareceu em meio às nuvens, um vulto grande e escuro. Esfreguei o gelo de meus cílios com a parte de trás do braço e, ao focar os cumes novamente, a coisa havia sumido.

Fiz um telhado inclinado com a lona azul apoiada em uma rocha, joguei fora as pedras menores a fim de arrumar um lugar macio para me deitar, cobri-me e dormi. Um sono sem sonhos, sem me afundar no sofrimento. Dormi para acordar na escuridão quase absoluta, ouvindo o som da neve que caía na cobertura de plástico, e dormi novamente. Acordei pensando que o vulto era grande o suficiente para ser um alce. Pensei que não vira sinal nenhum e fiquei imaginando se isso seria algo bom ou ruim de se desejar para as coisas não vistas.

< >

Décimo dia fora, bipei Bangley no *walkie-talkie*. Era cedo e não queria preocupá-lo em ter cobertura nos poucos quilômetros em campo aberto, de ser baleado ou seguido de trás das árvores, mas era nosso ritual. Isso também lhe daria um pouco mais de tempo para se reajustar à minha volta ao seu mundo, talvez algumas horas para se lembrar de como voltar a ser humano. Talvez. Além disso, se ele estiver vigiando o perímetro da torre na mansão, o que ele costuma fazer de hora em hora, poderia salvar minha pele de me tornar material para fogo amigo. A maneira como vou morrer, de um jeito ou de outro, na verdade nunca me preocupou muito, mas de algum modo essa era uma forma a que eu me recusava. Recusava-me a pensar nisso: um erro de Bangley. Ou talvez não. Talvez um meio erro, sem querer, como o pobre Francis Macomber no conto de Ernest Hemingway. Era isso. Não queria ser ele como no conto "A Vida Curta e Feliz de Francis Macomber". Então liguei o rádio pela primeira vez e apertei o botão duas vezes.

Havia dois veados no trenó. Eram pequenos, mas eram dois, o suficiente talvez para justificar o tempo que eu passara fora, provavelmente não. Não dava a mínima. Ele poderia dizer o que quisesse. Não era mais o seu show, também não era o meu, quando pensava a esse respeito sabia menos a cada dia. Não sabia porcaria nenhuma.

Um minuto, menos, depois a estática, e

Ora, ora. O pródigo Hig. Pensei que tivesse morrido. Pensei mesmo.

Oi, Bruce.

Pausa considerável, um pouco longa. Isso o faz parar no meio do caminho toda vez. É como apertar um botão. Talvez sua mãe fosse a única a chamá-lo pelo primeiro nome. Quando estava brava.

Teve algum problema?

Sem ironia agora. O que me surpreendeu. Bangley quase parecia preocupado. Difícil dizer, no entanto, falando pelo rádio.

Um pouco.

Tudo bem. Estou feliz por ter voltado inteiro.

Pausa.

Você está? Inteiro?

Afastei o rádio e olhei para ele. Bangley parecia um ser humano. Deve ser o sinal, a estática, alguma coisa na propagação das ondas do rádio, algum tipo de explosão solar ou coisa do tipo, distorção. O que ele queria dizer era: você precisa de ajuda para atravessar?

Inteiro. Pernas, braços, tudo.

Certo, preciso de noventa minutos.

10-4[10].

Hig?

Hein?

Você tirou suas malfadadas férias?

Ah, o velho Bangley.

Apertei o botão do microfone. Noventa minutos. Desligo.

Já era dia. Estava agachado em meu ponto, na parte de baixo de um declive coberto de ponderosas — um bosque fechado de salgueiros e álamos na base das primeiras montanhas onde o riacho dava uma guinada para o sul e nossa trilha continuava em frente na direção leste. Atravessava o campo aberto. Se eu tivesse me organizado melhor, teria chegado horas antes e não precisaria fazer Bangley cruzar até a torre na luz do dia. Ele carregava um fuzil CheyTac calibre 408, leve e poderoso como só esse

[10] 10-4: linguagem de rádio que quer dizer "entendido", "OK". (N.T.)

fuzil consegue ser. Era seu orgulho e sua alegria, feito para atirar e andar se fosse preciso andar, e se ficasse imóvel, seria capaz de atingir alguém nos pulmões a um quilômetro e meio de distância.

Esperei uma hora e meia com o Sol no rosto, o que, para falar a verdade, não foi a melhor estratégia, caminhar campo adentro meio cego, contente em saber que ele estava lá em cima na torre com o Sol nas costas e uma visão clara das primeiras árvores com luz perfeita. Tivera problema três vezes. O primeiro foi a garota com a faca que não foi problema nenhum. Fiquei pensando que os problemas eram realmente a última coisa que eu esperava. A madrugada estava quente, o ar fresco com o cheiro de grama nova e das primeiras flores, quando comecei a andar. Andei por mais de uma hora, a carga pesada no chão plano, os dois veados esquartejados e empilhados no trenó. Eu estava a mais da metade do caminho até a torre, puxando os arreios com força quando o rádio pendurado em meu peito deu sinal de vida.

Hig, você tem companhia. Urgência. Um alarme raro.

Certo. Companhia.

Deixei a rédea cair e me virei. Não havia nada atrás de mim. Sálvias altas, matagal, grama já na altura dos joelhos. Ásteres amarelos e brancos florescendo, abelhas gordas já se alimentando, a trilha vazia atrás de mim. Meu coração martelava.

Hig, eles estão seguindo você. Uns 400 metros atrás. Copiou? Quatrocentos metros, um pouco mais.

OK. OK. Entendi.

Diga 10-4. Repita a informação. Você é piloto, pelo amor de Deus.

Deus do Céu, Bangley.

Estou tentando acalmá-lo. Concentre-se nos detalhes. Um de cada vez.

Mãe do Céu. Quem teria gerado esse ser?

Pausa.

10 bosta 4. Quatrocentos metros. Estou focado.

Ótimo. Certo, vire-se. Agora. Vire! Olhe para mim. Pegue uma garrafa de água. Se espreguice. Faça de conta que está descansando. AGORA!

Tudo bem, tudo bem, entendi.

Não tem como eles nos ouvirem, Hig. O vento está vindo deles para você. Estão contra o vento. Aja naturalmente. Se espreguice. Tome água. Aperte o microfone como se estivesse coçando o peito. Você está totalmente sozinho aí fora. É o que eles pensam, Hig, você está sozinho. Única presa.

Que ótimo!

Onde está seu companheiro?

Meu companheiro? Ah, Jasper. É uma longa história.

Breve pausa. Quase pude ouvir o clique de seu cérebro recalibrando a estratégia.

Nove. Entendeu? Nove é o número. Você tem nove perseguidores.

Nove? Puta que pariu!

Hig, eles sabem que você está armado. Querem sua carne, querem sua arma. Não estão armados. Não com armas. Não vi armas. Se tivessem armas, você já estaria morto agora. Copiou?

Sim, copiei. Nove?

Hig, escute. Eles têm machados. Parecem machados ou espadas.

Espadas?

Hig, fique calmo. Estão dispostos a sofrer algumas perdas. É o que me parece. Querem muito sua arma.

Bangley, aquele infeliz. Estava descobrindo isso tudo a três quilômetros de distância. Postado na torre, inclinando-se para o óculo de sua mira.

Ótimo.

Estão dispostos a perdas. Cada um deles imaginando que será o outro. Eles querem a carne de veado e o fuzil. Copiou?

Sim.

Repita, Hig. Permaneça focado.

Meu coração estava disparado. Quase dei risada em voz alta. Ali, com o Sol nas costas, olhando para a trilha por entre os arbustos altos com uma droga de uma divisão de visitantes a 400 metros de distância.

Repita.

10-4.

Ótimo. Controle a respiração.

Bangley, diga que merda você quer que eu faça. O que devo fazer?

Respire, quero que você respire. Estão atrás de você, Hig. Têm o dia todo. Isso é o que eles pensam. Não tenha pressa. Você está andando devagar. Eles vão diminuir a distância. Pouco a pouco. Depois vão atacá-lo. Já o fizeram antes. Eles se movimentam como se já tivessem feito isso antes. Copiou?

Sim, copiei. 10-4.

Certo. Você tem a vantagem. Vantagem, Hig. No momento, você está com a vantagem.

Estou?

Positivo, Hig. Escuta.

Nesse momento, pensei que ele parecia um pouco preocupado, o que não me tranquilizou. Nove eram muitos visitantes de merda querendo me matar. A mim.

Escuta. Mais adiante, talvez uns oito metros, a trilha faz uma queda para um tipo de córrego. Raso, mas com profundidade suficiente. Se espreguice e pegue a corda como se estivesse muito cansado, continue em frente e desça para dentro da ravina.

Bangley, estou exausto.

Ótimo, Hig. Isso vai fazer você ficar calmo. Nada de café expresso para Hig, não agora. Firme as mãos. Quero que suas mãos estejam firmes. Agora ande. Há um arbusto grande e denso de sálvia ou algo parecido no lado norte da trilha, bem lá embaixo. Alguns arbustos. Perfeito. Arraste o trenó para trás do arbusto e o esconda. Corte alguns galhos se for preciso. Pelo que posso ver, você tem dois animais aí dentro. Correto?

Você é bom, Bruce. Você é inacreditável.

Pausa enquanto ele processa minha resposta. Não tenho certeza se estava sendo sarcástico ou não, não importa.

Fico contente que você esteja começando a perceber, Hig. Sou mesmo. O trenó e a carne serão sua cobertura. Para o caso de eu estar enganado sobre as armas. Para o caso de eles terem armas. Uma balestra ou algo que eu não consigo ver. Eles não têm cobertura, mas quero que você tenha. Tudo dentro dos conformes.

Ele adora dizer isso. Tudo dentro dos conformes. Bem, era esse o motivo de ele estar vivo. Eu tinha de estar, estava deixando na mão dele. Bangley.

Esconda o trenó e fique atrás dele. Entendido?

Positivo. Pausa. Bangley?

Diga lá, Hig.

Minha arma tem pente para cinco balas. Mais um na câmara. Seis.

Pausa. Conseguia ouvir a brisa balançando o arbusto. De repente, tudo pareceu muito, muito calmo.

Como vou eliminar nove se me atacarem? Com seis tiros?

Ouço o estrépito do rádio. Não sei se já fiquei tão feliz em ouvir esse ruído. O som da intervenção, da calma em um combate armado, o som do domínio da tática. Bangley.

Muito bem, ouça, Hig. Respire e ouça. Se espreguice novamente. Você não tem a menor ideia de que esses filhos da puta estão atrás de você. Não faria mal nenhum você cantar.

Cantar?

É, cantar. Ou assobiar. Não há nada mais tranquilizante que assobiar. Agora ouça, Hig. Quando eles chegarem perto da margem daquela ravina, você aguarda. Planeje os tiros. Seu movimento será da direita para a esquerda. Assim é mais fácil. Entendeu?

Sim.

Então repita.

Da direita para a esquerda. 10-4.

OK. Mesmo que você não esteja tendo a melhor manhã da sua vida, vai derrubar dois, talvez três. Você vai atirar de um esconderijo. Esses primeiros tiros serão surpresa, acredite. Eles pensam que você é um pobre coitado, um caçador de veados que está exausto caminhando na sua ingenuidade de volta para casa. Não sabe que eles estão entrando no nosso perímetro.

Essa conversa era para me estimular e encorajar. Estava funcionando. Bangley filho da mãe.

Hig?

Hein?

Está me entendendo?

OK. O que eles estão fazendo agora?

Não se preocupe com eles. Eles têm o dia todo, lembra? Enquanto você está parado, descansando, não se mexem. OK, Hig, você derruba dois ou três da primeira vez. Talvez quatro, se for seu famigerado dia de sorte. Não tiveram tempo para localizá-lo. Agora você tem a munição à mão. Não toda nas mãos, pois podem cair. Alinhe as balas uma duas três quatro cinco. Deixe dez alinhadas. Doze é melhor, se quiser esbanjar. Bem ali no trenó. Dez.

Dez.

Muito bem. Você tem um pente que carrega pela lateral. Nunca entendi essa droga dessa sua nostalgia pelo calibre 308 com alavanca. Qual é? Uma Savage 99?

Ele sabia muito bem o que era.

É uma Savage 99. Puta que pariu, Hig. Bom, estou feliz. Agora estou feliz.

Está?

Positivo, é claro! Pente carregado pela lateral. Isso vai ser bem mais rápido que virá-lo para baixo. É só empurrar. Um de cada vez. Sem pressa. Se tiver tempo, alavanque lentamente, em silêncio, e coloque a sexta. Em silêncio, porque você não vai querer que o localizem. E não o viram. Entendido?

Inspirei profundamente. Estava exausto. Subitamente fiquei muito, muito feliz por ter Bangley na retaguarda. Nunca me senti tão feliz.

Entendi. 10 putaqueopariu 4.

Esse é meu Hig. Nesse momento estarão faltando de sete a quatro homens. Você estará escondido, e se acharem que vale a pena avançar depois de você ter eliminado os amigos, então eles são mais sérios do que acho que são. Provavelmente não são. Mas podem ficar irados também. É o fator ira. É preciso dar algum peso a ele. O fator deu merda "você acabou de matar meu irmão gêmeo retardado". Ainda assim você está em vantagem.

Comecei a rir. Bem ali, com o Sol no rosto e a brisa soprando das montanhas, carregando provavelmente o aroma de *eau de parfum de saqueadores* e meu cachorro morto, comecei a rir.

Está rindo ou chorando?

Ele parecia realmente preocupado.

Rindo. Estou rindo. Jasper morreu. Dormindo.

Eu sinto muito, Hig. Sinto. Agora se recomponha. Hig!

Certo. Certo. O fator deu merda "acabei de matar seu irmão gêmeo retardado". Estou acompanhando você, Bangley.

A postos, Hig. Permaneça a postos. Você tem de quatro a sete sobrando. Se o atacarem com raiva, limite-se a atirar em mais dois. O restante vai recuar, garanto. Se forem mais espertos do que parecem, vão se espalhar primeiro. Tentarão atacá-lo pelos flancos. Isso vai ser perigoso, mas tenho um bom ângulo. Lembra quando você queria construir a torre com seis metros de altura? Parar com seis? E eu disse nove e deixei-o com raiva durante duas semanas? Você se lembra? E a entrada? Aquela minha entrada duplamente reforçada? Foi por isso. Eu consigo vê-los. Todos. Estão abaixados no chão agora, mas, quando se movimentam, mesmo agachados, eu os vejo. Portanto, fique onde está. Se eles se espalharem, recarregue a arma e eu vou chamá-los. Você vai ficar de frente para a pedra agulha, na direção oeste, esse é o meio-dia e eu os chamarei dali. Direção e distância. Vai ser como atirar naqueles pombos de argila.

Hig? Está ouvindo?

Pombos de argila. Pedra agulha é meio-dia.

Bom garoto. Você já parece recomposto, Hig. Acabei de me lembrar. Você arrumou sua mochila? Seu revólver?

Sim.

Arrasou, muito bem. Vamos fazer tudo como acabei de falar. Se tudo der errado, se um deles chegar muito perto, simplesmente saque a arma e atire. Verifique se está carregada. Espere até estar abaixado e fora da linha de visão e verifique se a arma está carregada. Entendeu?

Sim, 10-4.

Agora pegue sua garrafa de água, comece a assobiar, segure os arreios do trenó e vá andando.

Foi o que fiz. Assobiei. Coloquei os arreios por cima da testa, uma maneira de aliviar meus ombros, e comecei a caminhar novamente. Bem devagar. De repente, estava cansado até os ossos, não me lembro de ter sentido tanto cansaço assim antes. Havia uma parte de mim que só queria deitar e dormir ao Sol quentinho da manhã, deixar que levassem a carne, a arma, minha vida. Acabar com tudo aquilo. Mas outra parte de mim queria trabalhar com Bangley. Poderia até dizer que estava empolgado com o desafio, e diria também que o filho da puta realmente acreditava em mim. Que eu conseguiria me dar bem. É estranho, mas em parte eu queria fazer aquilo por ele. Por quê? Acho que uma equipe é geralmente mais forte que a soma dos indivíduos. Inclinei-me para a frente e puxei as rédeas como uma mula, fazendo o trenó se movimentar na trilha suave e fácil de andar. Cheguei à extremidade da ravina rasa e uni as rédeas em uma só mão, começando a soltá-las na beirada. Controlava as rédeas com a mão na descida. Recuei e peguei o caiaque serrado pela alça, soltando-o sobre a margem. Controlava-o com a mão para descer o pequeno declive. Na parte de baixo, enquanto ele ainda deslizava, puxei-o com a maior força que consegui e atravessei correndo. O fundo era arenoso e aberto. Fui o mais rápido que pude. Uma vez que saí do campo de visão, eles poderiam estar ganhando terreno atrás de mim, também correndo. Apressadamente, empurrei o trenó para dentro do matagal de sálvia para o lado mais distante e nivelei seus dois lados com a trilha. Quase com o mesmo movimento, peguei o facão e comecei a cortar os galhos mais grossos. Em menos de um minuto, o trenó estava coberto. O trenó havia sido um caiaque verde, verde-floresta, e subitamente fiquei hipercontente em ter tido o impulso de pegar algo quase camuflado e não de cor fúcsia brilhante.

Cinquenta metros, Hig. Cinquenta metros até a ravina.

Tirei o fuzil do trenó, a única caixa de munição, e me deitei. Coloquei o rifle sobre a pele dura e plana do veado. Sempre esquartejava os animais e tirava a pele depois, o que era mais difícil, mas preservava melhor a carne durante o transporte. Fiquei feliz por ter feito isso. O pelo curto era um apoio bom e firme para o cano do .308.

Trinta metros. Trinta, Hig.

Ele estava sussurrando agora, estava perto.

Estão diminuindo o passo. Estão em fila na trilha. Eles não fazem ideia, Hig. Entendeu? Vantagem, Hig. Fique frio. Espere que o bando desça até a parte mais baixa e pegue-os da direita para a esquerda, da frente para trás. Recarregue. E de novo. Vai dar tudo certo. Tenho de calar a boca agora. Divirta-se.

Desligou. Bangley. Que coisa esquisita para dizer: divirta-se. Mas o filho da puta queria dizer isso mesmo, era isso. Aquilo mexeu com minha cabeça. Fiquei ligado. Equilibrei o fuzil nas costas do veado, tirei o revólver do coldre de meu cinto e carreguei o pente, colocando-o à minha direita. Sacudi a caixa de plástico vermelha na qual ficavam as balas e arrumei cada uma, colocando-as na pele do animal à direita do fuzil apontado para a frente, assim conseguiria empurrá-las com o polegar sem mudar a direção. Minhas mãos tremiam um pouco. Só um pouco. Divirta-se. Isso meio que mudou tudo. *Você não tem nada a perder, Hig.* Foi o que disse a mim mesmo. Divirta-se, então. O coração batia disparado, mas era aquela ansiedade quase feliz que lembrava o tempo em que jogava futebol na escola. Eu era goleiro, a última parada, o último recurso, a última esperança de confiança do time, e era assim que me sentia agora. Que merda, você poderia também se arrastar para debaixo de uma pedra. Mas depois de começar, era tudo ação, sem pensamentos, e a animação vencia o medo. Era quase como me sentia agora. Não ter nada a perder é muito próximo do Samurai *Você-já-está-morto*. Foi o que pensei comigo mesmo.

Arrumei 13 balas enfileiradas. Número 13 da sorte. Liberei a trava e encaixei a bala dentro da câmara, empurrando a primeira para dentro do pente. Sobraram 12, uma fileira de 12 soldados de metal. Duas recargas completas. Uma respiração profunda e tudo resolvido. Meu peso relaxado contra o osso da coxa do animal debaixo de músculo e pele. Pressionando meu peito. A mão direita em volta do dedo indicador no gatilho e os dois olhos abertos mirando a faixa de terra, a trilha que descia pela margem da ravina, a terra quase polida pela passagem do trenó, passagem de ano após ano. Talvez uns 45 metros. E

O primeiro apareceu meio agachado, nem muito rápido nem devagar, chegou examinando cuidadosamente, diminuindo o ritmo, parecendo confuso. Era um homem muito magro com a barba toda grisalha, os braços de fora cobertos por tatuagens de prisão, estrelas e cruzes. Ele carregava uma espada. Uma baita espada de cavalaria. Não vendo sua presa, e esperando ter visto, levantou por reflexo e ficou de pé, andando até a parte de baixo e estudando a marca do trenó na areia. O que vinha atrás quase o atropelou, ansioso por um ataque. Um homem imenso, com barba ruiva, mais um com espada. Todo o pensamento de antes foi interrompido. Assassinos. Eram assassinos. Eu os queria. *Puta que pariu, Hig, mandou bem, garoto!* Ouvia as palavras de Bangley como um tipo de transmissão telepática. Não sei bem, talvez tenha salivado. Senti pena das vítimas que caíram nas mãos desses homens. O terceiro tinha cabelos compridos, cabelos grossos e sujos até a cintura, não tinha barba nem bigode e usava uma jaqueta preta de couro de ciclista. Tinha um taco de beisebol cravado de parafusos. Eram parafusos compridos, talvez com meio centímetro de largura, as cabeças cortadas e o cabo afiado. O Ruivo e o Parafuso passaram voando pelo líder e desceram a margem aberta no que poderia se tornar apenas derramamento de sangue, e estavam apenas a pouco mais de 30 metros antes de pararem e começarem a sondar o local. Havia esses três. Outros três estavam chegando, para mim um borrão em movimento. Havia esses. Começando da frente para trás, do líder Mirrado para o Ruivo e para o Parafuso, era esquerda para direita. Ah, céus, mirei a cruz no líder, puxei o gatilho. O solavanco familiar, a arma se levantou um pouco da pele do animal, alavancando e girando para a direita. Já fizera isso muitas vezes para pegar dois ou três veados, virando para a direita para mirar o borrão em movimento. O cano da arma agora estava a um triz de distância do resto, sem problema, mirei no Ruivo e atirei. BANGUE! Alavanca. Sem pensar, só atirei. Mal percebendo que os dois primeiros haviam caído, o último, Parafuso, estava começando a se agachar para um mergulho e BANGUE!, o tiro atingiu o ombro ou a lateral, ele girou e foi jogado, mexendo-se no chão e depois se levantando. O borrão na extremidade da ravina se separando, prestes a se fragmentar, só mirei no objeto maior, dois homens juntos, puxei o gatilho: um braço jogado para trás, e queda. Alavanca. Quatro! Um sentimento surge, não é alegria, não é triunfo, mas quase. Eu era, nós éramos, uma equipe, derrubamos quatro...

Hig, volte! Corra!

O som do rádio era alto agora, urgente, quase insanamente urgente.

Corra para mim, companheiro! Agora! O revólver! No bolso. Pegue as balas e o fuzil e corra! CORRA! Para mim!

Deus do Céu. Eu fui. Alguma coisa a ver com a ordem, a sequência real, clara, Deus o abençoe, agarrei a arma, enfiei-a no bolso direito, enchi uma das mãos com balas, corri. Olhei para trás. Assim que fiz isso, os cinco chegaram à margem investindo para o ataque em uma corrida frenética, espalhando-se. Eram rápidos. Magros e rápidos. Sem peso para carregar, a não ser pelas armas na mão. A imagem: cinco homens grandes espalhados e atacando. A areia diminuiria seu ritmo, chegariam até mim em trinta segundos. Apenas um, apenas um me mataria. Corri. Arma, balas nas mãos, corri. O mais rápido que pude. Mais um olhar para trás, eles estavam na parte mais baixa agora, em campo aberto e fechando...

RRROOOAAAAMMMP

O choque violento lançou uma chuva de terra, terra na boca, olhos

RRROOOOOAMMMP

Os braços cobrindo a cabeça, santíssima mãe de Deus

RRRAAAAAAAAM

Calafrio chão tremendo poeira arranhando poeira movendo montes de terra chuva de arbustos caindo areia chuva de seixos caule madeira pancada um torrão de terra e

Silêncio. Ouvido vibrando, vibrando. Umidade. Nariz sangrando.

Ouvi ao longe o silêncio ressoando, o rádio, Hig? Hig? Hig! Você está vivo? Hig!

Todas as partes. Dorso das mãos no chão. O quê? Na cabeça. Intacta cabeça intacta. Ouvidos vibrando. Rolo para um lado, manga no nariz, sangrando, não está mal. Cuspo. Olhos limpos, dedos sem cortes, respire. Intacto

Hig! Puta que pariu, você está vivo! Dê um tempo, descanse. Nada quebrado? Está inteiro? Tente ficar de pé. Devagar. Hig!

Joelhos OK. Vou ficar aqui um pouco, talvez uma semana. Mãos e joelhos. Sangue gotejando do nariz para o chão, consigo enxergar, isso é bom, bom sinal. Mãos, joelhos, respiro. Respiro. Estou bem, estou bem.

Hig, eles foram embora, espalharam-se. Vejo um, bem, parte de um, 30 metros atrás. Talvez haja mais mortos. O resto está fora do radar. Foram embora, Hig. Ouviu? Quando você conseguir se recompor, localize a arma, o fuzil.

Hig? Você está bem. Talvez um pouco abalado, só isso. Você ainda tem o revólver? Hig? Cheque seu bolso. Diga que você ainda tem o revólver. Até termos absoluta certeza de que a área está livre. Diga.

Mãos e joelhos. Rolo de costas para me sentar. Pisco no Sol. Falando comigo. Bangley está falando comigo. O rádio. Coloco a mão no peito, a mão rígida e lenta como em câmara lenta, aperto o microfone sem força

Eu. Eu

Hig, você está bem. Garoto esperto.

Eu. Estou com o revólver.

Ah, cara. Isso é bom. Bom garoto. Fique onde está um minuto. Respire.

Pausa.

Bangley.

Sim, Hig.

Você está sempre me mandando respirar.

Risos pelo rádio. Uma risada de verdadeiro alívio. Um gole de água fria.

Melhor do que se eu não mandasse, hein, Hig?

Mais risadas.

Você foi ótimo, Hig. Fez um excelente trabalho. Acertou quatro de cara. Quatro! Muito, muito além do esperado, cara. Nós todos tínhamos subestimado você, do jeito que você parecia debilitado.

Risos.

Obrigado.

Pausa.

Que merda aconteceu? Bangley. O que você fez?

Morteiro de 81 mm, britânico. Tinha de usar essa merda em algum momento. Você se lembra da entrada da torre que fiz você construir? Foi para isso, Hig. Para salvar sua pele. Queria que fosse surpresa em algum momento, tipo um presente de aniversário.

Estática.

Pegou você de surpresa, não foi, Hig? Foi mesmo. Ainda há um monte deles sobrando. Para quando realmente jogarem merda no ventilador.

Sentei no chão, debaixo do Sol — enquanto o sangue em meu nariz secava até virar uma crosta — tentando digerir aquele morteiro. Maldito Bangley. Tinha um tubo de morteiro escondido perto da torre o tempo todo. Meu Deus.

Estática.

Quando vi pela primeira vez os nove vindo na sua direção lentamente, desci e tirei o danado de trás do arbusto onde estava escondido. Parecia que você ia precisar de uma ajuda potente naquele momento, Hig.

Pausa.

Mas você fez um ótimo trabalho. Poderia ter conseguido sem os morteiros. Do jeito que estava atirando. Porra!

Vi meu fuzil jogado debaixo de um arbusto a uns 4 metros de distância. Inclinei a cabeça para trás como antes: olhos fechados, o Sol fluindo, o zumbido diminuindo lentamente como um vento errante. Ri. Chorei também. Ri e chorei ao mesmo tempo, não sei por quanto tempo, como um louco.

< >

Peguei o avião naquela tarde. Não estava pronto para isso, mas fui. A fim de procurar pelos outros quatro, ver se tinham planos de ir atrás das famílias ou de nós, e nem sinal deles. Seguiram para as montanhas, foi isso o que fizeram. Foi melhor assim. Voar. Primeira vez em anos sem Jasper. Ainda coloquei seu cobertor de caçador de faisão no assento para dar sorte, eu acho, ainda faço as curvas com mais cautela, os mergulhos menos repentinos para não jogá-lo longe — foi assim que me treinei para pilotar um avião. Fiz o círculo grande e na onda das primeiras montanhas a oeste fiz uma volta e desci para olhar a carnificina, as três crateras eram como feridas abertas no matagal, os corpos estavam onde os deixamos quando Bangley se adiantou para me ajudar a trazer o trenó. Eu mal podia puxá-lo. Não que não tivesse a força necessária nas pernas. Minha têmpora latejava, uma dor na testa, simplesmente não conseguia me concentrar por tempo suficiente para dar cinco passos seguidos com um puxão prolongado. Também me sentia enjoado. Bangley foi paciente e, depois de dividir as rédeas comigo, disse:

Hig, vá descansar. Fico com isso por enquanto. Você teve um dia longo.

Você vai me mandar respirar?

Ele tomou um gole da água no canudo de plástico de sua garrafa e olhou para mim com uma nova avaliação. Tinha um pedaço de tabaco na face que parecia uma pinta. No mesmo lugar da pinta de Marilyn Monroe.

Hig?

Hã?

Respire só se sentir vontade. Você sabe, quando diz que estou aliviado. Você está abalado, Hig, não há dúvidas a esse respeito. E sinto muito mesmo por isso. Mas. É melhor do que ser morto por um tiro. Poderia ser pior. Seus olhos estão olhando na mesma direção, e o velho Hig não perdeu seu senso de humor.

Ele colocou a rédea sobre a testa, inclinou-se para a frente e andou.

Agora, do avião, via tudo: a descida da trilha de areia e o matagal onde escondera o trenó, um pedaço de plástico vermelho no chão, o porta-balas, o local onde provavelmente estava quando a primeira bomba explodiu a menos de 25 metros de distância. Os quatro, onde eu os havia derrubado, três na parte de baixo, um acima; os pássaros: abutre, corvo, corvo-comum e pega-rabilonga levantaram voo e se espalharam quando passei com o avião. O que fora destroçado pelo morteiro, que facilmente poderia ter sido eu. Um braço, metade da cabeça. Minha cabeça ainda doía e, quando voei baixo e o vi, inclinei-me e vomitei pela janela. Não havia nada no estômago para vomitar, só o feijão enlatado e a salada que Bangley fizera para mim no hangar, mas ainda assim o vômito respingou na fuselagem e tive de limpá-lo no dia seguinte. O que aconteceu poderia ter sido comigo. O morteiro não é uma arma de precisão. Bangley disse que havia calculado o raio, o ângulo para cinco pontos ao longo da trilha e que tinha certeza do que estava fazendo. O que acabou acontecendo foi uma grande jogada de risco, ele me viu ficando arrasado e...

Limpei a boca com o dorso da mão e segui para o sul e o leste, patrulhando as estradas que se aproximavam das famílias, e nada. Quando voltei do leste, vi uma dezena deles no terreno e o macacão vermelho pendurado no mastro. Aterrissei. Arremeti na pista e desliguei a Fera. Desci com o corpo rígido.

Aaron é um homem alto, de rosto forte e rugas marcadas, com uma barba que parece uma pá esculpida em madeira. Ele estava exaurido pela doença no sangue, como a maioria deles, e movia-se vagarosamente, com cautela, como se fosse bem mais velho. Acenou com a mão enorme no final do pulso fino que ficava de fora da camisa de flanela remendada.

Acenei também e aproximei-me, e todos eles, mães, pais, crianças, vieram em bando na minha direção, e pararam. Ficamos frente a frente, com o pátio de terra batida entre nós. Menos de cinco metros. A distância irrevogável, implícita, como em um velho filme de faroeste em que o homem da montanha se encontra com os índios guerreiros em algum prado. Ou o colono que confronta o rancheiro especulador de terras e seus homens armados, os cavalos sempre emparelhados em linha reta, como se estivessem diante de um precipício. Sempre a parte da zona desmilitarizada de respeito mútuo sobre a qual as palavras podem ser lançadas, talvez seguidas de balas, flechas e morte. É assim que a chamamos, zona desmilitarizada. Era estranho no começo, mas não agora. Nesse caso, havíamos decidido sem discussão e até sem nenhuma evidência médica de que não havia jeito de a doença infectar alguém àquela distância. Provavelmente, nem mesmo a um metro e meio de distância, nem com um toque casual, mas todos, principalmente eu, sentiam-se melhor com essa distância. Se precisássemos, colocávamos objetos no meio do caminho para serem pegos, e assim estava bom também.

Aaron perguntou: Você não vai descer, Jasper?

Vacilei, virei um pouco na direção do avião, e fiquei parado. Não consegui respirar por um segundo.

Estavam todos me observando, senti a pressão, abaixei a cabeça, acabrunhado, assisti a uma gota de água salgada atingir o chão de terra. Enxuguei-a.

Hig, você está bem?

Aaron estava inclinado para a frente, suas costas finas, o pescoço de peru, a barba. A terra dos perdidos. Falar em já estar morto. Voltei a me endireitar.

Ele morreu, Aaron. Na montanha. Dormindo. Estava velho.

Quase pude ver a onda de choque sacudir o pequeno grupo. A última morte aqui tinha sido a de uma criança, Ben, um menino de oito ou nove anos que ficava tão empolgado, mais que qualquer outra pessoa, quando eu aterrissava o avião e carregava Jasper até o chão. Muitas vezes, ele esquecia as regras e atravessava a zona gritando de alegria e abria os braços para o cachorro, que ficava em pé, sobre duas patas, e abanava o rabo, e, como nas formas da Urna Grega, o garoto nunca chegou lá, nunca atingiu seu objetivo — sempre o pai, a mãe ou uma tia o detinham com uma leve repreensão.

Sinto muito, Hig. Todos sentimos muito.

A sinceridade daquele momento, a dignidade. Depois de tudo o que já haviam perdido e. Não tinha importância para eles. Ele era meu, minha família. Enxuguei a segunda lágrima que caiu e garanti a mim mesmo que não haveria outra. Não na frente deles.

Obrigado.

Uma garotinha deu um passo à frente. O nome dela era Matilda. Segurava um buquê de ásteres. Atravessou até o meio da Zona, colocou-o no chão e sorriu para mim.

Colhi essas flores hoje, disse-me. Para você.

São um presente?

Ela fez que sim. Sorriu, bonita, com sua pele de cera e olheiras fundas.

Obrigado, disse. Obrigado. Então desabei. Fiquei ali parado na frente deles todos e chorei, chorei descontroladamente, sacudindo os ombros e sorrindo para a garota por entre as lágrimas. O sorriso da menina se esvaeceu, parecia assustada e recuou para trás da saia da mãe. Senti-me péssimo, mas não conseguia parar. Tinha a ver com Jasper, mas não só. Era tudo. Isso era o inferno? Amar assim, sofrer a uma distância de quatro metros, uma distância que não pode ser vencida?

Peguei as flores, mas não consegui me afastar. Eles estavam a pouco mais de um braço de distância, talvez dois.

Obrigado, agradeci a todos. Jasper adorava vir aqui.

E era verdade. Acho que o cheiro das crianças o deixava feliz.

As flores são lindas. Eu as cheirei. Huummmm. Uau!

Sorri. A garota sorriu novamente por trás da saia da mulher.

Você hasteou a bandeira?

Aaron respondeu que sim. A última vez foi uma semana depois da última Sprite. A bomba de água solar que usavam para retirar água do rio para irrigação havia quebrado. Era um fusível ruim, mas eles não tinham nenhum e eu tinha, então levei para eles na manhã seguinte. Depois, uma mulher alta que estava atrás se aproximou. Metade de seu rosto impressionava. A doença ainda não lhe tinha tirado o vigor. Metade do seu rosto fora horrivelmente queimado por um tipo de explosão a gás. Quando falava, virava o lado queimado para trás e olhava para o interloculor de lado, como se estivesse falando com o ar. O nome dela era Reba, o mesmo da cantora *country* de antigamente, e ela também cantava. Já a ouvi cantar. Ela estendeu um balde de plástico rachado e eu o peguei, mão na mão, a primeira vez, e dentro havia minialfaces fresquinhas até a borda.

Nossa colheita tem sido farta, disse Aaron. Lembro-me de você ter dito que não podia plantar alfaces por algum motivo. Pensamos. Sua voz foi diminuindo e ele se calou.

Sorri. Agachei-me e estendi a mão para a garotinha que havia me dado as flores.

Vá, encorajou a mãe.

Ela estendeu a mão suja de terra e eu a tomei, apertei-a gentilmente e sorri. Encontrei seus olhos castanhos, um pouco avermelhados pelo sistema imunológico em guerra feroz dentro dela, mantendo o olhar neles como se fossem uma corda e eu estivesse me afogando.

< >

Os feijões estavam brotando, mostrando a pequena espiral que acabava de sair da terra revolvida. A água corria pelos sulcos. Contei a Bangley que estava partindo novamente.

Estávamos em sua loja, que era a antiga sala de estar rebaixada de uma supermansão ao norte de meu hangar. A sala ficava de frente para uma enorme janela dupla decorada com vitrais redondos, longe da pista de decolagem das montanhas. Era só uma loja de armas e nada mais. Bangley nunca se desculpou por não saber nada sobre motores, madeira, carpintaria de tipo algum, agricultura, principalmente agricultura, jardinagem, cozinha, principalmente cozinha, línguas, História, Matemática — nada além da Aritmética — moda, trabalho em couro, jogo de cartas, costura ou, principalmente, Retórica — a compostura, os bons costumes de um respeitoso debate.

Cuspa, Hig, era o que ele gostava de dizer como último recurso. Cuspa e não tire da boca nenhum pedaço de fumo. Somos só você e eu aqui, rá, rá! Não há mais ninguém para impressionar.

Mas ele conhecia armas, sabia como modificá-las, melhorá--las, e sabia fazer uma da estaca zero, partindo de um cano e talheres velhos. No reboque tipo baú que ele puxava com sua picape, na tarde em que apareceu no aeroporto, ele trazia uma furadeira pesada, um soldador, um gerador, amoladores, uma serra de fita. Quando chamei a atenção para o fato de essas habilidades — soldar, amolar, temperar metais — serem aplicáveis a todo o tipo de trabalho com metal, ele soltou sua risada perturbadora.

Isso não serve para nada, era o que dizia.

Ele também havia trazido cerca de cinquenta pôsteres, todos com garotas de biquíni, ou menos que isso, segurando vários tipos de arma com faixas com os grandes fabricantes de armas pequenas: de Colt, passando por Sig até Winchester. Os pôsteres eram fixados com tachinhas por toda a parede apainelada, na qual quadros com moldura eram fixados até nos batentes das janelas. Elas atiravam com submetralhadoras, carregando pistolas em posição baixa, como uma folha de figo, algumas vezes não se importando nem um pouco em cobrir a nudez total e toda a dor que me causavam, ou seja, a visão de uma mulher despida na verdade me sufocava a garganta, portanto restringia as visitas ao mínimo. Quando ia até lá, gritava do jardim e esperava por um grito de volta, um convite talvez, tentando treiná-lo a fazer o mesmo e parar de me matar do coração em meu hangar, o que sabia ser inútil.

Temos bastante carne de veado, Hig, disse ele, desempenando um cano grande em uma morsa.

Depois do conflito de outro dia, ele declarou que ia construir um lançador de granadas. Na verdade já tinha um, um M203, mas o alcance não era adequado para salvar minha pele, garantiu, então ele ia reconstruí-lo. É para ficar mais preciso, afirmou.

Não posso me dar ao luxo de fazer o Hig ficar abalado mais uma vez, ele fica muito atrapalhado.

Então se endireitou e apertou os olhos para me olhar, enquanto eu tentava não olhar para as garotas nuas homicidas. Estranho: em uma mesa de centro ao lado do sofá de couro, ele decidiu manter uma fotografia em um porta-retratos da família que vivera ali: uma viagem de esqui, três crianças loiras com capacetes, jaquetas, seus pais atrás segurando os esquis com um largo sorriso, os dentes brancos como a neve nas montanhas por trás deles. No topo de uma das montanhas de Vail ou algum lugar parecido. Nunca perguntei sobre aquilo. Intuí que não era tão simples quanto ser lembrado do afeto familiar que em outros tempos prevaleceu, porém mais provavelmente era uma maneira de Bangley contar vantagem do tipo: vejam só, seus *yuppies* idiotas, vocês tinham tudo, mas sou eu quem está aqui na sala de estar de vocês hoje, forte como um touro e fazendo armas melhores para poder ficar com tudo isso, coisa que vocês não conseguiram.

É só um palpite.

Você acha que está precisando de outras férias para pescar? A última já não teve emoções suficientes?

Respondi que não. Vou de avião.

Avião?

Para Grand Junction. Captei uma transmissão de lá há pouco tempo. Da torre.

Suas mãos — que mais pareciam patas de tão grandes e grosseiras — soltaram o cano, colocando a grosa na mesa. Olhou para mim por baixo da estante onde as armas estavam penduradas, estante que me fizera construir para ele no início — ele nunca fazia nada sem um pelotão de armas a seu alcance.

Pouco tempo?

Três anos.

Seu sorriso forçado ia de uma orelha à outra. Esfregou a barba rala do rosto e pude ouvir os pelos raspando do outro lado da sala.

Três anos.

Ele se virou um pouco para trás para olhar pela janela na direção de Grand Junction, como se tentando medir no espaço e tempo a relação entre as distâncias e a passagem das estações. Por apenas um segundo, pela primeira vez, eu o vi como um homem que envelhecia. Ele se virou para mim outra vez.

Puta que pariu, Hig. Você não era muito bom em retornar ligações, não é?

Sorri para ele.

Hig?

Sim?

Você está tendo uma crise de meia-idade?

Bem atrás dele, à esquerda, em uma parede apainelada ao lado de uma janela grande, havia uma modelo tcheca famosa segurando uma arma curta e malvada, algo semelhante a uma metralhadora Uzi. Apoiava o peso na perna esquerda e inclinava o quadril direito para fora, e todas as geometrias levavam os olhos do espectador dos olhos verdes da moça para os seios, que recatadamente saltavam de um triângulo muito ralo de cabelo escuro que não conseguia esconder a linha curta, o caminho para a terra prometida. Aquilo me matava. Respiração imediatamente cortada. Ocorreu-me que Bangley era estratégico até os ossos. Lia qualquer situação instantaneamente e encontrava a mola que quebrava o relógio, a entrada vulnerável. Estaria eu tendo uma crise de meia-idade?

Não acredito nessas coisas, respondi. Nossa vida toda é uma crise.

Você acha?

Não.

Primeiro foi o alce, agora a torre de controle. Grand Junction fica a 483 km daqui. Qual é o seu Ponto Sem Retorno?

Ele estava se referindo ao combustível. O ponto no qual eu não teria combustível suficiente para voltar.

Quatrocentos quilômetros.

Talvez você esteja perseguindo sombras, Hig. Você está querendo nos matar?

Fiquei parado no meio da sala de estar da família. Havia uma tela plana enorme com um sistema de som *surround*, um aparelho de som com console em uma mesa lateral com mais de dez mil músicas, muitas *country pop*. Bangley havia arrancado tudo, pendurando murais e aqueles pôsteres no lugar. Havia um *video game* no meio da mesa. Nós o havíamos ligado: *Mundo em Guerra VII*. Pensei que Bangley ia gostar. Ele se afastou quando o liguei e ficou visivelmente aliviado quando o desliguei.

Sei disso, respondi.

Olhou para mim com seus olhos de pedra, seu sorriso fixo.

Sei que é arriscado. Seja lá quem for que enviou a transmissão, tinha energia. Estava em uma torre de controle, portanto tinha rádios poderosos. Talvez saiba alguma coisa.

Saiba alguma coisa?

Algumas notícias.

Notícias.

Sobre os árabes ou algo do tipo.

Bangley não se moveu.

Ele pegou a grosa, segurou o cano com sua pata e baixou a cabeça.

Hig é um tubarão, disse ele. Precisa estar em movimento ou morre. Tem de fazer o que tem de fazer.

Pensei naquilo a noite toda enquanto me preparava na base da berma sozinho. O peso de Jasper sobre minha perna era uma ausência que doía. Observava a última das constelações do inverno ir para debaixo da terra na direção oeste. Aquela era sua maneira de me dar permissão. De que não precisava. Ainda.

< >

Manhã clara e calma. Maio, o vento que a bomba de gasolina jogava para fora ficava imóvel, o céu sobre as montanhas era como uma tigela de água azul-clara envolvente. Nosso falcão de rabo vermelho flutua, fazendo seu percurso sobre a pista de decolagem ainda não aquecida. Descrevendo círculos suaves. O ninho de sua companheira está em um choupo-do-canadá na beira de nosso lago de pesca, e ontem ouvi os piados agudos dos filhotes. Acho que eram três. A companheira do falcão se levantou, bateu as asas largas uma vez e olhou para mim com uma intensidade feroz. Não se meta com a mamãe. Nem sonhe com isso, disse em voz alta.

Liguei a bomba e enchi dois garrafões com 23 litros cada e coloquei-os atrás do meu assento. Menos de 34 quilos. Dois tanques com 208 litros para utilizar. O combustível extra me dará apenas uma hora a mais, o que não é suficiente se eu fizer qualquer patrulha ao longo do caminho. Também não é bastante para voltar, mas não vou levar mais combustível, pois quero ter condições de aterrissar e decolar em terrenos curtos se necessário. A mochila de sobrevivência pesa 13,5 quilos, incluindo carne seca para dez dias, tomates secos, milho e dois vidros de azeite de oliva. Dezenove galões de água, de que provavelmente não vou precisar, pois Grand Junction é bastante conhecida por abarcar a confluência de dois grandes rios. Entretanto, é uma cidade deserta, e não sei o que vai acontecer, se será difícil chegar ao rio. Sempre leve água.

Continuo com o cobertor de Jasper no assento do passageiro. Tranco a AR e a pistola dentro da estante vertical que fica na frente do assento de Jasper.

Qual é o plano, Hig? Voar até lá.

E depois? Fazer contato com os nativos.

E depois? Trocar informações.

Você não tem nenhuma informação.

Eu tenho o que tenho.

E depois? Voltar para casa?

Boa pergunta.

Reabastecer.

Boa sorte.

Sou eu falando sozinho. Bangley não está por perto. Subo a escada, chego ao topo da Fera. Há Sol direto suficiente para a bomba funcionar, curtir o clique dos números analógicos rodando no visor da bomba. A leve brisa morna na minha face esquerda, os grasnidos do falcão. Irregular nas extremidades como suas asas. A velha empolgação de uma viagem, uma viagem de verdade, buscando novas terras. Sinto um ímpeto de otimismo, não sei por quê. Bangley tem razão. A probabilidade de ter notícias úteis é pequena, a chance de o homem na torre ser um esqueleto é alta. E que notícia seria útil? Vinha me perguntando aquilo todos os dias da semana seguinte. O que é a notícia? Comemos, dormimos, fazemos a segurança do perímetro, nossa defesa, subo as montanhas algumas vezes para saber as notícias dos rios e das árvores. Com a Fera sei as notícias do vento. O que mais há?

Tive de mostrar a Bangley pela primeira vez como regar a horta, como direcionar o fluxo que sai do duto até as diferentes marcas, como limpar os sulcos do arado, mostrar-lhe o que era e o que não era uma erva daninha. Ele ficou mal-humorado. Confessou ter jurado que nunca na vida seria fazendeiro, que a única terra que ele cavaria na vida seria a de uma sepultura.

Meus pelos se eriçaram atrás do pescoço quando ele disse aquilo. Conhecê-lo há tanto tempo e ainda ficar surpreso.

Meu pai foi fazendeiro, afirmou.

Em Oklahoma?

Ele me encarou, a pá dupla em suas mãos olhando para nada além do norte.

Certo, então você já fez isso antes.

Ele me encarou. Comprimiu os lábios, olhou para a parte de baixo da pá suja de lama e cobriu até a metade o fluxo suave de um sulco.

O show é seu, disse por fim. Se fosse eu, teria usado os tubos janelados empilhados no jardim daquele lugar ao norte.

Foi minha vez de encará-lo.

Você é fazendeiro, constatei.

Nada. Ele semicerrou os olhos e olhou para o oeste, para o Sol. Uma brisa errante soprou o cabelo que estava para fora de seu boné. A corrente de água que era capturada do rio fez uma ondulação, e o fluxo borbulhou. A água trazia aglomerações de terra que caíam pelas bordas, passava por cima dela formando montinhos macios que caíam como minúsculas cascatas. Se ficasse olhando fixamente para o sulco na terra por um tempo, conseguiria ampliá-lo na minha cabeça, construindo uma corrente de água perfeita para as trutas a partir de qualquer linha reta de água. Sempre irrigava descalço e meus pés ficavam dormentes. Adorava a sensação que tinha quando me sentava no morrote de Jasper, aquele em que costumava se sentar para supervisionar, e deixei o sentimento voltar, sentindo o formigamento ao Sol. Deixei-os secar com os calcanhares apoiados em um pedaço de pano. Sacudi a terra das botas e meias antes de colocá-las de volta.

Encarei-o.

Isso é o que é. Em alguma Vida Passada de Bangley. Aquela pá. Parece uma parte de você. Como se você tivesse nascido com ela.

Ele virou a cabeça, olhou para mim e meus pelos se eriçaram de novo. Frios, gelados, como a água correndo sobre meu pé direito.

É uma pá, disse ele.

Assenti.

Eu sei.

Olhamos um para o outro.

Que diabos, eu partiria no dia seguinte pela manhã.

Você não gostava muito do seu pai, não é?

Bangley hesitou, balançou a cabeça devagar.

Você odiava o filho da puta.

A mandíbula de Bangley se movia de um lado para outro.

Você fazia tudo isso. Meu Deus. Fazendeiro. Foi assim que aprendeu essas coisas. Soldar, trabalhar com ferro, colocar ferradura em cavalos, construir um curral, um celeiro. Minha nossa!

Cruzei os braços sobre o cabo da pá e olhei para as montanhas. Vento suave. Um busardo de traseiro branco bateu na sálvia do outro lado do rio, agitou e plainou sobre o arbusto, tentando assustar um coelho. Dois falcões, não os de rabo vermelho, menores, talvez os falcões-de-cooper, deram um giro. Um bando de pássaros canoros desapareceu um pouco antes, mas, nesse mundo, os raptores parecem estar se dando bem. Um mundo de falcões.

Durante quanto tempo? Você trabalhou na fazenda com ele? Odiando-o?

Ficamos ali parados. A água nos sulcos conversava uma com a outra como riachos se sobrepondo. Nenhuma palavra e soube com certeza que Bangley matara seu velho.

Quando você voltar, respondeu ele por fim. Faremos melhorias. Se você quiser. Poderemos irrigar mais facilmente. Mas também sempre pensei que Hig gostasse de trabalhar aqui fora no Sol, mexendo na terra.

Quanta consideração.

Ele coçou a cicatriz que tinha na maçã do rosto, debaixo do olho esquerdo. Era estranho. Olhava para ele da maneira que você olharia para sua esposa se descobrisse que ela estava no programa de proteção à testemunha. Fora um assassino de aluguel ou algo do tipo. Ou um senador.

Positivo.

Positivo.

Não sei se fico puto da vida ou se caio na gargalhada.

Ele sorriu para mim. Não o sorriso sinistro forçado, mas o meio sorriso autêntico que era ao mesmo tempo um sorriso envergonhado de si mesmo.

Escolha pessoal, disse ele.

O quê?

Escolha pessoal. Essas são as mais difíceis. Quando você tem de pensar em merdas como essa.

Você é completamente doido. Um fazendeiro completamente doido.

Ele também estava inclinando seus braços cruzados e seu sorriso tornou-se forçado de novo, sem sorriso, então soube que a conversa havia terminado e que provavelmente não deveria nunca mais chamá-lo assim.

Agora estava em cima do tanque das asas. Movimentei a escada de alumínio ao redor do nariz do avião, arrastei-a sobre o pavimento até a asa esquerda e subi por ela com a mangueira pesada e o bocal sobre os ombros. Clique, clique, clique, os números se desenrolavam, o combustível gorgolejava e silvava enquanto chegava ao bocal. Dezessete galões ponto três. Mesmo agora, com tudo isso, significava que ainda teria um choro de combustível grátis. Grátis até. O Sol estava dois dedos acima da ondulação a oeste, dois dedos do comprimento de um braço, o que significava cerca de meia hora, o que queria dizer que eram quase seis horas. Treze horas no horário Zulu*. Hora de Greenwich. Greenwich, em algum lugar da Inglaterra. Terra dos relógios. Centro da Contagem de Tempo do Universo. Costumava ser. Ninguém mais deve estar contando o tempo, é o que eu acho.

Quando tio Pete morreu, provavelmente de uma cirrose precedida pelo câncer, e ele sabia que teria apenas mais alguns meses de vida, fez algo que achei que não era nada do seu feitio: passou os últimos dias de vida em sua cabana, organizando seus slides. A vasta coleção de diapositivos coloridos. Cresceu em meio aos filmes fotográficos e fazia exclusivamente slides, por achar que tinham melhor definição. Tirou as caixas de papel amarelas, as caixas de plástico brancas e azuis, cada uma com um registro, em uma pilha de trinta centímetros de altura que cobria grande parte da mesa da cozinha. Geralmente com dores intensas, contando com a luz de uma pequena janela durante o dia e uma luminária de chão à noite, ele desencaixotava um rolo por vez, colocando cada fotografia montada em uma pequena moldura de plástico transparente. Ele as nomeava com uma caneta permanente: no

---

* Hora Zulu: é a hora padrão usada na aviação do mundo todo, ou seja, segue a Hora Média de Greenwich (GMT), hoje substituída pelo UTC (Tempo Universal Coordenado) (N.T.).

slide, ele colocava o número da pasta/número do slide. Na página escrevia a mesma coisa mais a data em que a foto fora tirada e uma descrição breve do local, de até três palavras: recife de robalo-flecha. Ao lado das três pastas de arquivo, que continham de um a cinco anos de registro, dependendo do quanto ele havia sido prolixo com a câmera, havia outra pasta com papel pautado, com um diário fechado à chave. Este continha longas descrições, anotações de fotos que haviam particularmente ativado sua memória. Visitei-o certa vez durante esse período. Enquanto ele catalogava, eu cortava e separava lenha para um longo inverno que, sabíamos, ele não veria. Três achas de lenha de bordo, faia, freixo e bétula amarela cortados de seu lote de madeira, na lateral de uma pequena colina, cortados e empilhados ao longo de metade de sua varanda e dando a volta pela lateral, tudo aquilo — eu trabalhando enquanto ele se sentava lá dentro — o deixava constrangido. No início, eu achava que ele estava louco. Ele podia ficar sentado na varanda da frente observando a primavera de Vermont se transformar em um verão sufocante e desenfreadamente verde pela última vez, podia ter visto as garriças, cotovias e corujas no relacionamento lírico da reprodução, aconchego no ninho, folha e ar. Fui picado por moscas pretas, mosquitos e depois pernilongos nas noites mais perfeitas. Por que ele não estava lá fora em sua cadeira de balanço? Quem sabe até tirando um som de seu surrado violão?

Mas certa noite, deitado em meu velho beliche debaixo de uma janela aberta, ouvindo o piado estridente de uma coruja tentando me apavorar com os gritos de uma mulher, mas somente me fazendo feliz — o choro penetrante da beleza indigesta e da perda iminente — percebi: a óbvia revelação era que ele estava revivendo sua vida. Dããã. Slide por slide, foto por foto. Estava agregando recordações como uma parede que não quer ser derrubada, e as pequenas caixas de slides eram seus tijolos.

Lá em cima, na escada, na manhã suave, ouvia a última golfada de combustível para dentro do tanque da asa e contava as horas pelo Sol. Algo relacionado a isso me fez lembrar de tio Pete e seus álbuns, inclinado sobre a mesa na cabana pouco iluminada que cheirava à resina, fumaça de lenha e café. Como um homem que se inclinava contra um vento incessante. Refazendo coisas que não servem para mais nada a não ser construir uma fortaleza contra o esquecimento. Contra a escuridão da perda total.

Bem. Eu não ia contar as horas. Tinha um avião cheio de combustível e tempo bom, e decolaria, seguiria na direção oeste e veria aonde conseguiria chegar. Estava apertando a tampa do tanque de combustível quando ouvi passos arrastados e vi Bangley passando pela rampa. Ele carregava uma cesta nos braços.

Sorri. Era como a velha canção. Meu tio costumava cantar. *Johnny´s mother came to him with a basket on her arm/She said my darling son/Be careful how you run/Many a man has lost his life just trying to make lost time...*[12]

Não é uma torna, disse Bangley.

Sorri. Fechei a tampa do tanque e desci.

---

[12] A mãe de Johnny foi até ele com uma cesta em seu braço/Ela disse meu querido filho/Tenha cuidado com o modo como corre/Muitos homens já perderam a vida apenas tentando recuperar o tempo perdido (N. T.).

Ele me entregou a cesta, virou-se para a escada e deu algumas pancadas no degrau superior dobrável, então a escada se fechou, e ele a carregou até a bomba. Dentro da cesta havia seis granadas.

Não sei por que não tinha pensado nisso antes, disse ele. Trabalhar na base de lançamentos me fez pensar.

Elas estão lá dentro como ovos dentro de uma cesta. Ovos da Morte. Alguma coisa em um conto de fadas que li algum dia e de que não consigo me lembrar.

Quantos pentes você tem para o AR?

Quatro. Dos grandes.

Ele assentiu.

Pegou a bomba manual?

Ele se referia à bomba com a mangueira comprida que poderia usar para pegar combustível de um tanque subterrâneo ou qualquer outro. Com exceção do combustível extra, a mangueira de nove metros era meu item mais pesado. Respondi que sim.

O que você vai fazer quando ficar sem combustível?

Aterrissar.

Ele assentiu. Bangley olhou para a Fera e para as montanhas.

Suas mãos estavam nos bolsos. Olhava na direção da brisa leve.

Você tem sido um bom companheiro, Hig. Um pouco atrapalhado às vezes.

Ah, merda. Meu peito se contraiu, pensei que fosse... Bem.

Você é como uma pessoa da família para mim.

Fiquei ali parado, preso ao chão.

Não é fácil lidar comigo. Os únicos que me aguentaram foram minha esposa e meu filho. E você. Big Hig.

Acho que fiquei de boca aberta. Meus olhos piscaram.

É uma longa história, desabafou ele. E abriu o meio sorriso.

Mantenha os olhos atentos, Hig. Consciência da situação. Não se atrapalhe pensando no passado e deixando que algum filho da mãe o pegue de surpresa. Vá e volte.

Encarei-o.

Vou cuidar da horta e arrancar as ervas daninhas.

Ele se afastou. Fiquei olhando-o ir embora. Positivo.

Positivo.

Girei a manivela para enrolar a mangueira pesada e subi na Fera, fechando a porta. Apertei a chave geral, dei a partida.

< >

Poucos sons no mundo são tão emocionantes quanto o som da explosão de um motor Continental despertando para a vida. Os primeiros giros refratários da hélice. O ruído diminuindo enquanto a hélice desaparece com a velocidade da rotação.

Quando vamos rápido demais, desaparecemos.

Arremeti pela rampa, passando pelas fileiras de aviões arruinados e quase destruídos, entrei na pista de taxiamento e decolei do meio dela. Vi Bangley fechando a porta da casa que era sua oficina, mas ele não olhou para cima.

< >

A Fera está faminta. Puxando o ar como um cavalo empolgado. Percorri os olhos pelo avião: o assento direito vazio, apenas a cesta de Bangley e o cobertor com o caçador apontando para o faisão. A figura se repetia por todo o cobertor. Amarrotado contra a porta. Mesmo meio surdo e rígido, Jasper era melhor copiloto que muitos homens. Todos os homens. Aquilo se tornou isso: a vida destilada em um cobertor caindo aos pedaços. O tiro nunca vai acertar, o pássaro nunca cairá, mas o caçador também nunca errará. Ou perder o que quer que seja. Seu cão nunca vai morrer.

O maior buraco já feito por um cachorro.

... pensar no passado vai deixar que algum filho da mãe o pegue de surpresa...

Sobrevoo. Passo por cima de Divide. Boulder incendiada abaixo, as fatias triangulares das rochas Flatirons investem contra a grande massa de montanhas com lápides em branco. A *cidade mais bonita do planeta não conseguiu se sustentar. Olha só para isso.* A estação de esqui El Dora, marcada por trilhas antigas e descidas, a fila nos elevadores para subir as montanhas está bem abaixo de nós, vejo as cadeiras do teleférico balançando ao vento. Alguns solavancos, a Fera mais do que complacente. Passo por cima da depressão de neve. Perto o suficiente para ver pegadas de um único animal perambulando pelo cume da montanha. Não é possível, mas. Alto demais. Todos um dia somos pegos subindo alto demais.

Winter Park e Fraser Valley se revelam do outro lado enquanto passamos. Sulcos de trilhas de esqui agora verdes, contrastando com a aridez das florestas mortas. Esquiávamos aqui. Na última vez em que Melissa e eu nos separamos para descer a montanha, passei perto de um homem grandalhão que disse que estava ali durante suas férias de inverno com o grupo de uma igreja de Nebraska. Igreja não confessional.

Só seguimos as palavras da *Bíblia* palavra por palavra, afirmou ele. Seguindo palavra por palavra não pode dar nada errado. Balançou a cabeça e deu um sorriso simpático. Seria louco em não concordar com ele.

Pensei nas pedras em um rio, pular de uma pedra para outra. De uma pedra para outra, sem pensar em nada. Palavra por palavra. É só seguir isso, amigo. As migalhas levam diretamente a Deus.

Sentado em uma cadeira ao seu lado, com nossos esquis balançando acima de 18 metros de ar, pensei: Talvez haja uma tradução diferente para manso. Talvez não seja o manso a herdar a Terra, talvez seja o simples. Eles não herdarão a Terra, eles já a têm.

Disse ao homem que sempre ficava empacado no Gênesis. Contei que acabara de ler o Livro das Lamentações, embora para mim seja parecido com *Mad Max*. Mulheres comendo seus bebês, todo mundo morrendo.

Ele não riu.

Em vez disso sugeriu: tento me manter do lado direito da *Bíblia*. O lado esquerdo foi escrito pelos judeus. Há algumas coisas importantes, eu acho, mas se fosse você começaria com João.

Todos deveríamos ter prestado mais atenção ao Lado Esquerdo, percebo agora. O Lado Errado, o lado em que as coisas dão muito, muito errado.

Desço um pouco e sigo para a cidade de Fraser, passando pela região de Tabernash. Grande parte do vale está queimada, com exceção do Corpo de Bombeiros e da loja de bebidas, que agora está isolada à beira de um campo cheio de carneiros monteses. Eles se levantaram, oscilaram um pouco e trotaram em pânico na direção da floresta escurecida enquanto passo e vejo quatro lobos do lado de fora da grama, fazendo-as voltar como cães pastores. Continuo voando.

Conheço esse país inteiro. Consigo ver o celeiro de Doc Ammons, ainda de pé em 100 acres abertos deste lado da cidade de

Granby. A casa foi destruída, mas. Seu filho Swift era meu melhor amigo na faculdade e eles eram minha segunda família. Nós três íamos sempre pescar no rio Fraser. Vejo os currais de madeira, a área onde Becky treinava seus cavalos e os alunos de equitação. Provavelmente encontraria uma pilha dos meus livros velhos no anexo externo feito de toras de madeira no qual costumava dormir. Hoje não quero recordações. Sobrevoo a casa.

Ao atravessar a fenda do Gore Canyon, que mais se assemelha à abertura de uma mira, vórtices de ponta de asa fizeram redemoinhos no ar, atingindo os dois lados da rocha. Assim me pareceu. Pesquei aqui também, o rio desce tão veloz, as correntes são tão barulhentas, reverberando até do lado de fora do penhasco — era preciso ter cuidado ao descer pela estrada de ferro, olhando a toda hora para trás. Já aconteceu com mais de um pescador de não ouvir ou ver o trem chegando. O ar sobre a água fria, a névoa sendo empurrada para cima e a Fera adorando tudo aquilo.

Se eu gosto? Adorava voar assim. Serpenteando por cima de um cânion a 15 metros de distância da água.

Agora não sinto nada. Sinto da mesma maneira que minhas pernas sem botas se sentem depois de dez minutos na neve derretida. Anestesiadas e felizes. Felizes por estarem anestesiadas.

Talvez seja essa a diferença entre o vivo e o morto: o vivo sempre quer estar anestesiado e o morto, nunca, se é que quer alguma coisa.

Luz do Sol. Na outra ponta. O rio se aquietando até se tornar uma água negra, as dobras das rochas formando colinas, florestas não queimadas. Vejo patos nadando nas piscinas naturais. Garças saindo de trás dos juncos, espalhando as asas enormes com o som do avião. Cor de fumaça.

O que você quer? Hig. O quê?

Quero ser a cor da fumaça.

E depois?

Depois. Depois.

Empurro o manche com força para trás e faço uma subida íngreme saindo do buraco em State Bridge. Montanhas secas com ovelhas, rebanho de antílopes e veados se dispersando. Nas planícies ao longo de Eagle River, consigo ver o outrora presunçoso Eagle Airport. Aperto o botão do microfone e chamo a torre. Peço permissão para atravessar o espaço aéreo. Esperança e hábito. *Alfa Triplo Três Três a oeste a 2.700 metros de altitude pede permissão para entrar em seu espaço aéreo a caminho de...*

Estou a caminho de onde? Talvez Grand Junction. Com uma mudança brusca de direção para o Uncompahgre Plateau, os lugares onde costumava caçar. Sem nenhum motivo.

A *caminho de...*

Quero dizer "A caminho de alguma coisa completamente diferente". Sobrevoo.

< >

< II >

Um solavanco repentino e trepidação. De novo. Jogado para a esquerda, a asa esquerda afundando. Seguro firme no manche, corrijo e analiso o altímetro. Adoro isso. O manche em minhas mãos é neutro, o nível do avião e a agulha do altímetro estão rodando no sentido horário ascendente. Corrente de ar ascendente. As árvores ficam menores, a pressão na almofada do assento é como uma enorme mão se elevando. Corrente de ar quente do fim da manhã, as florestas ainda escuras afundando o Sol e gerando essa nuvem estreita e longa de ar quente. A subida não planejada é rápida, impetuosa, um pouco alarmante.

Ganhei 460 metros sem nenhum esforço. Cruzei o vale de Roaring Fork bem alto, passando bem por cima da cidade de Carbondale, não queimada, rodeada por rios e fazendas verdes. Dou uma espiada. Parece ter gado ali. Gado de antigamente. Vermelho e preto. Deve ser — não há mais nada dessa cor. Droga. O gado enlouqueceu, mantido em casa, milagrosamente afastado da boca dos lobos. Eu desceria para olhar, mas não quero perder altitude nem gastar combustível e ter de subir novamente.

Uma fazenda. Gado. O rio da primavera correndo. Uma casa de fazenda à sombra das folhas de choupos-do-canadá e salgueiros. Uma estrada com rachaduras serpenteando. Aperto os olhos e imagino alguém no jardim. Alguém se inclinando para aparafusar o distribuidor de fertilizantes ao trator. Alguém pensando, *Droga, ainda duro*. O cheiro de café vem da porta aberta da cozinha. Outra pessoa pendurando a roupa em uma fresta de Sol. Cada uma com sua ladainha de problemas sem ter ideia de quanto são abençoados. Aperto os olhos e refaço o mundo. Para a normalidade. Mas.

Mais normais são as ausências.

Huntman's Ridge. Vejo a longa descida da montanha onde esquiávamos; chamávamos essa descida de Sem Fim. Parecia sem fim naquela época. É perfeita agora: a neve da primavera é compacta e estável. Zero perigo de avalanche.

Metade da floresta de álamos tremedores ainda em folha, ainda vivos. À nossa esquerda, a parede de montanhas irregulares da estação de esqui de Ragged Mountains. Aceno com a cabeça, sobrevoo.

Agora o país fica suave. Serão florestas de álamos tremedores por quilômetros. Dou um tapinha no medidor de combustível.

Cento e onze litros. Não são suficientes para voltar para casa. Simples assim.

E com essa simplicidade passamos dos limites.

< >

Fiquei pensando: morrer é assim? Ser solitário dessa maneira? Estar fortemente ligado a uma grande quantidade de amor e passar por cima dela, ignorá-la?

< >

Quase nos mudamos para cá. Paonia. Algum erro ortográfico de Peony. Melissa estava cansada de dar aulas, cansada do Diretor e da região onde morávamos. Estava doida para tentar algo diferente. Talvez agricultura orgânica. Construir era uma atividade bem mais lenta nessa região do estado, mas provavelmente eu poderia ter melhorado a casa esquisita com alguma reforma, armários. A primeira vez que a vi pensei em um trem de brinquedo. Ainda se assemelha a um trem de brinquedo. Deixei a Fera descer.

Desliguei o motor e, planando, fui descendo sobre a inclinação sul de Grand Mesa. A parte de cima dos álamos tremedores estava a poucos metros abaixo de nossa barriga. Ainda verdes, os troncos pálidos continuavam a surpreender, com as samambaias formando um tapete espesso abaixo deles, sem dúvida abrigando veados. Balançavam, silvando, sobre uma faixa do penhasco. E o vale se abria: um rio com fundo verde, duas montanhas altas ao fundo e uma descida íngreme entre elas. Pomares e belas fileiras de árvores carregadas de ambos os lados do rio. E vinhedos também. Choupos-do-canadá, altos, marcando o curso da água que serpenteia para o oeste. Nessa direção em que o rio segue para fora do vale adentrando um cerrado seco e deserto, vejo os trilhos da estrada de ferro, as plataformas sobre regiões montanhosas e a elevação maciça do platô, com um tom de púrpura sob a luz da manhã. E a cidade, mais parecida com uma aldeia, incrustada entre o rio e a encosta, com a pedra branca P.

Vinha aqui comprar munição e comida de cachorro com frequência. Esperava sete minutos no cruzamento enquanto o trem movido a carvão passava fazendo alarido. Certa vez, contei o tempo, ressentindo-me da falta da luz do Sol. Olhei para o assento de Jasper.

Você adorava isso aqui, hein, amigão? Descer o rio que corre abaixo do parque da cidade e jogar o graveto na correnteza. Você não era muito bom com os gravetos. Nem para nadar. Mas adorava assim mesmo. Todos nós deveríamos ser assim, não é?

Inclino o avião lateralmente e aponto na direção do platô alto e seco. Um nó na boca do estômago.

< >

Não posso viver desse jeito. Não posso mesmo, é sério. O que eu estava fazendo? Nove anos de fingimento.

< >

A estrada que pegamos cruzava uma ponte verde. O cânion se chamava Dominguez. Estou a 240 metros acima do chão. Vejo a ponte. Vejo o pomar pressionado contra as paredes do cânion, a trilha empoeirada. Sigo-a.

Floresta esparsa, pinhões, zimbros quase pretos e ainda vivos. Árvores do deserto que não se desenvolvem, mas crescem retorcidas e grossas. Atrofiadas e teimosas. Fazem-me lembrar de Bangley. Simplesmente se recusam a morrer a qualquer preço. Algumas estão aqui desde que os famosos padres espanhóis vieram para cá com o deus deles.

Nunca passei por aqui de avião. Sempre vínhamos de caminhão. A estrada aumentou. A trilha que cresceu demais segue em curvas, do rio menor até o cume da montanha. Inclino o avião para a direita para segui-la até outro escoamento e o campo onde costumava caçar. Mas. Saindo à esquerda no caminho para o riacho, vislumbrei uma pedra vermelha, a parede superior do cânion sendo revelada. Sempre me surpreende que uma corrente de água tão pequena gere algo tão significativo, que um campo tão grande fique escondido nessas fendas. Inclino-me novamente para dar uma espiada.

Enquanto me aproximo, a margem revela a face avermelhada de uma parede alta, era de um vermelho profundo manchado pela água com faixas de preto e ocre. Cortado por veios. Esboço de um desenho gravado onde um imenso bloco se descolou. O penhasco tinha uns 60 metros de altura.

É um cânion fechado como uma caixa. Estarei perdido. A explosão verde-limão dos choupos, alguns pinheiros eriçados. E. Um círculo apertado. Como nunca vi isso antes? Porque estava seguindo a estrada, se é que ela merece ser chamada assim.

O pequeno cânion, dividido e dilacerado, alarga-se em um impetuoso buraco verde. O riacho serpenteia por ele. Um prado na margem verde. E. Chocado e curioso vou descendo em minha rotação e quase caio em espiral para dentro dos paredões.

Uma cabana de pedra contra o penhasco. Fumaça subindo. Uma ponte de pedra sobre o riacho que leva ao campo. Gado espalhado na grama molhada. Meia dúzia.

Gado.

E.

O terreno de um jardim maior que o nosso. Alimentado por um canal vindo do cotovelo do riacho. E.

Um vulto no jardim, inclinado.

E.

É uma mulher.

Cabelos compridos e escuros, presos para trás. Está de pé. Mão na testa, protegendo os olhos para observar o avião.

Uma mulher de shorts, camisa de homem amarrada na cintura. Descalça? Descalça. Alta e magricela. De pé, alta, protegendo o rosto e me observando. Boca aberta em um grande círculo. Gritando? Sim.

Agora outro vulto fora da casa, se é que aquilo é uma casa, um homem com uma arma. Um velho. Velho e com uma arma, erguendo-a na direção do céu e mirando. Céus.

Não ouço o tiro, mas. Som seco de tiro de pássaro, o alumínio rachando e um novo zumbido surdo no ar. Depois um disparo, uma queimação e uma ferroada, meu rosto queimando do lado esquerdo. As duas mãos agarram o manche. Empurro o manche todo para trás, subindo com tudo e rolando a asa direita de volta para a margem, quase toco no topo dos pinheiros baixos à margem do riacho enquanto observo e os perco de vista. Pedaços de vidro estilhaçado caem dentro de meu colarinho. Ei. Ei. Minha janela já era. A janela esquerda, o que sobra é um mosaico de vidro temperado estilhaçado pendurado em sua estrutura.

Sangue ensopando minha camisa. Ar.

< >

Naquele instante soube por que vim.

< >

Não é o que você pensa. Você está pensando: Mulher, mas não é isso. É estar feliz novamente por estar vivo.

No momento em que você percebe que nada vital está rompido dentro de você nem dentro da Fera, que você está subindo, ficando estável, que o motor está funcionando bem, que os controles estão firmes. Que seus dedos trêmulos chegam até a lateral de seu rosto ensanguentado e sentem, tocando cuidadosamente, sentindo os quatro estilhaços de vidro e só. Alguns cacos. Droga. E o teto do *cockpit* está cheio de furos, mas só o revestimento, nada atravessou o metal. Foi por pouco. O filho da puta quase me acertou. Se eu não estivesse dando voltas sobre a margem do cânion, todos os tiros de passarinho estariam agora em minha cabeça. Merda. E naquela hora caí na risada.

Meu primeiro instinto acertado foi o de descer lá com o AR-15 e transformar o canalha em picadinho. Foi uma sensação boa. Era bom sentir algo diferente de irritação. Hig, o filho da mãe lhe fez um favor. Acordou você. Estava só fazendo o que você teria feito para defender sua terra, sua casa e sua mulher.

Mulher.

Será que era a mulher dele? O velho irritante. Só Deus sabe que acordos foram feitos neste mundo. Meu primeiro instinto foi descer lá e matar o maldito velho e pegar sua mulher. E. Por que não?

Bem, seja como for, Hig, seja você um homem bom ou mau, ou apenas um homem muito bom em um mundo fodido, você terá primeiro de aterrissar a Fera. Descer com ela em uma região rochosa com uma estrada que não é mais uma estrada.

Inclinei e fiz a volta, passei sobre o cume das montanhas, longe do cânion, e mirei o nariz para baixo na direção de um prado de sálvias com a trilha marcada indo direto para o sul.

M-U-L-H-E-R. Primeira visão de uma mulher possível, uma mulher alta, que provavelmente não tem a doença no sangue e que não está congelada em um pôster na loja de Bangley nem morta no chão atrás de você, jovem demais, com uma faca de cozinha na mão — primeira visão e você esquece tudo. Como, por exemplo, checar a aterrissagem.

Que merda, Hig, concentre-se.

Coloquei o avião na horizontal. Fiz um círculo baixo. A estrada tinha sulcos profundos, como se fosse enterrar toda a estrutura da engrenagem direita principal. Muito bom, Hig. Será uma longa caminhada de volta para qualquer lugar.

Não é isso. Só. Não estou enfeitiçado por uma xoxota a 300 metros de altura. Percebi, rindo, que poderiam ser homens ou uma bruxa. Era o relacionamento novo com uma pessoa de qualquer gênero: não tinha a obrigação de matá-los. Ou de deixar Bangley matá-los. A casa é deles, não minha. Sou o visitante.

É impressionante como não ter de matar uma pessoa libera o relacionamento. Apesar do fato de o vovô ter tentado me matar. Bom. Águas passadas. Poderia ir até lá e atirar nele ou não, o que era libertador. Ou neles. Poderia ter sido um batalhão inteiro na casa ou alguém escondido só esperando por mim. Dei a volta duas vezes e mapeei com cautela a estrada sulcada: onde o sulco começava, onde terminava, marquei-a com arbustos e espaços vazios. Será que conseguiam me ouvir a mais de um quilômetro de distância do cânion? Talvez. Talvez agora estivessem alinhando as balas calibre 12 no peitoril de pedra da janela, talvez ela estivesse soltando e sacudindo os cabelos, desabotoando a camisa e esperando que eu mordesse sua isca, como uma Sereia faz com seu canto.

Hig!

Concentre-se, Hig! Diga 10-4.

10-4.

Atenção nas pequenas coisas. Permaneça vivo.

10 porcaria 4.

Eu teria deixado passar a trilha e teria descido na campina de sálvias, mas não tenho pneus tundra, e uma pedra escondida em um arbusto poderia arrancar uma roda. É melhor o perigo conhecido etc. Tomei a precaução de olhar alguns metros de ambos os lados dos sulcos, pois teria de colocar uma roda na parte central e a outra raspando na ponta dos arbustos. Então decidi não ser parcimonioso. A aterrissagem teria de ser precisa em questão de centímetros. Melhor saber com exatidão como o vento está soprando.

Coloquei o avião na horizontal, ganhei mais 90 metros e pressionei levemente uma ponta do cobertor de Jasper na lateral de meu rosto. Alcancei uma caixa pequena de madeira que guardava entre os assentos e puxei a lingueta de uma bomba de fumaça com os dentes, jogando-a pela janela. A espessa nuvem laranja entrou em ebulição, formando um rastro.

Desci a seis metros da estrada, voando baixo na direção leste-nordeste.

Droga, essa foi uma ideia brilhante. O bom e poderoso vento transversal do fim da manhã poderia ter arruinado meu avião. De que mais eu estava me esquecendo?

Bangley ainda estava vivo porque nunca se esquecia de nada. Talvez se lembrasse de coisas demais, muitas delas redundantes, mas ele não dava a mínima. O que mais ele tinha para passar o tempo? Só agora me ocorreu que talvez o motivo de eu ainda estar vivo era que Bangley nunca se esquecia de nada. Bangley. Marido e pai. Fazendeiro. Droga.

Ah, eu sei. Hig, você se esqueceu de que tentar aterrissar em uma trilha com sulcos profundos em uma área rochosa o impede de enxergar muita coisa — você se esqueceu de que isso poderia zerar seu relógio. Ou zerar o relógio da Fera, o que daria na mesma.

Certo, respire. Dei a volta pela última vez, puxei o botão de meio flape para cima e apontei o nariz da Fera para baixo, direcionando o leme ao máximo para uma guinada lateral completa e flutuando na diagonal em direção ao solo.

< >

A aterrissagem em cima de arbustos tem o poder de acordá-lo caso você ainda não esteja alerta. Com o motor desligado, zumbindo em marcha lenta e com contragolpes, fui trazendo a Fera em linha reta até o momento da aterrissagem. A asa esquerda estava lá em baixo no vento e o trem de pouso esquerdo batia nos arbustos com estrondo. Lutava contra as rajadas de vento. Para manter o nariz sobre a margem esquerda da vala, e não dentro. E depois o trem de pouso direito, a roda direita de trás bateu no montinho de terra entre as trilhas das rodas velhas e demos um solavanco para a esquerda. Fiz um esforço enorme para manter o pneu fora do sulco. Devo ter conseguido, pois não senti nada quebrar, apenas ouvi o movimento violento, o aglomerado de árvores e o ruído agudo enquanto um arbusto de sálvia mais denso bateu no avião, e mantive o nariz deste afastado o quanto pude, mas quando ele baixou havia um bendito trecho de terreno baldio com pedras baixas e grama rasteira, graças aos carneiros monteses ou seja lá quem foi que a comeu, e a Fera bateu com força, sacudiu e eu estremeci com uma parada um pouco antes de bater nos pinheiros.

Uau! Respire. Primeiro pensamento: vou ter trabalho com a pintura. Minha linda Fera estava toda riscada pelos galhos. Segundo: foi por pouco. Isso foi uma idiotice. A coisa toda foi uma burrice. Se não tivesse jogado a bomba de fumaça, teria caído. Olhei para o mostrador digital de combustível antes de desligá-lo. Havia pouco mais de 45 litros. Menos de uma hora de voo. E menos de uma hora nos dois garrafões. Nem de longe o suficiente para voltar. Burro. Poderia ter ido até Grand Junction se fosse decolar com a mesma sorte que aterrissei.

<>

Antes de eu ter escavado e fincado três estacas e amarrado a Fera de frente para o local do pouso, antes de colocar dois dos Ovos da Morte de Bangley nos bolsos de minha jaqueta e pendurar o fuzil AR no ombro e me afastar, fiz a primeira coisa sensata de toda a manhã. Levei os garrafões para fora e, usando a haste de apoio, subi nas asas e despejei um garrafão em cada tanque da asa, o último combustível que havia. É melhor abastecer agora antes que seja pego de surpresa. Também levei a chave. Coloquei-a no bolso direito da minha calça jeans e disse

Hig, a chave está no bolso direito da calça.

Nunca se sabe a pressa que poderemos ter mais tarde.

< III >

Bom, ela não estava nua esperando por mim ao lado do riacho, nem mesmo vestida e cantando no gramado do lado de fora da casa, ela não estava em lugar nenhum. Não precisava ter me amarrado a um mastro. A fumaça que saía da chaminé e que aumentava descendo o cânion se dissipara.

O lugar subitamente parecia morto. Um balde revirado no jardim, uma colher de cozinha suja ao lado dele. O gado e as poucas ovelhas estavam ali, a cabeça abaixada na campina, todos os animais olhando na direção da correnteza. As costelas magras, ancas pontudas, quase morrendo de fome. Um pássaro grande sobrevoava a parede alta do cânion, rodando junto à face da rocha. Um falcão-peregrino. O veio marcado com uma faixa branca de guano deve ser seu ninho. Fazendo círculos e voltando. Tenho pena dos patos que quiseram fuçar nesse buraco. Nada de galinhas, notei. Por causa do falcão? Não, o velho tolo tinha uma arma. Eles precisariam ter um galo, ou dois, se quisessem manter o galinheiro — provavelmente não tinham porque os bichos são barulhentos demais pela manhã para quem quer se esconder. Esperto.

Virei a mira para a parte de cima do cânion, onde o riacho formava uma queda de seis metros por uma parede de pedras. A parte de cima do buraco estava completamente separada por esse penhasco. E dois lados muito altos. Um local muito bonito. Vários pinheiros cortados foram apoiados contra a rocha ao lado da queda d'água, os troncos formavam uma escada rústica. Certo. Se eles foram para aquele lado, não puxaram nem esconderam a escada, talvez porque fosse pesada demais ou porque não tivessem tido tempo.

Estava deitado bem na borda, esmagado entre duas pedras e olhando diretamente para baixo. De onde estava, a altura era de apenas uns 30 metros, talvez menos. Eu estava comprimido e tive de deslizar a pistola dentro do coldre para as costas para que não raspasse na pedra.

Pense como Bangley. É isso o que você precisa fazer. A voz de Bangley, consigo ouvi-la:

Caramba, Hig. O velhote e a magricela colocaram você em uma enrascada. Até agora você tem dez vezes mais poder de fogo na sua cintura do que ele.

Tudo bem, mas e se houver outros? Ou se ele tiver mais do que uma espingarda de caça?

Você vê sinal de mais alguém? Ferramentas no jardim, roupas penduradas, roupas de cama, sapatos velhos?

Uh-uh.

É bom você estar pensando assim, Hig, não deixe nada escapar. Vá ticando as exigências. Hig é um macaco velho, mas aprende as coisas aos poucos. Você precisa enxergar as informações que estão na sua cara. Não estou dizendo que não há mais três caras armados escondidos nas árvores. É bom planejar nesse sentido também. Mas você precisa agir com base no que acredita. Além do mais, você tem o fuzil, as granadas. Você está com as granadas, não está?

Sim, duas.

Hig?

Sim.

O que você está fazendo aí?

Silêncio.

Estou perguntando o que você quer? Que merda você quer?

Silêncio.

Você não conseguirá pensar em um plano a menos que tenha uma missão. Você não conseguirá ter uma missão se não souber que merda quer. Primeira regra. Tenha uma missão clara, tenha uma estratégia de saída.

Pensei que a primeira regra fosse: nunca negocie. *Negocie, Hig, e você estará negociando sua própria vida...*

Esse é o primeiro princípio. Mas o que isso importa agora? Você tem um problema maior para resolver primeiro. E o problema é: que merda, Hig, você espera conseguir?

O cânion escureceu e estremeci. Uma nuvem, ou melhor, um cúmulo denso e inchado lançou sua sombra sobre o atalho, carregando para longe o último vento frio de um longo inverno. A sombra tinha o aroma dos pinheiros. A nuvem passou e o Sol que batia nos braços de minha jaqueta amenizou os arrepios. Era confortável ficar abrigado assim nas pedras. Ouvia o zumbido das mutucas, mas aquilo não me incomodava. Então me dei conta de que poderia deitar a cabeça nos braços tostados pelo Sol e dormir, sem problema algum. Meu nariz estava a alguns centímetros do chão. Fiquei observando uma formiga subir na haste de um áster roxo. O lugar tinha um cheiro gostoso. Cheiro de terra batida, grama fresca e algarobeira.

Hig!

Hein, o quê?

Concentração, droga! Pare de sonhar. Cada minuto que você passa deitado aí, sem saber que merda vai fazer da vida, fica mais vulnerável. E o avião também. Quem quer que fosse que estava lá embaixo devia estar planejando foder você. Planejando nesse momento como neutralizar a ameaça que é Hig. Pense no que fazer, e rápido. Em vez de ficar só deitado aí vulnerável, exposto, como está neste exato momento.

Hã?

Droga. Não tinha pensado nisso. Bufei, quase assobiei. O que há com você? Está completamente fora de si? Perdeu totalmente a cabeça?

Você algum dia teve cabeça?

Hig!

Hein, o que foi?

Sabe por que você está com sono? Por que de repente você poderia se espreguiçar e tirar um cochilo até o pôr do sol?

Por quê?

Por que você não sabe o que vai fazer! Não estou querendo dizer que você não saberia o que fazer se tivesse um objetivo. Já vi você, Hig. Quando você tem um objetivo, como escapar de nove saqueadores filhos da puta e fazê-los comer poeira, você é bom pra caramba. Você está agindo como um cachorrinho perdido. Uma olhada para uma mulher alta que talvez não tenha a doença e você fica completamente abobado.

Não é isso.

Por que você arriscaria o avião, então? Vi aquela pequena manobra. Muito arriscada. Por tudo a perder para olhar de perto uma fêmea. E se ela não gostar de homem? Já pensou nisso?

Você quer dizer que já não era ruim o suficiente arriscar tudo por Algo Conhecido.

Depois pensei: é mais provável arriscarmos tudo por algo desconhecido. Por algum pensamento depravado.

Eu já lhe avisei, Hig. Fique filosofando em uma situação estratégica e vai acabar virando torrada.

Torrada.

Seria bom demais. Dois pedaços de torrada, levemente tostados, com manteiga e geleia. Eu não como torrada há nove anos, nem leite. Aposto que essas vacas davam leite quentinho todas as manhãs. Uma ou duas. Mirei a campina lá em baixo para sondar se havia tetas de vaca leiteira e os vi. Pura e simples sorte. Ele deve ter pelo menos duas armas. Fazia sentido ter um fuzil de caça e uma espingarda, pois era esse o brilho cintilante de sua mira. Um breve instante. O suficiente para permitir localizá-lo em um bosque cerrado de tifas, na margem do rio que fica do lado da campina, longe da casa. Um bloco grande de arenito, mais ou menos do tamanho de um carro, tombara ali, e ele estava paralisado contra o bloco. Bem onde eu teria me sentado. A mesma estratégia básica que usávamos no aeroporto: a casa seria o chamariz. Ele se sentara onde ele ou eles poderiam ver o terreno aberto entre o riacho e a pequena casa de pedra. Tudo dentro do alcance da espingarda de caça. Poderia enfrentar a maior parte das ameaças que passavam com os dois tiros do cano duplo. E ele, eles tinham também o fuzil para tiros de longo alcance, ou para depois. Eles. Depois que o localizei podia ver apenas o cano de seu fuzil, mais escuro, mais reto que os juncos, e também via a massa dos cabelos escuros dela em movimento. Ela estava com a outra arma. Espingarda. Ele não estava olhando para o outro lado do jardim, estava olhando diretamente para mim. Droga.

A explosão causou uma rajada de lascas de arenito de minha pedra confortável em todo o lado direito de meu rosto. Recuci. O segundo zuniu no ar bem acima de minha cabeça. Merda.

Pisquei. Poeira de pedra em meus olhos. O lado direito do meu rosto agora ardia também. Mão na têmpora. Sem sangue desta vez. Vovô filho da puta. Com essa foram duas. O velho canalha estava com a minha cabeça na mira. Se não fosse mais cuidadoso, o próximo tiro seria na mosca.

Escutava as risadas de Bangley. Como se ele estivesse a menos de um metro de distância. Risadas vindas do éter, como um fantasma que não era completamente amigável.

Que apuro, hein, Hig? Um dilema. Tudo o que você quer é fazer amizade e agora talvez tenha que atirar em alguém. Risos muito altos e longos.

< >

Tinha razão, o velho Bangley, meu superego estratégico. O velho lá embaixo tinha uma pontaria e tanto. Como um profissional, como Bangley. Ele quase me acertou com uma espingarda, como se a Fera e eu fôssemos um grande pato de asa azul. Ele é muito bom.

Por que eu estava tão eufórico? De repente o apuro em que estava metido me deixou feliz. Quero dizer, não era um apuro. Poderia ir embora. Mas. Eu tinha uma imagem, a imagem de um pedaço branco de tecido no final de um galho enfiado na beira daquele penhasco. Acenando como no velho clichê de Hollywood. Ninguém nunca tentou isso conosco no aeroporto porque: (A) era sempre noite e (B) nós, principalmente Bangley, os matávamos antes que soubessem o que estava acontecendo. Se alguém tivesse tentado isso lá, o que aconteceria? Jamais negocie. Bangley teria ganhado a vantagem tática máxima. Teria gritado, *Certo, saiam em paz*, e depois teria estourado seus miolos. Ah, o bom e velho Bangley.

É, isso precisaria de muita fé e confiança, e mesmo assim era brincar com a sorte, além do mais eu não tinha nada branco.

Arrastei-me um pouco para trás, levantei-me, alonguei-me. Procurei me revigorar quase como se tivesse tirado uma soneca. Então corri de volta até a Fera. Tinha um pacote de papel no bolso que ficava na parte de trás do assento com alguns lápis. Também tinha pedras do tamanho da palma da mão e elásticos. Para o caso de precisar jogar um bilhete, principalmente para as famílias. Mas duas vezes joguei bilhetes em itinerantes acampados ao relento em estradas próximas demais ao aeroporto e que não pareciam entender minha sugestiva canção *North South East West: vire para o norte ou morra* etc. Nem uma banana de dinamite. Essas mensagens, as que eu embrulhava em volta de pedras e jogava da Fera, eram muito sucintas e expressivas, e sempre funcionavam. O poder da palavra. Sempre ficava muito orgulhoso de mim mesmo quando escrevia quatro linhas que faziam um bando refratário de piratas pegar suas coisas e debandar de volta para a estrada. Peguei meia dúzia de folhas e um lápis preto, juntei o cobertor de Jasper e corri de volta para o parque.

Estava sorrindo. Podia sentir minhas faces se esticando. Fiquei entrincheirado novamente na beira do cânion e escrevi verticalmente em uma folha, o maior que pude: *EU*

A satisfação de escrever. Lembrava que Dylan Thomas às vezes achava uma palavra de um novo poema e então caminhava até o pub e enchia a cara para comemorar. Por ter quebrado o vazio do silêncio.

Bem. Vamos ver como isso continua antes que desperdice mais folhas. Rastejei, retorcendo-me até a margem do topo do penhasco que, para meu objetivo, tinha favoravelmente o formato de uma boca, bem marcada, e que depois caía em direção a um rosto vertical, talvez até fosse um rosto de arenito pendurado. Mantendo minha cabeça cheia de cortes bem para trás, peguei o cobertor, estiquei-o para fora da beira e o sacudi, abrindo-o como uma bandeira. Verifiquei se o caçador, o faisão e o cachorro estavam virados para cima para quem olha de baixo, e certifiquei-me de que meus dedos não ficariam cobertos pela boca.

Foi a coisa mais divertida que já fiz nos últimos anos, perdendo apenas para a pesca, e acho que foi pelo fato de ser *muito* parecido com a pesca, com a diferença de serem pessoas do outro lado dessa linha. Pegar e soltar.

Assim que o cobertor subiu no ar, outro tiro. O ar enrugou bem acima das minhas mãos e cabeça.

Sempre ouvimos as balas fazerem aquele som típico dos filmes de faroeste e de guerra, e quer saber? É igual. Elas fazem *fffiiit*, como se alguém estivesse abrindo uma lata de refrigerante envenenada. O refrigerante da morte. Como um vácuo seguindo a si próprio na velocidade de um falcão peregrino prestes a mergulhar. Seguido simultaneamente de um pequeno zunido, um ponto de exclamação musical.

Legal, atire no meu cobertor se quiser. Tenho agulha e linha.

Depois o silêncio. Confuso. Foi assim que me pareceu.

Com frequência é possível sentir, ao pescar, o espírito do peixe do outro lado da linha. Aquela conexão. Quero dizer que você sente automaticamente: ele é violento, assustado, experiente, jovem ou burro, astuto, está em pânico, resignado, confiante, misterioso, irrequieto. Qualquer uma dessas características em um rápido puxão e o silvar da linha. Sempre pensei no silêncio das pessoas da mesma forma.

Desenrolei o cobertor e o tiro explodiu quase no mesmo instante, e depois silêncio. Um silêncio intrigado. Sorri. Sabia que o vovô estava mirando o cobertor, estudando o desenho que se repetia, pensando. *Que merda é essa?* Sabia que, a distância, com sua mira, seria capaz de discernir a cena. Arranhei o chão para pegar duas pedras pesadas, coloquei-as para segurar a parte de cima do cobertor e deixei-o ficar pendurado.

Deixei que ele tentasse decifrar, talvez discutindo a situação. Então peguei o papel, espetei-o na ponta de um galho quebrado com pouco mais de um metro de altura, empurrando-o: *EU*. BANGUE! Zuuuum. Errou completamente. Rá! Ele não estava mirando o papel, mas sim minha cabeça, onde ela estaria se eu estivesse um tiquinho de nada mais próximo do papel?

Silêncio. Pendurei o papel no galho na vertical para que ele pudesse ler. Eles estavam muito perto. Se eu quisesse ser mau de verdade poderia simplesmente empurrar um bloco de pedra para baixo. Ou cuspir.

Retirei o galho. Se estava rindo entre dentes, era provavelmente a primeira vez em nove anos. Rir — essa não era uma palavra para o Fim dos Tempos. Tirei o papel com meus dentes e escrevi no segundo papel, novamente na vertical *NÃO*.

Por que eu simplesmente não gritava lá para baixo? Bem, as conversas podem se transformar muito rapidamente em um mal-entendido. Foi o que aprendi. A primeira vez em que me encontrei com Melissa foi em um café e eu estava tão envergonhado para falar que a abordei com um bilhete. Funcionou. Um tom de voz errado e já era. Não, isso era melhor. Além do que, o riacho tinha uma queda d'água, mais o vento, e não havia a menor chance de eu esticar minha cabeça para baixo sobre o penhasco.

Prendi o *NÃO* e estiquei-o na ponta do galho. Agora sem tiros. Silêncio. O filho da mãe estava entrando na minha. *EU NÃO*. Uma crise existencial. Merda, eu poderia parar por aqui e deixá-los digerir isso um pouco. Peguei o lápis e escrevi *SOU*. Arrastei o galho, prendi o papel nele. Deixei-o tremular ao vento.

As implicações filosóficas de NÃO SER eram profundas. Hamlet não tinha nada assim. A dialética se revelando. Maravilha!

Depois *UM*. Escrevi *UM* cobrindo uma página inteira, mostrei. *UM*. *UM*. O papel balançou, farfalhou.

Então afiei o lápis na pedra, virei o papel e escrevi o maior que pude: *FAISÃO*.

Pendurei. Prendi o galho com outra pedra e deitei olhando para o Sol, com os braços cruzados debaixo de minha pobre cabeça machucada, deixando o calor me cobrir e o Sol curar os cortes.

Eles não iriam a lugar nenhum, nem eu.

< >

Se isso fosse um filme de faroeste, agora eu poria meu chapéu na ponta do galho. Eu estava de chapéu. Um boné de beisebol desfiado nas bordas e manchado de suor. Com os dizeres Cherry Hills Golf Club. Tirei de um visitante uma noite e gostei dele porque carregava uma mensagem de consolo: o Fim de Tudo significava talvez o Fim de todos os tempos, talvez em todo o universo, e do golfe.

Eu não tinha nada contra o golfe.

Provavelmente havia escoceses na Escócia que de algum modo sobreviveram à pandemia e ao que veio depois, e agora estavam passeando na charneca jogando o antigo jogo — sem irrigação, mas com névoa e chuva, sem cortadores de grama, mas com rebanhos de ovelhas selvagens. Batendo seus carrinhos em meio à névoa. Essa foi boa.

Talvez vovô detestasse golfe. Duvido que ele conseguisse ler letras tão pequenas, mas se ele tivesse, digamos, uma mira que aumentasse dez vezes, bom, aí sim. Coloquei o boné no galho mesmo assim, por diversão, empurrando-o para fora da margem. Nada. O velho casca de ferida não estava entrando na minha brincadeira. Ele ia esperar até ver um olho, uma orelha. E agora? Eu poderia ficar de pé, andar até a beira e gritar. Ei! Venho em paz! Na amizade! E. Se eles fossem adeptos dos Primeiros Princípios de Bruce Bangley, seria um homem morto. Curiosamente, pela primeira vez pareceu por algum tempo que não estava preparado para morrer. Não nesse exato minuto. Eu tinha mais do que um relativo interesse em permanecer vivo. Por algum motivo.

Tudo bem. Eu fazia uma ideia.

Andei de volta até a Fera, peguei mais uma pilha de papel. Tinha todo o tempo do mundo: parecia que nenhum de nós ia a lugar nenhum. A menos que eles corressem para pegar a escada de tronco de árvore, o que não fariam, pois eu poderia atirar para matá-los tão facilmente quanto os oficiais alemães naquela vinheta pavorosa de Hemingway que eu adorava. *Foi uma ideia esplêndida. Eles tentaram passar por cima da grade, e nós os acertamos a menos de 40 metros de distância. Eles tentaram derrubá-lo, e oficiais vieram sozinhos e tentaram tirá-la. Era um obstáculo perfeito.* Mas não era isso o que eu viera fazer aqui.

Fiquei entrincheirado ao lado de minha pedra ao Sol, bem ali atrás, e escrevi mais. Coloquei as palavras uma a uma no galho e segurei-as por cima da pedra como antes. Silêncio profundo enquanto o peixe na outra ponta pensava.

EU-PODERIA-EXPLODIR-VOCÊS-EM-PEDACINHOS-MAS-NÃO-VOU... PAZ.

Por sorte, tinha metade de uma resma de papel.

Então tirei um Ovo da Morte de meu bolso e puxei o pino que estava muito duro, atirando-o sobre a borda.

Joguei a granada rio acima, o que em minha imaginação vi como a parte de cima da campina — bem longe das vacas e do velho com teias de aranha e sua garota.

A explosão foi incrivelmente satisfatória. Obrigado, Bangley. Tinha as outras páginas prontas e enquanto eles ainda estavam assustados e beliscando partes do corpo para verificar se estavam vivos, coloquei mais papéis:

VIRAM?-A-PRÓXIMA-PODE-DOER.

Longa pausa.

NÃO-ME-FAÇAM-FICAR-SEM-PAPEL.

Pausa.

FIQUEM-DE-PÉ.

Admito que estava me divertindo muito. Pela primeira vez, no que me pareceu anos, minha mente parecia clara. Não que os pensamentos estivessem saltando à vista na campina como aqueles cavalos noruegueses e imaginando o que estavam fazendo ali. Não como alguém que pudesse se perder em meio às árvores.

Por precaução, coloquei o chapéu para fora da borda do penhasco novamente. Nada. Talvez estivéssemos chegando a um entendimento. Rastejei até a beira e espiei. Estavam os dois de pé entre as tifas segurando suas armas com os braços afastados na lateral. Ele era alto, magro, não tão velho, talvez sessenta e poucos anos, usava um chapéu de caubói castanho-claro caindo aos pedaços. Ela era mais alta que ele, e tenho de admitir, bonita. Magrela, mas com um queixo voluntarioso, maçãs do rosto proeminentes, sobrancelhas escuras, cabelos escuros e longos caindo em uma trança. Não sei o motivo, mas ela parecia inteligente a mais de 90 metros de altura. Peguei o AR e coloquei a mira neles. Se o homem pudesse emitir fagulhas, estaria faiscando: a boca comprimida de raiva e os olhos acinzentados soltavam fagulhas de fúria. Seu rosto tinha marcas profundas de um homem que as tinha ganhado pela exposição aos elementos da natureza. Os olhos dela eram maiores e o quê? Violeta? Alguma coisa entre o azul e o preto. Suas faces eram de um vermelho-escarlate e pareciam assustadas, porém algo mais: ligeiramente satisfeita. Era isso? Parecia ter mais ou menos 35 anos.

É possível se apaixonar através da mira de um fuzil? Droga. Afastei a cabeça e olhei para baixo com os olhos nus. Bem proporcionada, quadris largos, alta. Talvez magra demais. Levei os olhos à arma novamente, direcionei o cano e deixei a mira ir descendo. Reconheço. Suas pernas estavam arranhadas e inflamadas e talvez fossem magras demais, mas eram longas e delgadas.

Respire, Hig. Diga 10-4. Dez quatro.

Apoiei-me em um joelho, ainda mirando, os dois olhos abertos. Gritei.

Oi!

Ele pestanejou. Direcionei a mira para o rosto dela e ambos pareciam ter enlouquecido ou estar em um pesadelo talvez.

Oi!

Mantive a mira nela. Ela sorriu. Sorriu de verdade. Foi um sorriso sutil, pequeno, mas na mira com zoom de dez vezes pude ver seu sorriso.

Como vamos fazer? Gritando.

Silêncio.

Vovô! Relaxe! Se eu quisesse matar, estuprar e saquear, você já estaria morto!

Pausa enquanto ele processa a informação.

Eu perdoo vocês! Gritei.

Por tentarem me matar mais de duas vezes! Quase destruindo meu avião. Sei que não é nada pessoal. Teria feito a mesma coisa.

Meus gritos viajavam pela brisa. Mas podia ver que eles conseguiam me escutar. Alguma coisa estava sendo registrada. Também notei que quando levantei a cabeça e olhei para baixo no cânion, todas as vacas e algumas ovelhas estavam aterrorizadas e encolhidas contra uma cerca viva de arbustos altos, do outro lado, na parte de baixo do cânion.

Desculpe por assustar suas vacas!

Eles ficaram ali parados, com os braços esticados. Coloquei a mira em ambos. Ele mordia a parte interna da boca, tentando compreender que diabos estava acontecendo. E ela. Não tenho certeza. Via as engrenagens de sua cabeça girando e achei que não era desagradável o que lhe vinha à mente. Pelo menos na minha fantasia. Sabia. Eu *sabia* que estava confuso de alguma maneira, mas que também lúcido como jamais estivera na vida.

Tudo bem, podem ficar com suas armas. Estou descendo.

Tudo bem?

Tudo bem?

Ele assentiu. Finalmente. Apontei a arma de volta para o corpo dele e fiquei de pé novamente como um homem no comando de seu mundo. Diria o seguinte: havia algo no velhote que era nobre e honrado. Tinha uma excelente mira, sabia disso. Senti que tudo o que o filho da mãe fazia, fazia com aquele grau de confiança. Era a impressão das arquibancadas.

Se você decidir me matar, vai se sentir muito mal depois! Juro que vai privar a si próprio do melhor de seu dia.

Ela sorriu. Ah, não. Estava perdido. Pensei: Talvez, talvez ele seja seu pai. Que tolo.

No purgatório não há realmente mais nada para ser. Baixei a arma, afastei-me rapidamente e voltei até a Fera.

Apenas por sorte e respeito, coloquei outra granada no bolso de minha jaqueta para ficar com duas e peguei um pouco de carne seca para fazer uma oferta de paz, depois pendurei o AR no ombro e corri pela campina de sálvias. Fiz o caminho para subir o cânion pelos pinheiros até a rachadura que dava para fora e encontrei uma trilha que descia para o riacho.

< IV >

Meu coração batia como um bongô, mas não pelo esforço. O chão era irregular, sim, o caminho até o riacho era íngreme e salpicado de pedras. Apoiava a mão nas partes lisas e quentes enquanto pulava e dava a volta ao redor delas, escorregava na terra solta seguindo a trilha do veado. Viam-se seus excrementos entre as agulhas longas dos pinheiros ponderosa, e o Sol misturava os aromas que, de maneira estranha, eram similares ao aroma almiscarado de um veado que estava ali perto. Com isso, o caçador em mim ressurgiu. Mas também não era isso. Meu coração martelava porque estava me sentindo como se estivesse indo ao meu primeiro encontro.

Esse, o primeiro encontro de verdade de Hig — eu estava tão nervoso que acabou sendo um desastre. Fomos ver *Avatar* em 3D. Tinha de sair a toda hora para fazer xixi. Toda vez trazia mais pipoca ou doces. Ela deve ter pensado que eu era diabético, bulímico ou algo parecido. Por fim, não a beijei, nem tentei. Ela ficou visivelmente decepcionada, e jamais saberei se foi porque pensou que eu era um nerd e mal podia esperar para se ver livre de mim ou — isso só me ocorreu meses depois — talvez ela estivesse tão nervosa quanto eu e até tivesse gostado de mim, mas não sabia como pedir um beijo e se sentiu rejeitada quando fui embora daquela maneira tão abrupta. Foi a primeira vez que compreendi que outra pessoa poderia estar ansiosa pela *minha* aprovação, que poderia estar com medo de *mim*. Antes do fim do mundo, aquilo foi um *insight* profundo. Agora tinha certeza: todos tinham medo de mim.

Esse é um jeito estranho de sair com alguém. Pobre Hig, pobre Frankenstein.

Não ela. Ela sorria. Sorria.

Consegui a simpatia deles, não é? Tirei-os do Modo Matar. Peguei-os de calças curtas. Não peguei?

Fiquei paralisado. Apertei os olhos na direção do riacho, dei mais um passo com cuidado na direção da sombra de um pinheiro. Talvez não.

O engraçadinho com o cobertor. O coroa não teve paciência. Colocou um valor muito alto no seu tempo, na sua atenção. Enquanto eu estava deitado no Sol numa boa, deixando-os pensar sobre as coisas, ele foi obrigado a se entrincheirar nas tifas, com o sangue fervendo, e com medo também — pela vida, pela moça — pensando: Vou matar aquele filho da puta presunçoso. Na primeira oportunidade. Ele se acha tão engraçadinho, vai ficar uma graça quando eu o deixar ver suas bolas assando no fogo.

Simplesmente assim.

Prossegui. Apesar disso. Com os cabelos de minha nuca quase de pé.

Quando cheguei ao riacho, contornei-o e segui uma trilha fácil que beirava a margem. A grama era alta, pequeninos ásteres, parecidos com as margaridas, e os pincéis indianos. Morangos silvestres, penstêmons. Imensos pinheiros ponderosa, o cheiro de pedras frias e úmidas e de baunilha. Mariposas brancas fazendo círculos umas com as outras sobre um trecho arenoso. Acasalando. A emoção do primeiro encontro: foi-se. Meu coração ainda estava acelerado, mas não por isso. Vi as mariposas esvoaçando, três, depois duas, entrando e saindo da luz do Sol, e pensei: Hig, acasalar-se provavelmente não está no seu futuro, não desta vez. Talvez nunca.

Quando você chegar ao penhasco baixo, na parte de cima da campina, aquele que tem a queda d´água, quando estiver descendo aquela escada de tocos de árvore e der as costas para o vovô, ele vai atirar em você com um gemido de satisfação. E então? Achou que isso era um jogo, espertinho? Você-não-é-um-faisão. Correto: Você-é-um-homem-morto. Escreva isso nos seus papeizinhos. *Bangue*. Você não nos deixaria em paz. *Bangue*. Pare de se contorcer, está bem? *Bangue*.

Bangley: *eu lhe disse, Hig: nunca, jamais — você sabe muito bem o quê. Descanse em paz.*

Umpf. O dilema no qual me encontrava antes estava até o pescoço agora. Foi o que vi enquanto descia rapidamente contornando o riacho. Outra coisa: ele, eles, poderiam ter subido a escada para a parte de cima do riacho em dois minutos e poderiam agora estar me esperando nos salgueiros, atrás de qualquer árvore, armando facilmente uma emboscada para mim. Congelei.

Não queria morrer. Não agora.

Eu poderia estar sendo visto por ele enquanto conversamos. Arrepios novamente, mas desta vez não de frio.

Sondei a parte de baixo do riacho. Uma árvore mais antiga na beira da água, com as folhas verde-limão. Alguns choupos mais abaixo. Quando o vento batia, suas folhas viravam para o outro lado, brilhando como a palma da mão erguida sob a luz do Sol. Eles poderiam estar agachados atrás daqueles troncos grossos.

Pare, Hig. Pare. Reconsidere a tolice da simples ligação entre humanos. Ouça a árvore.

Quando você pescava, era isso que estava buscando, não era? Ligação, conexão. Pense no peixe. O peixe não queria se ligar a você, e se uma truta pudesse matá-lo com um golpe, ela assim o faria. O vovô ali é esse peixe. Ele pode engolir você.

Rá.

Eu me afastei, fiquei com o corpo grudado atrás da árvore. O riacho estava a cerca de nove metros abaixo de mim, as águas já correndo claras e rasas o suficiente para atravessar para o outro lado. Água baixa tão cedo nessa época do ano, talvez na altura das coxas, no máximo. Examinei atentamente a margem oposta. Era uma descida íngreme de grama nova e ervas daninhas em florescência, seguindo sob uma clareira de pinheiros ponderosa. Na parte mais alta da cadeia rochosa, as bordas das pedras se esfacelavam como ruínas, paredes e parapeitos em decomposição.

Esconderijo perfeito. Para eles. É um local perfeito para chegar ao fim. Daqui de cima do rio, ninguém teria ideia de que a correnteza se abriria para dentro de um buraco tão profundo, uma campina como essa. Não haveria motivo para alguém descer aqui, seguindo a água. Não era um trajeto dos mais fáceis, e a velha trilha lá em cima, a estrada onde aterrissei, levava mais facilmente para o norte e o leste. Para lugares onde a estrada cruzava o pequeno rio sem esforço. No nível do chão, lá em cima, não era possível ver o buraco, o cânion, nada — até você estar nele, bem na margem. E aposto que a subida a favor da correnteza era cercada por cachoeiras e penhascos. Era perfeito. Um refúgio. Os criminosos de outros tempos cobiçariam um lugar como esse.

Como conseguiram trazer as vacas até aqui? A única entrada era descendo pela escada. Fiquei pensando nisso.

Por que quando eu estava nas situações mais críticas minha mente vagava para essas curiosidades? Bangley não aprovaria. Bangley diria: *Abaixe-se. A ideia da emboscada é boa. Agache e pense.*

Foi o que fiz. Subi de volta dez passos até a cobertura de um zimbro que crescia como um arbusto espesso. Acomodei-me atrás dele, enfiando-me em um lugar onde conseguia sentar e enxergar a descida por entre os galhos. Os ramos duros espetaram meu rosto já machucado. O aroma era inebriante. Era como estar dentro de um daqueles sachês. Por que essa árvore fez isso comigo? As frutinhas azuis do pinheiro choveram no chão. É disso que fazem o gim. Sério?

E agora? Estava a salvo. O que você ganhou?

Agachado em meio à concentração de ramos espinhosos. Eu era um duende morando na base de uma árvore. Olhando o mundo através de uma trama áspera de agulhas e galhos. Vivendo de chuva, trechos de música e de lembranças.

Deitei o fuzil no chão, abracei meus joelhos, apoiei-me nos galhos mais grossos.

Exausto. Até os ossos. A libertação consumiu muito esforço. O voo já parecia ter sido em outra vida. E o aeroporto parecia ter sido um sonho, então Jasper era um sonho por trás do sonho, e antes do antes havia um sonho por trás disso. Dentro da parte de dentro. Sonhando. Como suavizamos nossas perdas, transformando-as em fantasmas empalidecidos!

Vou esperar até a noite cair, é isso. No escuro posso andar na direção do riacho. Observá-los. Descer a escada em segurança. Uma vantagem de ter passado tantas e tantas noites pescando, pescando obsessivamente no escuro: sei como confiar em meus pés para encontrar o caminho.

Uma truta conseguia ver a menor das moscas na superfície, mesmo na mais escura das noites. O céu estava sempre luminoso para a truta e para o inseto com sua silhueta formada contra a luz. Adorava pegar peixes à noite. Normalmente só se ouvia um único som em uma piscina tranquila, o vislumbre, o minúsculo *splash* e depois o puxão. Adoro isso.

Escuridão. Nada. Um cheiro penetrante das agulhas do pinheiro aquecidas. Dormir. Tudo bem, alguns minutos. Dormir.

< >

Acorde.

Hã?

Acorde. Vire de costas. Se tocar nesse rifle é um homem morto.

Duro e pontudo, alguma coisa dura e pontuda contra a parte de trás do pescoço. Um galho. Uma vara comprida. Do outro lado, um homem com uma arma. Droga. Droga. Essa foi boa, Hig.

Mãos no chão. De costas. Rasteje.

Rasteje. Devagar. Agora deitado, deite. Mãos atrás da cabeça. Já!

Joelhos duros nas costas. Mãos empurrando grosseiramente a jaqueta, retirando o cinto do revólver. Mão descendo pelas minhas costas, subindo novamente, pelas pernas, com conhecimento, rápido.

Role.

O mesmo na frente, revistando rapidamente, tirando minhas granadas e as colocando nos bolsos de seu casaco.

Mais novo do que eu pensava. Ou não. Cabelos brancos. Grossos como sapato de couro. Rugas. Linhas profundas na face até embaixo. Rugas de fazer caretas. Rugas salpicadas nos cantos dos olhos, os cantos de fora. Olhos acinzentados faiscando. Costumam emitir fagulhas sob o Sol. Sem papo-furado. Cada movimento era seguro e ágil.

Não sei bem a razão: de perto sentia menos medo. Não senti pânico nenhum. O que provavelmente era uma estupidez. Vovô não tinha o menor medo de mim, nem um pouco. De algum modo isso era recíproco.

De novo. Role.

Joelho pressionando minhas costas, agulhas pontiagudas do pinheiro espetando o lado direito de meu rosto. Observei-o com o canto do olho. Com um movimento de ombro, empurrou uma corda que estava enrolada sobre o ombro esquerdo, sacudiu-a com uma das mãos e amarrou minhas mãos, bem apertado. Usando somente uma das mãos.

Deve ser fazendeiro, arrisquei dizer. Posso ver pelo seu chapéu.

Cale a boca.

Dez-quatro. Até que é bom não conversar se não há motivo.

Não disse isso, não disse nada.

Seu joelho pressionava com força as protuberâncias de minha espinha, doendo enquanto puxava e apertava o nó com força.

Você deveria ter prosseguido. Ninguém nos perturba aqui.

Eu perturbei. Pude perceber.

Cale a boca.

O joelho triturando minhas costelas. Ele se afastou, cinco passos na lateral, desenrolando a corda, tirando o AR de trás da árvore e pendurando-o no ombro.

Agora fique de pé.

Ele nem me deu chance. Um solavanco forte na corda fez com que eu ficasse de pé, quase arrancando meus ombros.

Ande.

Eu andei. E.

Era um alívio fazer o que alguém mandava. Alguém que sabia exatamente o que estava fazendo. Apenas seguir ordens. Ocorreu-me, enquanto vinha tropeçando montanha abaixo, que se ele me quisesse morto, eu já estaria morto. Exatamente como quando estava lá no alto, e eles morrendo de medo embaixo. Retribuição. Droga.

Estive mais perto do que pensava. Talvez 200 metros até onde o rio ultrapassava a extremidade, derramando suas águas em uma queda de seis metros. Via o topo da escada de madeira apoiado no lado esquerdo do riacho. Podia ouvir a cascata atingindo o fundo da piscina natural. A água respingava e as gotículas lançadas para cima cintilavam à luz do Sol, formando uma faixa de arco-íris em mutação.

Deste ângulo, por entre a névoa, o pequeno cânion com paredes altas era semelhante ao Éden. Verde e coeso, alimentado pelas águas, distante da morte. Como ia descer dali? Será que ele ia me levar, assim, com os braços amarrados — levantando-me por trás, deslocando meus ombros? Ou simplesmente me atiraria da borda? Espero que esta piscina tenha alguns metros de profundidade. Quebraria um tornozelo ou as pernas, ficaria todo estropiado. Melhor assim.

O assobio foi penetrante, dei um salto. Estremeci. Poderia ter sido o falcão peregrino, mas direto na minha orelha? A moça saiu da casinha de pedras. Trazia um fuzil com mira. Um fuzil Bolt Action. E um cobertor pequeno. Ela se sentou à mesa feita com uma tábua, enrolou o cobertor, apoiou o cano da arma sobre ele como se fosse um saco de areia, mirou mais para cima, ajustou a mira, ergueu a arma e montou o suporte para armas, com as pernas do equipamento à frente do cano. Mirou novamente. Buscou um ângulo melhor. Em mim. Ela já fizera isso, era óbvio.

Ela é muito boa. Eu a ensinei. Se fizer qualquer besteira, morre.

Ele se aproximou e com um puxão liberou o nó de um pulso, deixando o outro amarrado à ponta de sua corda.

Desça.

Sem as duas mãos? Tenho medo de altura.

Era verdade. Voar é diferente.

Ele me deu um chute no traseiro. Droga. Que bota ligeira. Um pé na bunda que me lançou à frente, quase caí lá embaixo. Doeu. Chutou como se eu fosse um animal. Foi meio humilhante, magoou meus sentimentos. E se eu tivesse tropeçado? Primeira vez que tive vontade de bater nele desde o momento em que me acordou.

Use as duas mãos.

Agachei, agarrei a escada com as duas mãos e desci, balançando.

< >

Meu nome é Hig.

Nasci no Ano do Rato.

Não tenho número de série, mas minha licença de piloto é número 135-271.

Sou de Aquário.

Minha mãe me amava. Ela me amava muito, muito mesmo. Meu pai. Ausente, mas. Bem. Tive um tio que me ensinou a pescar.

Escrevi 30 poemas depois da faculdade, sendo que 23 deles foram para minha esposa.

Jasper era meu cachorro.

Não tinha filhos. Minha esposa engravidou.

Meus livros prediletos são: *Shane*. *Infinite Jest*.

Sei cozinhar. Muito bem para um homem.

Profissão: empreiteiro. Não gosto. Detestava. Deveria ter sido professor de inglês do Ensino Fundamental ou algo parecido. Ou trabalhar em um pet shop. Não tenho a doença, até onde sei sou saudável. Visito famílias com a doença sanguínea mais ou menos duas vezes ao mês.

Meu poema favorito foi escrito por Li Shang-Yin no século 9º.

Talvez não fosse meu poema favorito antes, mas é agora.

Sempre fui particularmente resignado com relação a perdas. Acho. Agora tenho uma coleção delas.

Posso tomar água?

< >

Ele me amarrou a um mastro no jardim. De frente para o Sol. Colocou-me sentado em um dos banquinhos, com as mãos para trás. Bem amarradas. Os dois ficaram parados me analisando. Semicerrei os olhos, tentando decifrá-los. Tive uma ideia.

O bolso direito de minha jaqueta.

Ele se aproximou, colocou a mão no bolso, procurou, tirou duas latas de fumo de Copenhagen. Tinham nove ou dez anos de idade, vencidas, mas ainda. Eu as trouxera como presente, portanto. Ele ficou de lado para mim para que eu pudesse vê-lo inclinado, com a cabeça abaixada, olhando para mim na diagonal, perto. Então abriu uma das latas tirando o papel com a unha do polegar e amassando-o ao redor da tampa, girou um quarto de volta e empurrou a tampa para cima. Enfiou o nariz dentro da lata, inspirou. Senti o cheiro do fumo. Sal e terra. O fumo estava seco, aprendi com Bangley, mas ele pinçou o fumo com dois dedos e grudou uma porção pequena no lábio superior. Um homem determinado. Cuspiu.

Três pontos.

Só isso? Duas latas. Acho que seis é mais justo.

Ele entregou as latas para ela e fiquei surpreso em vê-la pegar um pedaço. Ele puxou o segundo banquinho e sentou-se ao meu lado.

O Sol estará fora dos seus olhos em vinte minutos.

Ela ficou parada na frente, ainda com a luz atrás dela. Era alta. Não conseguia enxergar seu rosto. Sentia, entretanto, o peso de seu olhar fixo em mim.

Ela fala?

Ooopa. Menos três. Voltou ao zero. É onde você gosta de ficar. É o que estou vendo.

Gosto de viajar sem muito peso.

Ele fez que sim, lentamente.

É bom. O fumo. Faz muito tempo. Não dou a mínima de como você gosta de viajar. Você poderia estar carregando uma sala de jantar completa, não estou nem aí. Olhou ao redor. Poderíamos usá-la.

Se disser qualquer coisa vai me tirar pontos, certo? Quero dizer espontaneamente. Certo?

Assentiu. Menos um.

E então perco as vantagens de ser um cliente fiel, presumo.

Menos dois. Quando chegar ao menos dez, atiro para matar. Sem conversa. No ato. Se falar nela de novo, perde cinco pontos. Agora você sabe. Conte alguma mentira, dez pontos menos, você morre. Se borrar as calças, morre. Se quiser se mijar, a escolha é sua.

De repente, aquilo tudo perdeu a graça. Ouvia o ruído da queda d’água, rítmico, como os tambores de uma tribo, escutei o balido de uma das ovelhas, era exatamente como me sentia. Triste e traumatizado.

Olhei para ele.

Sabe de uma coisa?

Eu disse isso.

Sabe de uma coisa? Foda-se. Fodam-se você e os seus pontos. Vim aqui em paz e você tentou me matar duas vezes. Vim até aqui em busca de alguma coisa. Não sei o quê. Não sei o quê, entendeu? Mas não foi a morte. Já houve bastante morte no aeroporto onde moro. Morte o suficiente.

Sentei-me amarrado no banquinho e olhei para ele, sentindo as lágrimas correndo por minha face, ardendo os cortes do lado esquerdo.

Perdi meu cachorro na semana passada. Jasper. Não preciso de você ou da sua ladainha. Não preciso de nada. Vamos lá, subtraia 20 pontos, atire. Ficarei muito feliz. Vá em frente.

Sentia o gosto salgado das minhas lágrimas.

Deixe-o levantar, pai. Já chega. Solte-o.

A voz dela era rouca. Pestanejei para conseguir olhar para ela com o Sol à minha frente. Senti as mãos hábeis do pai soltando a corda.

< >

Afastei-me e fui até um choupo à beira do riacho para mijar. Não me importei. Não estava constrangido. O borbotar da correnteza cobria meus soluços. Estava frio à sombra. Solucei tanto que comecei a vomitar. Talvez estivessem olhando, não, com certeza estavam olhando, que se dane. Deixei passar, depois respirei. Ajoelhei e lavei o rosto, os cortes já estavam se transformando em uma série de cascas de ferida. Tomei água. Por que estava chorando o tempo todo? Não dava a mínima, não mesmo. Não estava tendo uma crise nervosa, simplesmente era o que queria fazer. Em nove anos quase não derramei uma lágrima, daí teve Jasper, agora isso.

O mundo se abre repentinamente, mostra-se na forma de um cânion com quatro ovelhas, e sofremos. Dois pastores, talvez não no seu melhor entendimento, e sofremos. O alívio de uma companhia que não a de Bangley ou a doença sanguínea, e sofremos. Sofremos. Isso aqui já foi o meio do nada e agora nem isso. Eu não sou nem isso. Antes que pudesse me situar: sou viúvo. Estou lutando para sobreviver. Sou o guardião de alguma coisa, não sei bem de que, não é a chama, talvez seja apenas Jasper. Agora não conseguia fazer mais nada. Não sabia mais o que eu era. Sofro.

Fiquei parado à sombra da árvore, em contato com a respiração fria da água em movimento, e deixei o som e a brisa leve soprarem através de mim. Eu era uma concha. Vazia. Coloque-me em seu ouvido e ouvirá o fantasma do oceano investindo contra você. Não é nada. A mais leve pressão da correnteza ou da maré conseguiria me levar e me fazer rolar. Eu me lavaria. Aqui mesmo nesta margem, seria seco e branqueado, o vento me poliria e me endureceria, retirando as camadas mais finas até eu me tornar frágil, da espessura do papel. Até me esfarelar na areia. Era assim que me sentia. Por fim, diria que foi um alívio não ter nada, nada, mas estava oco demais para registrar alívio, esvaziado demais para percebê-lo.

Eu realmente não dava a mínima para o que este velho idiota fez comigo. Não ter nada a perder é tão vazio, tão leve, que a areia na qual você se esfacela por fim é soprada em uma rajada de vento tão insubstancial que acaba sendo levada para o alto para se misturar à tempestade de areia de estrelas. É para onde todos nós vamos. O restante é apenas desgaste, aguardando o vento.

Certamente não era a melhor situação para negociar qualquer coisa. Não há nada para trocar. Nem ao menos pensei: *Poupei sua vida e de sua filha, ele me deve pelo menos essa. O quê? Uma coisa. Vinte malditos pontos.*

Voltei até onde eles estavam.

Vou embora. Vou subir de volta por aquela porcaria de escada de árvore. Ficou bem claro que vocês preferem ficar sozinhos.

Olhei para ela.

Posso pegar um pedaço do fumo? Nunca tive o hábito, mas nesse momento o cheiro está bom. Obrigado.

Peguei um pedaço grande. A nicotina bateu assim que engoli, sentindo-me zonzo por um segundo.

Droga. Esqueci.

Cuspi.

Atirem em mim pelas costas quando eu estiver subindo e, como disse, tenho dúvida se não estariam me fazendo um favor.

Eles me fitavam. Ela tinha uma mancha escura na garganta, como um machucado.

Vou precisar do meu revólver, do meu fuzil. Podem ficar com as granadas. Como presente de boas-vindas.

Ele hesitou, pegou o revólver da mesa, entregou-o para mim pela parte de trás. Coloquei-o no coldre. Ergueu o fuzil para mostrá-lo, na altura do peito, passou-o para mim.

Obrigado. Obrigado por me dar um chute no traseiro.

Puxei-o e bati com força.

O soco que estava guardando, um golpe curto e sólido de direita que acertou sua face esquerda. Ele caiu com tudo para trás, batendo o traseiro no chão. Seu chapéu também ficou caído. Surpresa total. Apoiou-se nas mãos e pestanejou para mim, e só então, quando deixei meus olhos viajarem pela cena, foi que vi uma das mãos com o revólver. Como mágica. Uma arma pesada calibre 45, de uso oficial.

Você não precisava ter me chutado. Ou ter bancado o executor. Teria ido aonde me mandasse.

Com quem estava falando?

Virei as costas e caminhei pelo terreno aberto rio acima, minhas costas estavam expostas e prontas para uma bala, para a queda e o clique do momento seguinte.

< >

Você. Vocĉ, ci.

O quê?

Higs, certo? Foi o que você disse.

Hig.

Hig. Quer almoçar?

Parei. Ela era provavelmente um centímetro mais alta do que eu. Uma cicatriz queimada pelo Sol separava seus cabelos escuros, sua sobrancelha direita. Era fino e pontudo. O machucado em sua garganta.

Almoço? As pessoas ainda almoçam?

Nós, sim.

Olhei de relance para a casa. O velho canalha estava enfiando a arma nas costas do cinto, ajustando o chapéu, observando-nos.

Ele é mesmo seu pai?

Sim. Do lado da família de meu pai.

Nenhum pedido de desculpas por ele. Nenhuma pequena traição. Gostei disso. *Do lado da família de meu pai.* Que coisa estranha para dizer. Ela estava sorrindo.

Ele não vai querer almoçar comigo.

Eu não o convidei.

Ela enfiou os polegares nos bolsos dos shorts e esticou os braços. Eu notei. A forma como o movimento dos braços levantou os seios e deixou à mostra parte da barriga.

Mas posso convidar, se os dois prometerem não trocar socos ou atirar um no outro.

Os dois. Uma garota do campo. Antes. Eu a fitei. Sinceramente, não sabia se queria almoçar com eles. Já tinha me acostumado à ideia de morar no ar, de explodir. Havia consolo nisso.

Hig? Sim? A voz de Bangley novamente, fora do corpo. Conseguia imaginar sua risada rude caso descobrisse que fazia o papel de meu superego. Do qual eu não conseguia me livrar, como uma daquelas canções pop horríveis. A *mulher está convidando você para almoçar. Ela está se sentindo mal por você quase ter se mijado nas calças. Rá! Seja educado.* Tudo bem.

Tudo bem, concordei.

Cimarron. Ela estendeu a mão.

Todos me chamam de...

Ela fez uma pausa, olhou ao redor do cânion, sorriu.

Cima.

< >

Escondidinho com manteiga. Bem temperado com sal. Carne moída. Pensei que fosse morrer. Papi estava certo, o Sol fez sua jornada sobre a margem do cânion e comemos na mesa de tábua à sombra de uma árvore. Perto do riacho: uma proteção agradável. Misturava-se com a brisa que soava como água corrente quando batia no topo dos choupos. Manteiga. Derretendo como uma gororoba sobre o purê de batatas, formando uma poça. Quem pensaria que algo tão sem graça e pálido conseguiria deixar um homem tão fascinado? Ela trazia, eu comia. Um jarro de metal com leite resfriado no riacho, o qual esvaziei duas vezes. Caramba! Hig, se você tivesse subido aquela escada e se mandado, ou mesmo se tivessem atirado em você pelas costas, teria perdido a melhor refeição de sua vida. Estava tão maravilhado com a comida que nem notara que Papi estava me olhando com o olhar furioso de um lobo, um olhar fulminante ou seja lá qual for o olhar que se lança sobre alguém que acabou de lhe dar um soco na cara e que agora está comendo toda a sua comida sem parar.

Leite sendo servido. O prato azul esmaltado sendo abastecido novamente. Por uma mulher, que traz seu prato da fogueira acesa lá fora. Sentar-se à sombra de uma árvore grande e antiga, e não no hangar de metal, e comer. Ouvir o balido de uma ovelha atravessando o farfalhar alto das folhas. Ter um velho sentado ao lado oposto, em silêncio, comendo também, não sei se amigo ou inimigo, não importa. Ser o convidado. Partir o pão.

O prazer quase me partiu em dois como um tomate assado recheado. Como se meu coração tivesse inchado e minha pele ficado cada vez mais fina em meio ao calor daquilo tudo. Da companhia.

Bangley e eu comíamos juntos com frequência, mas era diferente, não sei como: era como a hora da refeição em um zoológico criado por nós mesmos. Isso era diferente. Estava livre para ir embora. Eles estavam livres para não me convidar. A sensação de ter privilégios.

Ninguém falava muito. Eu gemia, grunhia, acotovelado sobre o prato. Só me dei conta disso quando ergui os olhos e a vi sorrindo. Seu rosto era muito magro. Seus olhos enormes me lembravam uma antena que capta tudo, incapaz de não captar. Como se o abafador de ruídos estivesse baixo demais, e muito do que ela capta é dor. Outro machucado em seu antebraço, o que me entregou o prato. Olhei de relance uma vez, e ela estava massageando a parte de trás do pescoço, recuando. Era óbvio que também estava satisfeita com minha fome devoradora.

Você não sai muito, disse Papi. Você.

Parei de mastigar.

Não, na verdade não. Onde moro os restaurantes são caros demais.

Onde você mora?

Denver. Ao norte.

Os dois me fitavam agora. Esfomeados como eu. De um modo diferente.

Coloquei meu garfo na borda do prato, tomei um longo gole de leite frio, enxuguei a boca na manga de minha jaqueta.

Foi muito ruim, disse. Noventa e nove ponto alguma coisa. De mortalidade. Quase matou todo mundo.

Sua família? Perguntou ela.

Confirmei.

Todos. A infraestrutura se desorganizou e depois ruiu, foi tudo por água abaixo. Antes do fim foi. Foi péssimo.

Peguei o copo de leite e bebi como se isso pudesse me acalmar.

Foi um frenesi. Todos se apegavam a algum fio de esperança: de talvez serem aquele que é imune. Porque ouvíramos isso também, a resistência misteriosa que acontecia em algumas famílias. Genética.

Olhavam-me fixamente. Ele abriu uma faca de bolso, palitou os dentes com ela.

Quando minha esposa morreu, fui até o aeroporto no campo onde guardo meu avião. Fiquei escondido.

Você o defendeu, disse ele, analisando meu rosto.

Eu balancei a cabeça afirmativamente.

Com ajuda.

Ele estava lendo minha capacidade para o inferno, para a morte, para dar vazão a ambos.

Nós o defendíamos. Bangley e eu. Que apareceu um dia com um trailer cheio de armas.

Bangley? Resmungou. Ele sabia do que o velho Bangley era capaz. Não sabia?

Papi colocou um cotovelo sobre a mesa, esticou as pernas compridas à frente, palitou os dentes.

Ele o levou junto. Pode-se dizer que o treinou. Definiu um perímetro, não foi? Não era problema para ele matar qualquer coisa que atravessasse seu caminho. Jovem, velho, homem, mulher. Mas para você, sim.

Mas você superou isso.

Pai.

Noventa e nove por cento. O que sobrou? Ponto alguma coisa. Um a cada duzentos? Trezentos? Vimos o que é isso. Nem sempre é bonito, não é? Não é Higs?

Hig.

Big Hig.

Olhei-o, admirado.

Não é bonito o que sobrou, não é?

Fixei os olhos nele. Seus olhos tinham o brilho dividido igualmente entre o conhecimento frio e o mistério caloroso.

Cuspiu um fiapo de comida. Você é caçador. Caça veados, alces. Isso antes.

Assenti. Como...?

Ele gesticulou com a mão.

A maneira como você segura seu rifle. A maneira como se movimenta descendo o rio. Procurando por sinais. Não consegue evitar.

Fiquei de queixo caído. Vi a mim mesmo pisando nas agulhas dos pinheiros ressacadas pelo Sol, estudando as pilhas de excremento. Ele estava observando. Ele poderia ter acabado comigo quando bem entendesse.

Você nunca esteve no exército, no entanto.

Fitei-o.

O fato é que você não gosta de matar ninguém. Nem mesmo um alce, aposto. Se houvesse algum por aí. Nem mesmo uma truta. Se houvesse alguma. Que droga. Você também adora pescar.

Que cara era esse? Como...?

Vi você observando o riacho. Você estava bem ali onde eu teria ficado para não espantar os peixes na piscina natural.

Fiquei olhando para ele.

Mas matar é algo com que a gente se acostuma, não é, Hig?

Não.

Você disse isso.

Ele se inclinou à frente e seus olhos pousaram nos meus. Mirei seus olhos acinzentados e eles faiscaram como se ele tivesse acendido fusíveis.

Sugiro que você sacuda essa sua maldita arrogância. Como uma cobra cascavel que troca a pele velha. Você conseguiria se movimentar com mais facilidade, com mais leveza. Virou para o lado e cuspiu. Ninguém nessa mesa é inocente. Sabe aquela sua idiotice com o faisão? Se você estivesse mais perto, teria cortado sua garganta. Você não estava raciocinando. Que bom que não estava. Aquilo teria sido um movimento muito estúpido.

Aquilo tudo, o discurso, a imagem, aquilo me deu um calafrio por dentro como uma repentina e fria noite de vento. Quem era esse cara? Ele poderia ter cortado minha garganta nos pinheiros. Enquanto eu dormia.

Ele se levantou, alongando-se. Estava na faixa dos sessenta, supunha, mas era alto, magro e parecia ter sido amarrado com firmeza por uma corda de instrumentos. Ele se movia com facilidade. Uma vida dedicada ao trabalho que amava, era minha hipótese se tentasse adivinhar. Fazendeiro, certamente, algum tipo de soldado ao longo do caminho. Tinha vontade de jogar com ele o jogo de perguntas e respostas que passava na televisão antigamente, *What's My Line*, mas achei que seria rude. Não precisava entrar em uma negociação com esse camarada, nem em um jogo irritante. Ele apenas acabara de me oferecer a melhor refeição de minha vida. Ou ela.

Obrigado pelo almoço, agradeceu ele. Tocou o ombro dela. Como está a garganta?

Ela sorriu. Já esteve melhor.

Acenou, retirou uma serra de arco de um gancho na parede do lado de fora da casa e caminhou na direção do rio. Abriu o portão da cerca de palha e se foi. Servi-me de mais uma xícara de leite da jarra. Deve ter sido minha quarta ou quinta xícara.

Você não está habituado a isso. Vai ficar doente. Vai ter, no mínimo, uma diarreia daquelas.

Você é médica, além de *chef* de cozinha?

Ahã.

A xícara parou nos meus lábios. Coloquei-a de volta à mesa.

Médica de que especialidade?

Clínica médica. Saúde pública.

Sua boca se alongou em um tipo de sorriso, mas seus olhos não estavam sorrindo. Nem mesmo por ironia.

Para falar a verdade, sou epidemiologista.

Todos por aqui pareciam estar muito empenhados em dizer a verdade, toda a verdade.

Onde?

Em Nova York.

Ah.

Droga.

O que aconteceu com sua garganta?

Ele foi mal-intencionado, mas não pareceu tão mau assim. Mas. Era a única pessoa por perto. A menos que acontecesse um ataque de ovelhas.

Não foi *o que* aconteceu. Isso é o resultado do dano nos meus vasos sanguíneos. Tenho hemorragia com facilidade. Meus músculos também ficam inchados. Um tipo de fibromialgia. Eu contraí a gripe. Quase não sobrevivi. Uma das causas da febre prolongada foi a inflamação sistêmica que resultou nessas doenças. Mas tive resistência, que entendemos ter sido herdada de meu pai.

Resistência biológica ou mera teimosia.

Isso também. Desculpe se assustamos você. Você nos assustou.

Mais uma vez ela não o defendeu, não sentiu necessidade. Ela apoiava o pai com sinceridade, como deve ser. Certo?

Conversamos sobre isso. Meu pai é muito direto, como você pôde perceber.

Ela se serviu de outra xícara de leite e inclinou-se sobre a mesa. A brisa brincava com mechas do cabelo encaracolado que lhe caíam na testa e na sobrancelha.

Você mais ou menos deu início ao nosso Plano. Pensamos que deveríamos falar sobre o que faríamos quando um dia fôssemos invadidos. Quando, e não *se fôssemos*. Ou quando alguém fosse mais esperto ou tivesse mais armas. Quando você apareceu com as granadas, achamos que talvez fosse a hora.

Droga.

Pensei: Talvez aquilo que vi em seus lábios não fosse um sorriso. Pela mira. Talvez fosse a expressão que se faz quando tudo está acabado. Acabado.

Uma das vacas deu um mugido longo e profundo, subindo a entonação no final, como é típico delas. Como uma pergunta. No alto, as folhas do choupo pairaram e ciciaram.

Vocês têm um pacto, não é?

Ela confirmou.

Ele atira em você.

A vaca mugiu novamente, desta vez uma nota curta, como se respondesse à própria pergunta. Uma simples pergunta do campo. Pergunta e resposta.

Ele estava perto de atirar?

Sim. Ele tinha sacado a arma calibre 45. Depois que você atirou a granada. Então sugeriu: Vamos seguir um pouco mais com nosso plano. Disse: Será um risco: ele — você — poderia atirar em mim assim que sairmos. Mas disse ter um palpite.

Um palpite?

Achou que você era fraco. Então confirmou: Vamos continuar um pouco mais.

Aquilo doeu. Senti meu rosto corar. Ou talvez fosse toda a lactose começando a fazer efeito.

Vocês não são nem um pouco diplomáticos.

Esse parece ser um mundo que perdeu toda a sua diplomacia.

Talvez. Bangley acha o mesmo. Meu parceiro.

De qualquer maneira, ele me deu a arma, para o caso de uma necessidade. Caso você atirasse nele da beira do cânion e tentasse me pegar.

Meu Deus.

Esse é o nosso mundo. É o mundo que deixamos.

Concordei.

Meu pai assegurou: Você pode dar conta dele. Se ele me matar, atire quando ele chegar perto. Mas se houver mais pessoas. Então.

Levou a mão à garganta inconscientemente. Assenti. Ela provavelmente teria dado cabo de mim se eu tivesse tentado algo. Não leve a mal, Hig. É quase um elogio. Ele fez uma leitura da sua personalidade a quase 400 metros de distância.

Por que ele não me matou, então? No riacho? Em vez disso me oferecem almoço.

Arregalei os olhos.

Vocês estão tentando me engordar? Será que gostam de carne humana, como um tubarão perigoso?

Ela agora sorriu de verdade. Deu boas risadas. Inclinou a cabeça para trás mostrando o enorme hematoma, rindo alto, com vigor.

Ai! Colocou a mão em concha sobre a estrutura estriada da traqueia. Dói um pouco, não muito. Um tubarão perigoso. Não. Ai!

Serviu-se de outra xícara de leite, tomou lentamente. Não. Terminou seu último gole. Não é isso, precisamos de você.

Ah.

Subitamente senti náusea. Estranho, mas a primeira imagem foi a de alguma experiência de procriação forçada. Não faço ideia do porquê isso me deixaria nauseado, não sei, pois ela tinha boa aparência, diria que era quase bonita. Embora tivesse cicatrizes e fosse bastante frágil. A imagem, no entanto, foi de estar transando com ela sobre uma pedra plana, como um altar, enquanto seu pai ficava ali em pé com a arma na minha cabeça.

< >

Não perguntei. Pela forma como esse pessoal compartilhava informações, sabia que me contariam logo, querendo eu ou não. Senti-me exausto novamente. Veio de repente e se abateu sobre mim. Como gás mostarda. O que estava acontecendo comigo? Foi como se o cansaço de nove anos de vigilância viesse de uma vez. Tinha vontade de cruzar os braços sobre a madeira rugosa da mesa, deitar a cabeça por cima e cair no sono. Imediatamente.

Você se importa se eu tirar uma soneca? Não sei se consigo ficar acordado.

Provavelmente é o leite. Ela se levantou e apontou na direção das árvores, perto do riacho. Debaixo das árvores há um tipo de rede perto da água. Fique à vontade.

Fique à vontade. À vontade. Haja o que houver. Agradeci a refeição e deitei perto do riacho em um cobertor suspenso, abracei meu casaco em volta do corpo e adormeci.

< >

Sonhei com uma casa no campo que deve ter sido minha, ou seja, estava retornando a um lugar que tinha construído, a expectativa de um refúgio, um lar que abrigava tudo o que mais amava e, enquanto me aproximava de um campo que não tinha estrada, vi outra construção ao lado, do lado direito, olhando de frente para a casa, um anexo maior que a casa em si, e o anexo tinha ângulos que pareciam estranhos, estranhos na minha maneira de perceber as coisas... Janelas estranhas no sótão, altas demais e sobressalentes onde não deveriam ser, então percebi com o coração pesado e uma sensação crescente de desalento que alguém que eu detestava morava na minha casa e tinha direito a usucapião. Direitos vagos para mim agora e barganhados em uma negociação terrível, da qual não conseguia me lembrar direito. Poderia impedir isso e ficar na casa se fosse capaz de uma confirmação, a confirmação que era um pesadelo: deveria renunciar a tudo o que já havia amado, amado até esse ponto doloroso. Então permanecia ali no campo, incapaz de tomar a decisão de entrar ou ir embora, e acordei em prantos.

Não me ocorreu invadir e pegar minha casa de volta.

As escolhas que não conseguimos enxergar. Em cada momento.

Deito-me na rede e estranhamente não havia choro nesse mundo irreal, não havia colarinho molhado de lágrimas, apenas as folhas do choupo em movimento e girando acima de mim, o riacho deslizando. Era possível acordar de um pesadelo, de outro e de outro, e nunca comer, nem mijar, nem morrer de sede.

< >

Quando abri os olhos, ela estava trabalhando na horta. Conseguia vê-la agachada em meio às árvores ao longo do riacho, provavelmente retirando as ervas daninhas. O pai passou pelo portão carregando duas toras de abeto que deviam estar secando há muito tempo, pois ele os carregava com facilidade. Chumaços leves de paina eram soprados das árvores, os paraquedas das sementes de choupo. Não flutuavam muito. Fechei os olhos e ouvi o sussurrar rítmico do serrote como um animal rouco com dificuldade de respirar. Depois ouvi o baque, o estalo da madeira abrindo. Uma semente de choupo aterrissou nos meus cílios.

< >

Depois de algum tempo me levantei, lavei o rosto no riacho, caminhei até onde ela estava arrancando as ervas daninhas, agora à sombra do penhasco. Agachei-me na fileira seguinte ao lado dela e comecei a cavar com os dedos e puxar. Olhou de relance para mim e sorriu.

Temos uma lá também, disse. Uma horta.

Ela assentiu.

Silêncio. Trabalhamos. Em silêncio. Como é reconfortante.

< >

No dia seguinte, depois do café da manhã, continuamos o trabalho. O Sol surgiu, lançando nossas sombras contra a parede.

Você tem filhos? Perguntei.

Ela se apoiou nos calcanhares, afastando o cabelo com o dorso da mão.

Estávamos esperando para ter filhos. Até ele fazer parte do corpo docente em período integral. Ele é músico.

Assenti com a cabeça. Continue.

Ele terminou sua dissertação e defendeu sua tese no momento em que os primeiros casos atingiram Newark. Morávamos em um edifício baixo na Cranberry Street, que é a Brooklyn Heights do outro lado do rio, a partir do Centro Financeiro em Seaport. Podíamos ver o mundo da nossa janela. Aquela vista que você vê nos filmes — o contorno dos edifícios no horizonte, a ponte. Estávamos sempre estressados. Obrigo-me a lembrar disso, mas agora parece que tínhamos a mais feliz das vidas, a que qualquer um desejaria ter. Os ovos com bacon que comia no café da manhã, pelos quais me sentia culpada. Era só andar três passos para entrar naquele vagão de trem estreito, praticamente uma doceria em Montague Street, sempre com filas, sempre com pessoas a caminho do trabalho, impacientes, pegando café naqueles copos gregos azuis e brancos, com açúcar e leite primeiro. E só. Ele me ligava no celular enquanto esperava na plataforma. O sinal de recepção era péssimo: o que você quer que leve para casa? Comida indiana? Massa? Hã. Uma vida feita de pequenas refeições. Tenho de me lembrar disso. Duas pessoas esperando pelo seu verdadeiro futuro, que acho que era a vinda dos filhos, como duas pessoas esperando por um trem. A expectativa mais feliz. Talvez não tão feliz na época, mas parece ser feliz agora. Ele dava aulas em Hunter, era assistente, adorava seus alunos, mas detestava o Departamento. Esperando para se formar. Esperando. A vida em seu casulo. Destruída e espalhada em pedaços.

< >

Ela foi conversando comigo. Eu só ouvia. Ele trabalhava. Passou por mim sem uma palavra. Nunca me ofereci para ajudar. Tinha algo a ver com seu olhar proibitivo. Subi na Fera e peguei meu saco de dormir. As noites eram claras e frias, cheias de estrelas. O curso das estrelas era emoldurado pela borda do cânion com as margens de um rio escuro, escuro, mas nadando em luz. Em meio às folhas do grande choupo. Dormia na rede com as folhas sobre mim, um teto farfalhante. Elas faziam o céu se mover e lhe davam voz. Na primeira noite, a rede machucou minhas costas, mas depois não mais. No terceiro dia, subi a escada de tronco de árvore com meu rifle e trouxe para casa um veado grande. Arrastei-o pelo rio abaixo e baixei-o com uma corda pelo lado de fora da cachoeira, e comemos o coração e o fígado à noite.

Fiz o mesmo no dia seguinte, e, em vez de pendurar as partes do animal, ele e eu o cortamos juntos sobre a mesa, transformando boa parte em tiras de carne seca. Trabalhamos com agilidade, sem palavras. Eles tinham sal. Um barril de 200 quilos que trouxeram com eles. Guardamos a carne na salmoura dentro de baldes. Ele não perdia um lance sequer, o que certamente fiz questão de não comentar.

< >

Engraçado como podemos viver uma vida inteira à espera, sem perceber.

Ela comentou enquanto erguia uma pilha de legumes de uma tigela de vagens. Nós nos sentamos à mesa, à sombra das árvores frondosas.

À espera de sua vida de verdade começar. Talvez o mais real seja o fim. E só percebemos quando já é tarde demais. Agora sei que o amei mais do que qualquer outra coisa nesse planeta e fora dele. Mais do que a Deus, o que está na minha liturgia episcopal.

Ela rompeu a casca das ervilhas mais novas, os cabelos caíam no rosto, o dorso das mãos manchadas pelos hematomas. As pontas dos dedos trabalhavam com extremo cuidado, como se estivessem doloridas, rolando uma vagem particularmente dura até as articulações do polegar e do indicador.

Ele morreu chamando por mim, procurando desesperadamente ao redor, chamando meu nome. Confuso. Muito antes, antes de todas as redes caírem e meu amigo Joel, o médico responsável pela ala, ligar para mim. Antes de sabermos o que era isso tudo. Minha mãe estava morrendo e era tarde demais para pegar um avião de volta para Nova York, tarde demais, e tomei a decisão de ficar com ela e com meu pai. Joel informou que cremariam Tomas e que guardariam as cinzas. Fiquei muitíssimo grata. Estava claro que minha mãe não sobreviveria. Eu pegaria um avião para casa dentro de uma ou duas semanas, viajaria de carro até o norte do estado e espalharia suas cinzas em John's Brook, lá no alto das montanhas, um pouco afastado de Keene Valley, onde passávamos todos os fins de semana que podíamos. Trabalhei na saúde pública da cidade, por isso tinha fins de semana livres, coisa rara para um médico-residente. Nunca tinha plantão, exceto em emergências, mas não era frequente. Ficávamos em um chalé de madeira branco na vila. A varanda tinha vista para Noonmark com espreguiçadeiras. A vista era a de uma pequena montanha, como a Adirondack, que se parece com uma paródia de montanhas, bastante pontiaguda, como o pico Matterhorn, mas minúscula. Sempre a escalávamos aos sábados depois de dormir. Subíamos, felizes, a trilha em elevação até um pico rochoso, próximo aos abetos atrofiados. E, nas longas noites, subíamos com as duas bicicletas pela estrada pavimentada, até uma pedra com um buraco cilíndrico onde havia uma cachoeira que transbordava, a água era sempre congelante, e nós nos despíamos e entrávamos. Esse era o nosso ritual enquanto esperávamos que nossas vidas realmente começassem, e agora percebo que talvez o verdadeiro encanto só acontece no limbo. Não sei por quê. Será que é porque somos tão inconstantes, indecisos e sempre à espera? Como se a vida precisasse de muitas oportunidades, muito espaço para se expandir. O não saber alguma coisa, a esperança, a dolorosa efemeridade: isso não é real, não como pensamos, e então deixamos passar, deixamos que se desenrole com leveza. O tempo que voa. É assim que parece agora quando olhamos para trás. Como os agradáveis e exaustivos passeios de bicicleta por uma estrada no campo em uma noite quente. Até uma ponte. Até uma pequena trilha tortuosa em meio a áceres frondosos. Onde caminhamos, descalços, rio acima até um poço natural. Em um fim de semana, inclusive, contraí uma alergia muito séria por intoxicação com a hera venenosa e perdi dois dias de trabalho. Daqui parece que aquela época foi a mais maravilhosa já concedida a duas pessoas. Em toda a história. No mundo todo. Enquanto esperávamos que ele se formasse, enquanto esperávamos que eu tivesse um filho, enquanto esperávamos começar o verdadeiro trabalho da vida.

Levantou os olhos. Somos bobos, sabe?

Ah, caramba. Disso eu sei.

Isso dói? Abrir as vagens?

Disse que não, seus cabelos balançavam sobre a tigela, não ergueu o olhar.

Dói, não é?

O que é doer? É um pouco dolorido. É como se as mãos ficassem ressacadas e as pontas dos dedos rachassem.

Observei atentamente suas mãos depois disso. Movimentando as vagens para cima e para baixo com habilidade, às vezes trocando para o terceiro ou quarto dedos para espalhar a dor. Trabalhando com rapidez, sem reclamar.

Não, ela pediu. Não olhe.

< >

Certa vez me contou que não esperava passar dos 50 ou 55 anos. Pelo que sabia do dano causado aos órgãos pela febre. Também confessou que de uma maneira estranha era mais feliz aqui do que jamais fora. Mesmo com todas as perdas. Era mais feliz *sendo* o que quer que fosse. Mais do que *esperando*.

< >

Perdi a conta. Dos dias. Talvez fossem cinco, talvez nove. O tempo se expandia como um acordeão arquejante tocando música sincera.

O tempo era quente e seco. Dia após dia. As águas do riacho estavam mais baixas, havia menos correnteza, menos murmulho, as quedas d'água atenuadas e o véu branco que respingava sobre a borda da pedra, minguando. O riacho tinha outro ânimo. Menos exuberante. Algumas vezes acordava no meio da noite e deitava na rede, sacudindo meu pé para fora do saco de dormir na noite gelada e encontrava o chão áspero com meu pé descalço, balançando-me para frente e para trás. E contemplava as estrelas nadando contra sua trama de folhas. Como um peixe caindo na rede.

É o que somos, o que fazemos: caímos em uma rede e empurramos, empurramos, uma rede que não existe. Os nós da trama são tão fortes quanto nossas crenças. Nossos medos.

Hã. Admita: você não tem a menor ideia do que está fazendo, nunca teve. Com todas as redes no mundo, reais ou imaginárias. Nadamos em meio a um cardume cintilante, seguindo o rabo do peixe da frente. Quase sempre. Mordiscando tudo o que passa, independentemente da corrente em que nadamos.

Até mesmo o amor de sua vida parecia ser um golpe de sorte, como se ela pudesse desaparecer no meio das barbatanas a qualquer momento. E assim foi.

O que você está fazendo?

Não sei.

Balançando, balançando. Para frente e para trás. Embalando. Empurra. Solta. Balança para trás. As estrelas, as folhas, até o som do riacho pulsava para frente e para trás. O som de um barco. De uma rede. Do balanço de uma criança. De um ventre. Para frente e para trás. Balançando, balançando. Cheiro de corrente de água fria, de pedra, de esterco, de flores se abrindo. Sono.

< >

Ele colocou a situação em termos simples. Foi até a rede com uma xícara fumegante assim que o dia raiou. Já tinham feito chá e café há muito tempo, agora preparavam uma mistura de pinhão torrado e chá mórmon, que era amargo e esfumaçado, nada mal. Sentou-se no tronco serrado que eu usava como mesa de apoio. Fez um leve aceno na direção do tronco pedindo permissão, tirou o revólver, deixou-o sobre minha mochila e se sentou. Entregou-me a xícara. Ergui as costas e me sentei com uma perna de cada lado do cobertor que servia de rede. Girei o botão do cérebro para o modo silenciar, para o fluxo de imagens. Estava sonhando novamente com minha casa, desta vez não no campo, mas minha casa, nossa verdadeira casa na sua rua, na região oeste da cidade, a duas quadras do lago. No entanto, ela não se parecia com nossa casa, era um abrigo baixo de tijolos com chaminés que sabia ser um crematório, e estava novamente confuso, do lado de fora, pensando onde iria dormir, onde iria alimentar Jasper.

Suponho que ouvi seus passos junto ao riacho. Acordei da confusão do sonho para entrar na mistura de perdas, na luz suave, mas em um mundo onde tudo são perdas, como acordar do ar para o ar.

O que um peixe pode saber da água? Muito, acho.

Interrompi o sonho, peguei a xícara. Tinha a impressão de que ele nunca dormia. Talvez porque as feições de seu rosto jamais fossem vagas. Elas se tornavam mais rígidas com a raiva, mas eram sempre rígidas.

Em algumas semanas, se não chover, e não vai, será hora de ir.

Sentei-me mais ereto.

Disse-lhe que eu poderia ir embora a qualquer hora. É só dizer.

Ele fez que não.

Vocês estão sendo muito hospitaleiros, acrescentei com seriedade. Acho que estou engordando.

Ele não sorriu.

Não estou me referindo a você. Quero dizer nós. Nós três. Você vai nos tirar daqui com seu avião.

Pisquei. Coloquei a xícara no colo.

Você tem alguma ideia de como é o mundo lá fora? Tem? Por que sairia daqui? Deste pequeno paraíso? Onde você e o que restou da sua família poderiam viver em paz?

Era isso o que estava pensando. Perguntei: Por quê?

Seca.

Olhei de relance para a corrente que marulhava, a campina verde.

No verão passado, o riacho quase secou. Tivemos de cavar o fundo do riacho para tirar um pouco de água para beber. Metade do nosso gado morreu. Está ficando pior a cada ano. Está ficando mais quente, como disseram que seria.

Ele bebeu de sua xícara.

Sabíamos que teríamos de cair fora. Provavelmente na primavera. Não tínhamos ideia de para onde ir. E há também o medo de viajar sem água. Se aqui estamos tendo seca, o que estará acontecendo fora?

Abriu o bolso no peito de sua camisa e tirou o Copenhagen. Tirou um pedaço pequeno e me entregou a lata.

Então você apareceu no avião. E pensar que quase o matei.

Bem, definitivamente isso pede um pouco de fumo. Tirei um pedaço, entreguei-lhe de volta. Senti o prazer familiar de apertá-lo debaixo do lábio superior, a leve agitação.

Você está querendo vir comigo?

Não é questão de querer, Higs.

Rima com Big, eu disse. Velho estúpido.

Ele pestanejou.

Vocês dois querem ir de avião comigo para Erie, para o aeroporto? Morar conosco? Bangley e eu? Nas planícies?

Ele se inclinou à frente, no pedaço de tronco, cuspiu. Eu *quero ficar aqui*. Viver meus últimos anos em paz com minha filha. Estamos quites. Em toda essa porcaria de episódio.

Sacudiu a cabeça como se quisesse afastar os pensamentos. A vida que conheci quando voltei. Saí do exército, foi quando voltei para a fazenda. Sabia que seria muito diferente do que é. Estamos quites.

Ele bufou. Sua mão estava trêmula quando levou a xícara aos lábios. Esfregou o dorso do punho no canto do olho.

Essa fazenda era de meu avô. Ele criava gado aqui no verão ainda antes de a maldita Secretaria de Agricultura e Agropecuária arrendá-la.

Lembro-me de que a morte do seu pasto doeu mais, muito mais, do que a morte da raça humana. Passei a gostar mais dele durante aquela época.

Por que não cavaram um poço?

Ele fez uma careta. Não pense que não tentei. Debaixo deste cânion inteiro só se acham pedras. Mais de um metro de profundidade de pedras. Não se pode nem cavar uma sepultura decente.

< >

Nos minutos em que estivemos ali sentados, o amarelo-acinzentado e granuloso da madrugada mesclava-se com uma luz mais suave e brilhante, como água translúcida se espalhando sobre a areia úmida. O campo pode estar morrendo. Sabia que a quantidade de neve era menor a cada ano na região de Divide, o período de escoamento das águas chegava cada vez mais cedo, a água dos rios estava baixando e eles ficavam mais estreitos no outono. Mas nesse momento ouvi um pássaro cambaxirra do cânion, as seis, sete, oito notas ritmadas descendo uma escala nunca usada por um homem. E outro respondia. Ouvi uma cotovia do outro lado do campo e observei o voo do mergulho do martim-pescador que via quase todas as manhãs. Movimentando-se com rapidez correnteza acima. Os rios maiores, como o Gunnison, não estavam secando. Não ainda.

Seu rosto estava rígido, ele olhava adiante. Seja lá quem fosse e o que tenha feito, amava sua terra, sua filha, com uma intensidade tão natural e espontânea quanto o clima.

O problema imediato que se apresentava era: será que podia decolar da campina curta de salgueiros com o peso extra? Não seria nada fácil. Talvez não com os dois. Talvez não com um.

Não tenho combustível suficiente para voltar, expliquei.

Ele contraiu o rosto. Seus olhos se voltaram para mim e endureceram.

Não me venha com essa, Higs.
Hig. Rima com Big, se esquecer.

Só então me ocorreu que talvez fosse melhor ser um pouco mais diplomático. Se não pudesse levá-los dali no avião, ele poderia simplesmente atirar em mim. Merda. Estava começando a me sentir usado. Amado apenas pelo meu poder aéreo. Como os Estados Unidos antigamente. Primeiro Bangley, agora isso. E se não tivesse um avião? E se eu fosse apenas Big Hig, somente passando pelo mundo oferecendo o que podia, um pouco de gentileza, alguma compaixão, algum conhecimento técnico, mas sem avião? A quem está enganando. *Bangue.*

Pergunte aos caras do caminhão de Coca-Cola.

O quê?

Desculpe. Tanto tempo sozinho e às vezes não percebo que estou falando comigo mesmo.

Virei-me na direção da correnteza e cuspi.

Não estou brincando. Passei do meu ponto sem retorno. Mais ou menos ao redor de Colbran.

Analisou meu rosto novamente. A emoção era difícil de ser lida, mas seus olhos se movimentavam pelas minhas feições como um pedreiro tirando medidas de uma parede muito velha. Havia um franco ressentimento em seus olhos que me enervava.

Higs, você vai nos tirar daqui. Vai nos levar para uma cidade, uma base militar, não me interessa, e eu vou tratar de arranjar combustível.

Estremeci. Aposto que vai.

Combustível para automóvel não vai servir.

O quê?

Depois de três anos nada serviria. Mesmo acrescentando chumbo. Passou da validade. Não é mais estável o suficiente. O combustível 100LL é muito mais estável. Ainda é bom, mas é impossível fazê-lo durar nove anos... Qualquer combustível por aí já era há muito tempo.

Ele mordeu a parte de dentro da boca. Não cuspiu uma só vez, acho que engoliu o fumo.

Não me preocupava estar em Erie. Tinha as coordenadas de um depósito em Commerce City com estoque de PRI, um aditivo que "restaura o combustível como se tivesse saído da refinaria", segundo informavam as pesquisas. Como mágica. O suficiente para durar pelo menos mais uma década. Mas. Por esses lados quem é que sabe. Até mesmo o combustível de avião pode não funcionar. Isso depende das condições dos tanques.

Era difícil olhar para ele. Não me sentia mais como uma parede de pedras. Sentia-me como um coelho. Pego de surpresa.

Por que veio até aqui? Perguntou com franqueza.

Não respondi. Não por estar na defensiva ou por estar reticente. Simplesmente não sabia. Não sabia ao certo.

Você entrou no avião e passou do ponto sem retorno. Em um mundo onde talvez não haja mais combustível que preste. Deixou um refúgio seguro, uma parceria que funcionava. Trocou por um campo que não é nem um pouco seguro, onde qualquer um que se conheça provavelmente vai tentar matá-lo. Se não for pela predação, será pela doença. Que merda você tinha na cabeça? Hig.

Meu cachorro morreu, eu disse.

< >

Contei-lhe sobre a transmissão de rádio que captei três anos antes. Contei-lhe sobre a caça, a pesca, a morte de Jasper e sobre ter matado o garoto e outros, e de estar tudo perdido para mim.

Não consegui pensar em algo melhor, admiti.

< >

Ele sabia de tudo. Sabia que um Cessna 182 do ano de fabricação da Fera geralmente tinha capacidade para 208 litros de combustível. Sabia que a queima de combustível era de aproximadamente 49 litros por hora. Sabia as distâncias aproximadas. Tinha calculado tudo. Ele calculara que eu estava certo quanto ao ponto sem retorno. Imaginou que eu tinha duas latas extras. O que ele imaginara, e imaginara errado, era que eu sabia o que estava fazendo.

< >

Iremos para Junction. Poderemos checar o que você queria ter checado. A torre, o aeroporto. Então abasteceremos. E voltaremos para onde Bangley está. Se ele não gostar, nós o convenceremos.

Não sei se consigo decolar com vocês dois. Daquela planície.

Ah, consegue. Mesmo que tivermos de cortar suas pernas fora e apoiá-lo no assento. Consigo manejar os pedais do leme de direção.

Deu um sorriso sinistro, mas vi uma sombra de preocupação cruzar o inverno de seus olhos.

< >

Não fazia sentido abater os animais da fazenda para fazer mais carne seca. Tínhamos mais ou menos nove quilos de carne do cervo que matei e não podíamos levar mais peso. Provavelmente não poderíamos levar essa carne. Cima disse que os animais da fazenda iriam se arranjar sozinhos e que o desejo de Deus seria o de trazer chuva suficiente nessa estação para que sobrevivessem.

Ela queria levar um carneiro e uma ovelha.

Eles não podem pesar mais de nove quilos cada.

Tentei explicar que um avião pequeno era mais parecido com uma pipa do que com um caminhão. Contei-lhe que quando estava aprendendo a pilotar com David Harner, em Montana, ele berrava comigo nos primeiros dias enquanto tentava aterrissar o Cessna 172 nos aeroportos ao redor das praias de Flathead Lake. Quando cheguei à fase final e o avião dava guinadas e mudava de direção como um pato doente, ele gritava: *Meu Deus, Hig! Você dirige moto? Sim! Você dirige picape? Sim! Mas isso aqui não é nenhum dos dois! Isso é um pássaro! Ajustes sutis, ajustes sutis! Meu Deus! Isso foi atroz!*

Ela riu.

Harner, meu instrutor, tinha sido lenhador. Um lenhador de madeiras grandes quando ainda havia árvores grandes no noroeste. Ele percorria as montanhas íngremes de cima a baixo carregando uma motosserra de 22 quilos e 1,30 metro de comprimento, cortando mais árvores do que qualquer um no país todo. Um tipo de Paul Bunyan[13] vivo.

Você se lembra dele? Paul Bunyan?

É claro.

Só para ter certeza. No seu aniversário de 30 anos, os amigos de Dave lhe deram uma aula de demonstração de aviação

[13] Paul Bunyan é um herói do folclore norte-americano, geralmente descrito como um gigante e lenhador de habilidade incomum (N.T.).

no aeroporto local. Na cidade de Kalispell. Eles queriam que Dave visse com os próprios olhos o campo que ele tinha derrubado. Tocante. Então ele subiu no avião com um garoto chamado Billy, na época piloto de aviões pequenos, pegou os controles para taxiar e acertou o jeito dos pedais imediatamente, com toques sutis — não como eu, que quase destruí uma loja de departamentos quando taxiei pela primeira vez. Dave dominou o avião na decolagem e eles subiram por Kalispell. Ele fez exatamente o que Billy lhe mandou fazer, e estava incrivelmente relaxado. Afinal, ele me contou, o que poderia ser assustador depois de subir e descer 40 encostas com uma lâmina cruel berrando e uma tonelada de madeira caindo em volta de você? Isso é tranquilo, definiu ele. É fantástico, quase divino, calmo. Ele disse: Hig, foi como voar dentro de uma fotografia, uma daquelas fotos maravilhosas do campo, tudo calmo e silencioso, como queremos que o mundo seja. Ele estava falando do distanciamento corpóreo que se tem ao voar. Como se o mundo fosse perfeito, como um trem em miniatura na ferrovia, e nada de mal vai acontecer.

Entendo.

É. Ele se apaixonou naquele momento. Aconteceu quase o mesmo comigo, tirando o fato de que ele era um piloto nato, e eu não.

Você tem alguma qualidade nata? Para alguma coisa?

Pensei em perdas. Era bom para lidar com perdas. Parece ser uma missão na minha vida. É claro que não disse isso, quem sou eu para dizer uma coisa dessas?

Pesca, acho. As trutas costumavam se atirar em mim. E você?

Ela balançou a cabeça.

< >

Passei algum tempo na Fera. Subi a escada de madeira, fui caminhando rio acima para fora do cânion. O verão me pegou desprevenido. Andava debaixo do Sol, passando de uma sombra à outra, o clima não estava mais agradável. Já estava bem quente no meio da manhã. As águas baixavam perceptivelmente dia após dia. O fundo do rio mostrava suas costelas. Troncos de madeira e fragmentos de rocha se escoravam nas pedras, que estavam cada vez mais protuberantes. Isso me assustava. A corrente estava diminuindo mais cedo e com rapidez. Com certeza iria secar. Até mesmo os peixes mais tolerantes à água quente, até esses morreriam. As carpas e os bagres. Lagostins. Sapos.

As agulhas secas dos pinheiros se quebravam e crepitavam debaixo das minhas botas. Elas refletiam o Sol nos lugares sem sombra, portanto não havia alívio para os olhos ao olhar para baixo. Duas semanas agora, ou algo parecido, e a maioria das flores já tinham caído. Foi a primavera mais rápida de todas.

Nos ciclos de antigamente, a seca seria interrompida, a monção viria, a neve cobriria tudo e a vida voltaria. De que forma, era um mistério. Para mim. As trutas, as do tipo *cutthroat* que estão aqui há mais tempo que nós, os sapos leopardos e as salamandras, de algum modo retornariam no ano seguinte. De onde? Talvez no esôfago dos pássaros, não sei. Mas agora, provavelmente, não.

Subi a trilha em zigue-zague pelo arquipélago, as ilhas de sombra feita pelos pinheiros ponderosa. A trilha cheirava a casca de árvore tostando, o chão ainda úmido começando a secar. Molestado pelo zumbido típico do verão de uma mutuca. Os cedros estavam densos no topo. Espessos e com os troncos retorcidos, entortando-se para buscar a luz do Sol, envolvendo rochas com braços desajeitados e consoladores, crescendo lentamente, jamais cortados. Alguns deles eram provavelmente pequenas mudas ainda quando Cortes estava olhando para seus homens com grande desconfiança. Atravessei a campina aberta, dei batidinhas de leve no nariz da Fera.

Senti saudades.

Olhei para a pequena reserva ecológica. Era baixa. Os pinheiros, afinal, não eram tão altos, seis metros no máximo, mas os pinheiros mais atrás tinham uns 12 metros de altura. Poderíamos cortá-los.

Seria bem melhor se estivéssemos no meio do inverno. O calor faria uma diferença enorme. O ar frio mais denso, o ar quente derrubando o desempenho de maneira chocante. Partiríamos no escuro, logo após o pôr do sol, seguro o suficiente para enxergar e próximo do horário mais fresco.

Era isso o que queria. Coloquei a cabeça dentro da Fera, ela sempre tinha o mesmo cheiro. O cheiro de Jasper, o cheiro do que era provavelmente os anos 1950 ainda. Puxei o Manual do Piloto, o original de 1956. Era um livro fininho, certamente com menos de um centímetro de largura, 88 páginas com uma ilustração do avião na capa. Na parte de trás estão as tabelas de desempenho. Essas tabelas são uma maravilha — é algo que não tem valor. São o resultado de testes de pilotos nesse mesmo modelo com diversas decolagens. De altitudes diferentes. Em temperaturas diferentes. Técnicos de jaleco branco e com aqueles óculos grossos de armação preta registraram as informações e puseram-nas em gráficos com curvas belas, simples e serenas. Eles voltavam para seus lares e esposas e bebiam uísque com gelo em copos multifacetados. E o que faziam os pilotos de teste? Eles eram pilotos veteranos de guerra, Segunda Guerra Mundial, que bombardearam o Japão e metralharam, do ar, aeroportos, na Áustria, estabelecendo-se nos novos subúrbios como os personagens que James Dickey escreveu. Ao voltarem para o pequeno *cockpit* na central de testes da Cessna em Wichita, com o avião trepidando ao seu modo familiar, como qualquer avião à hélice, e depois o antigo comandante de voo sentia-se como aquele cavaleiro experiente que se movimenta com ritmo sobre qualquer cavalo, com aquela sensação complexa e simples de se sentir em casa e estar livre de qualquer limitação mundana.

Na parte de trás de meu pequeno manual do proprietário estavam as páginas dessas tabelas e gráficos. Distâncias de decolagem e de rolagem. Folheei — com cautela — sempre manuseava o manual como se fosse um artefato antigo e inestimável — até a página com o título Informação Sobre Decolagem. Percorri meus dedos pelas altitudes dos aeroportos até 2.200 metros e desci pela coluna da temperatura do ar em Celsius. A distância da decolagem com peso vazio para passar por um obstáculo de 15 metros de altura a 0 grau Celsius sem vento contrário era de 290 metros. Viu? Não me pergunte. O ar é menos denso à medida que esquenta. Então fiz algo que nunca faço, nunca fizera desde o teste para piloto particular: peguei a tabela certificada de peso e balanceamento da aeronave que mantinha dobrada no bolso da antepara ao lado de meu joelho. Cada aeronave tem uma tabela específica. Cargas e momentos. Puxei o papel xerocado e comecei a calcular o problema. Coloquei Papi na frente (80 quilos), Cima atrás (55 quilos) e uma bolsa de provisões (9 quilos). Dezoito litros de água (18 quilos). Nada de carneirinhos. As embalagens de combustível acabaram, pois coloquei todo o combustível no tanque. Calculei o combustível, as armas, os rifles, a espingarda de caça, os revólveres, quatro granadas. Ponto final. Dois quartos de óleo.

Rabisquei com lápis um pedaço de papel e cheguei aos números. Deixei o papel no assento com a porta aberta, não havia vento, e andei pela trilha até a campina.

< >

Cento e oitenta e um, cento e oitenta e dois. Contei meus passos. Isso me fez lembrar de quando contava os segundos esperando por Bangley em um conflito armado. Contornei os sulcos. Avistei um gavião dando voltas na direção norte. Quando cheguei a duzentos passos e vi o quanto havia de terreno livre à minha frente, percebi. Não tinha comprimento suficiente. Duzentos metros no máximo. Não tinha jeito.

Última vez. Já sabia, mas chequei novamente. Peguei uma tábua de madeira corpulenta do mesmo bolso do assento. Havia uma ticada com uma caneta em intervalos ao longo da tábua, marcando 5, 10, 15 ao longo do comprimento, até 30. Galões. Subi nos montantes do avião, abri a tampa do combustível do tanque no topo da asa e abaixei a tábua. Retirei-a, afastei-a da luz do Sol e percebi o rápido desaparecimento e a umidade cáustica. Fiz o mesmo do outro lado.

< >

Os caras de jaleco branco. O piloto de combate com seu uniforme de voo. Sua mulher no aconchego do lar. Ele assobia, tamborila com os dedos sobre o manche do Cessna ao ritmo de *Rock Around the Clock*. Em 1955. Tudo estava para eclodir: a música frenética, a brincadeira de fazer rodar o arco com a cintura, meninas surfistas, Elvis, tudo isso agora, a distância, parece uma compensação desvairada — pelo quê? O Grande Medo. À espreita. A primeira vez na história, talvez desde a Arca de Noé, que a humanidade contemplou o Fim do Mundo. Algum desentendimento grosseiro poderia chegar aos telefones vermelhos, um dedo trêmulo poderia apertar o botão vermelho e tudo iria pelos ares. Tudo. Em questão de minutos. Em meio à fumaça e o fogo em forma de cogumelo, as mortes mais terríveis. O que isso deve ter causado à psique. As vibrações subitamente causando os movimentos mais profundos, em tons nunca antes ouvidos. Como um vento forte o suficiente para, pela primeira vez, movimentar os sinos mais pesados e os pratos de bronze enferrujados pendurados na passagem entre montanhas. Escute: os sons graves aterrorizantes. Insinuando-se pelas entranhas, os espaços entre neurônios, gemendo com a morte absoluta. O que você faria? Mexeria os quadris, inventaria o rock' n roll.

Os homens na central de testes da Cessna compilavam os números, as distâncias. Levantando dados contra os menores acidentes enquanto o medo do Dia Final sufocava seus sonhos. Será que era assim? Não sei. Estou dramatizando demais. Mas, tendo em vista o que aconteceu, como é possível? Não se pode exagerar as coisas. Não há mais exageros, apenas uma completa extinção aumentando. Ninguém acreditaria em uma coisa dessas.

Os pilotos de teste estavam trabalhando em condições perfeitas no asfalto macio. Um terreno liso derruba a porcentagem do desempenho, e a trilha difícil nesse campo de sálvias era outra história. Podíamos preencher os sulcos, alisando o melhor que pudéssemos, mas.

Desenrolei a mangueira e aspirei 45 litros de volta para as latas com o sifão. Não precisaríamos desse combustível para chegar até Junction e diminuiríamos 32 quilos. Depois pensei: Não deixe o combustível no limite, então subi novamente na haste de apoio para despejar o que julguei serem cerca de sete litros. Deixei a lata cheia no meio dos arbustos de sálvia, esvaziei a outra no chão e depois acomodei a lata vazia de volta na Fera. Então fui pescar. Tirei o estojo da vara de pesca de trás de meu assento e a mochila com o estojo de iscas artificiais e fios de náilon, e desci novamente até o cânion.

< >

Meus cálculos mostraram que a melhor forma de ter qualquer chance de decolar e passar pelas árvores era deixando o velho.

Imaginei como isso seria recebido. Imaginava a conversa. Quase conseguia ouvir o tinido de seu facão saindo da bainha e o meu gemido no ponto em que a lâmina vinha cortar meu pescoço. *Não me sacaneie, Higs! Eu lhe disse para não me sacanear.*

Peguei cinco carpas. Passei uma pena de rabo de faisão pelo fundo do rio e puxei uma após a outra. O falcão-peregrino plainava sobre uma parede do cânion acima de mim e deixou-se cair, abrindo as asas sobre as árvores do riacho. Acho que estava me observando, curioso. Os falcões-peregrinos comem peixe? As carpas eram peixes magricelos, compridos e finos, e percebi com grande tristeza que as carpas estavam famintas. A mudança de temperatura da água também as afetou, ou à sua comida. Tirei-as do anzol com um cuidado todo especial, o cuidado que sempre reservava às trutas, segurando-as cuidadosamente enquanto nadavam em minhas mãos em concha contra a corrente, até que suas guelras se enchessem e as ondulações de seu rabo se fortalecessem e elas saíssem nadando. Desisti, não sentia mais vontade de pescar.

As trutas se foram, os alces, os tigres, os elefantes, os mamíferos. Se eu acordar chorando no meio da noite — não que eu faça isso — será porque até as carpas se foram.

Imaginei a conversa. Posso levar sua filha e nove quilos de carne seca, mas não você.

Mas. A lâmpada se apagou. Hig, você teve o que costumam chamar de revelação. Descobrir algo, uma conexão intelectual, valia ouro. Eureca.

Levaria a tabela de pesos e balanceamento, o lápis e o papel, o frágil manual do piloto com sua capa solta e suas tabelas incontestáveis, e faria os cálculos como se fosse a primeira vez, deixando que cada um chegasse às suas próprias conclusões.

Ela almoçava à mesa debaixo da sombra. Uma jarra de leite frio, carne seca, salada de cordeiro com alface e cebolas verdes. Sentei-me. Papi ficou me observando. Seguia-me com os olhos enquanto mastigava. Ela estava se movimentando com mais facilidade hoje, mais leve. Os hematomas pareciam estar sumindo, seu humor estava melhor. Ela comia vagarosamente, inspirando profundamente como se estivesse sentindo o cheiro do riacho, cada novo florescer.

Você consegue? Ele disse por fim. Colocou o copo na mesa, enxugou a boca na manga da camisa e esperou.

Não.

Ela baixou o garfo. A mochila estava aos meus pés. Abri a mochila, afrouxei o cordão, tirei o manual, as folhas, tirei o toco de lápis de dentro de meu boné.

Peso e balanceamento, afirmou. Assenti. Distância de decolagem, disse.

Sim.

Ele não era bobo. Tinha rabiscado apenas a fórmula e deixado os pesos em branco. No topo da página, no canto direito, anotara alguns pesos: um galão de gasolina de avião = 3 quilos. Um galão de água = 3,5 quilos. Atualmente nos tanques: 53 litros.

Despistei. Não fui direto ao ponto. Comi.

< >

Ele era direto. Independentemente de qual fosse sua função antes na fazenda, no exército, ele não perdia tempo. Pegou o lápis e se pôs a calcular. Não perguntou: Isso está certo? É assim que se faz? Já faz algum tempo... Que não vejo algo assim. Um homem sem o hábito de se justificar, dar desculpas. Em nenhum momento disse: Hig, cheque meus cálculos, por favor. Que nada, o filho da mãe olhou uma vez para o problema, começou a multiplicar, preenchendo os espaços, trabalhando na equação. Eu o vi fazer uma lista embaixo, do lado direito da página de provisões, cada uma com seu peso estimado. Ele tentou de três maneiras diferentes e a cada uma o vi riscando dois ou três itens da lista. Reduziu a água para 11 litros. Riscou a embalagem de combustível.

Hã-hã.

Levantou os olhos.

O garrafão de combustível. A mangueira com o sifão. Quatro quilos e meio. São essenciais. E se tivermos de andar para pegar combustível?

Ele concordou, recolocando-os de volta à lista.

Então cortou o combustível de avião, reduzindo os tanques de 14 para 10.

Não.

Interrompi-o de novo. O lápis parou, a sobrancelha se ergueu.

O combustível fica.

São 56 quilômetros até Grand Junction, no máximo. A cento e vinte milhas por hora com vento de frente. Ponto três horas, 49 litros por hora. Dez dá e sobra.

Pode esquecer. Se tivermos de dar voltas, verificar as estradas, pistas de rodagem, se atirarem em nós, se tivermos de encontrar uma estrada.

Ele concordou. Recomeçou. Por fim colocou o lápis sobre a mesa, endireitou os braços contra a lateral da mesa, sentou-se para trás. Fitou-me. Achei ter visto ódio. Difícil dizer no caso de Papi.

Você já fez os cálculos, não é?

Fiz que sim.

Eu fico, ela vai.

Concordei.

Você já sabia.

Disse que sim. Ele me encarou. Uma luz móvel se moveu sobre suas feições. Deu-lhe um ar de animação, embora eu não ache que nada se mexeu. Eu diria: Poderia ter ouvido uma gota cair, mas. Não com o riacho bem ali. Ele me encarou, assentiu vagarosamente.

Certo, declarou.

Assim. Estava decidido. Agora eu realmente gostava do velhote, tinha de reconhecer. Ele tomou o remédio, sem lamentações.

Sorri para ele, talvez pela primeira vez.

É por isso que precisamos de 53 litros, disse. Um dos motivos.

Ele pareceu confuso, piscou, empurrou a língua para debaixo do lábio onde sabia que ele guardava seu fumo de mascar.

Precisamos de 53 litros porque temos de aterrissar e decolar novamente. Nós o pegaremos na estrada. Não será problema. Há um trecho satisfatório em linha reta na saída da ponte. É a pista de decolagem de que precisamos. Vai ser moleza.

Ele não deixou sua expressão suavizar, não chegou nem perto. Apenas uma sutil mudança no inverno de seu olhar. Achei ter visto um leve degelo, uma reavaliação.

Você pode ir caminhando um dia antes e nós o pegaremos ao amanhecer.

Está certo, concordou novamente, e foi isso.

< LIVRO TRÊS >

< I >

Não havia pressa. Havia muita água nos rios grandes se por acaso ficássemos presos em Junction. Esperaríamos duas semanas, engordando, esperando o verão chegar ao seu auge, deixando o barco correr enquanto fosse possível. Que baixe o rio. Decidi curtir. Estava tratando isso tudo como se fossem férias, as primeiras que tivera desde então.

Desde que fizera o inesperado plano de contingência, as coisas ficaram um pouco mais leves. Honestamente, fiquei admirado por tê-lo surpreendido com a ideia de pegá-lo depois. Ele era muito perspicaz, um estrategista. Como Bangley, sempre pensando em três movimentos à frente na crise, e com sangue frio.

Mais tarde me toquei de que essa opção deve ter lhe ocorrido de imediato. Respeitei-o ainda mais. Ele sabia.

Era óbvio para ele que poderíamos decolar sem ele e pegá-lo mais tarde, mas ele iria ficar calado. Por dois motivos, imaginei. Primeiro, ele era o tipo de cara que pensava: *nunca aceite aquilo que não foi oferecido gratuitamente*. E segundo: ele tinha um conflito em relação à partida. Parte dele, talvez a maior, queria ficar, para assistir ao riacho definhar, para ajudar os animais da fazenda na transição para o próximo mundo, para morrer com seu rancho, moldando-se ao solo pedregoso.

Para um homem da sua idade e com seus valores, essa opção era, de muitas maneiras, preferível à outra. A viagem a uma terra estranha — porque era uma Terra Estranha agora, em todos os sentidos. Além do mais, era uma terra de planícies, e não montanhas, e com regras que não as suas. O panorama era desanimador. E se tivesse contado à filha que essa era sua preferência, ele a teria magoado profundamente, ela jamais o deixaria para trás, ela ficaria histérica, do modo que uma mulher que passou pelo que ela já passara ficaria. Ela não o perdoaria.

Portanto, o frágil e pequeno Manual do Piloto com sua tabela de distâncias de decolagem, a curva incontestável além da qual não havia vida em lugar nenhum, somente uma aeronave instável lutando para passar por cima das árvores baixas, esbarrando seu trem de pouso, depois as asas, as rodas... Era seu bilhete de saída. Saída do avião. Talvez seja por isso que ele não pareceu chocado. Por isso calculara o peso e o balanceamento na frente dela.

Ao pensar nisso desta forma, quase senti arrependimento por ter levantado a questão. Se ele queria morrer ali, tinha maturidade para fazer sua escolha. Mas.

Balancei a rede. Recitei cada poema que tinha memorizado pela metade. Fui pescar na parte de cima e na parte de baixo do rio. Comi. Preenchi os sulcos de nossa pista de decolagem com a pá, ceifei o matagal. Ajudei Cima a colher as verduras da horta, as primeiras folhas.

A horta era boa. A terra era rica, bem mais rica que a nossa no aeroporto. Era cheia de minhocas e escura do esterco que se espalhou ano após ano. As famílias me davam esterco de galinha, mas não era suficiente, não era como este. De manhã bem cedo, à sombra das árvores maiores, a terra era fria e úmida, as plantas novas sempre cobertas de orvalho. Que cheiro bom. A sombra recuava e eu gostava de ficar só de cuecas boxer para que os joelhos sentissem a terra úmida e o Sol a pino aquecesse minhas costas. A cesta encrustada de terra ficava ao nosso lado, entre as fileiras.

Por que você voltou para o leste? Perguntei.

Ganhei uma bolsa de estudos em Dartmouth.

Meu tio estudou lá. Você era filha única?

Ela sacudiu a cabeça negativamente.

Tinha um irmão gêmeo. Ele morreu quando tínhamos 15 anos. Motocicleta.

Meu Deus.

Eu tinha boas notas. Notas altas nos testes. Ia ser veterinária, iria para a Colorado State University, voltaria para casa e começaria a prática em animais de grande porte. Durante toda minha vida foi isso o que pensei em fazer. Tínhamos um orientador, o Sr. Sykes.

Ele tinha um bom histórico de encaminhamento para as faculdades, mas controlava quem ia para onde de uma maneira tão rigorosa que todos o chamavam de Sr. Saco. Um dia na aula de inglês, no meu primeiro ano, ele deu uma batidinha no vidro da porta da sala de aula, entrou e me entregou um bilhete dobrado. O bilhete dizia, "Vá à minha sala às 12h45min." No horário do almoço. Lembrome de que estávamos falando sobre o poema A *Canção de Amor de J. Alfred Prufrock*, de T.S. Elliot. Você conhece?

Eu adorava esse poema até analisá-lo no Ensino Médio. Você sabia que há um significado oculto?

É mesmo?

Sim. Sexo, arte e conhecimentos acadêmicos são armas usadas em sala de aula.

Humm... Que coisa estranha para ensinar a aspirantes a acadêmicos.

Não éramos aspirantes ao mundo acadêmico. Tínhamos de ir trabalhar para a Storage Tek ou para a transportadora UPS. Ou para a cerveja Coors.

O bilhete. Do professor Sykes, acrescentei.

Ah. Meu coração disparou. Todo ano Dartmouth dava uma bolsa de estudos para um aluno da Delta High. A bolsa de estudos era patrocinada pelo homem que construiu a fábrica de compensados, um ex-aluno. Acho que se sentia mal por toda a fumaça de formaldeído que exalava no inverno quando havia uma inversão no clima. Todo ano, no segundo semestre, um aluno recebia um bilhete de Sykes para ir até sua sala no horário do almoço. Ele controlava o processo, escolhia o aluno. Acho que aquilo nem era legal, mas era assim que acontecia. Seu pequeno feudo. Todas as famílias, a cidade toda puxava seu saco o ano todo. Durante o restante da aula, ninguém mais conseguiu se concentrar, todos estavam olhando para mim. E minha cabeça se agitou com as possibilidades, imagens de um futuro ao qual não pertencia. As imagens se confundiam: hera cobrindo tijolos aparentes, homens ricos e bonitos vestidos com suéteres tricotados com losangos, a tripulação do remo. Você sabe, eu não fazia ideia. Na minha rotina diária, eu carregava feno antes do dia amanhecer, corria no campo depois da escola e depois voltava para casa para mais tarefas, na maior parte do tempo dando aveia e remédios para os cavalos, limpando os estábulos e fazendo meu dever de casa.

Estava vermelha como um pimentão. Quanto mais tentava me concentrar no poema, mais sentia os olhos em mim, e quando levantei os olhos e arrisquei um olhar, os olhares estavam todos em mim. Conseguia sentir a inveja. Como um vento. No fim do dia, já não tinha certeza se aquilo era uma maldição ou uma bênção. De qualquer maneira, fui à sala de Sykes. Não consegui comer nada na lanchonete, então fui ao banheiro, sentei-me no vaso sanitário e procurei respirar fundo. Ele disse: Cima, acho que você tem boas chances de conseguir uma bolsa de estudos na Ritter College. Ele era totalmente careca. Sua cabeça tinha o formato de um ovo. Lembro-me de ter visto gotículas de suor no alto de sua cabeça rosa mosqueada, como se ele estivesse na cadeira elétrica. Se não me falha a memória, ele era do estado de Illinois, perto de Chicago. Ele ordenou: Você vai escrever uma redação no seu exame sobre a vida na fazenda e a perda de Bo.

Fiquei chocada. Quase como se aquele pedido fosse uma alucinação. Bom, não era um pedido. Pode repertir? Eu pedi. Suas mãos descansavam sobre a mesa e então ele fez um triângulo perfeito com seus polegares e indicadores, franzindo os lábios e olhando para dentro do triângulo como se fosse uma janela secreta para o meu destino. Ele repetiu: Você vai escrever sobre como é ser uma garota da fazenda e como foi perder seu irmão, sua alma gêmea.

Encarei-o. Ouvira falar que ele controlava todo o processo da solicitação de vaga nas faculdades. Mas ninguém nunca me dissera nada como aquilo antes. Ele queria colocar seu pé grande e gordo, *tomp*, *tomp*, nos meus sentimentos mais íntimos. Bo era para mim como um jardim secreto. Um lugar aonde só eu poderia ir. Uma fonte de sofrimento e grande fortalecimento. Ele sorria para mim. Tinha a menor boca que já vira e apenas um lado subia. Eu me lembro. O tumulto. A vida abrira-se de maneira esplêndida e, então, veio o pavor: para conseguir teria de penhorar minha alma. Era aterrorizante. Sabia que estava vermelha até a raiz dos cabelos e não conseguia articular nada. Ele continuava sorrindo para mim. Ele disse: Você não precisa agradecer a ninguém agora, com certeza isso é muito importante para você. *Deus ex machina*. Foi o que ele disse! Como se fosse Deus! Juro. Ele pensou que eu estava muda de gratidão e na verdade eu estava furiosa. Sentia-me violada. Estava tão furiosa que poderia ter esmagado sua cabeça de ovo. Apenas balbuciei algumas palavras e saí de cabeça baixa.

Você escreveu sobre Bo?

Sim. Escrevi que meu orientador exigira que eu escrevesse sobre meu irmão gêmeo falecido. Escrevi uma longa redação, duas vezes mais comprida do que o exigido sobre certo tato que fazia parte da cultura da fazenda e porque eu achava que isso se desenvolvera, o motivo desse tato ser importante, e afirmei que uma menina da fazenda escrever sobre seu irmão gêmeo morto para agradar aos examinadores de uma faculdade de alta reputação era mais um exemplo da falta de conexão entre nós. Uma instituição do leste do país e pessoas que se estabeleceram no oeste. Não queríamos a solidariedade de ninguém. Estava muito zangada. Acho que nunca fiquei tão brava na vida. Enviei a solicitação para a bolsa de estudos sem a revisão de Sykes, o que era absolutamente contra o protocolo. Ninguém jamais fizera isso. Ele tentou interceptar meu pedido, o bastardo era muito vingativo, mas era tarde demais. Acho que ficaram tão impressionados com minha coragem de menina da fazenda ou algo parecido. Eu entrei, é claro. Minha solicitação estava entre as primeiras, consegui bolsa integral. A faculdade pressionou a escola e forçou a aposentadoria de Sykes. Sabe, a parte que ainda me incomoda nessa história toda é que eu sabia que seria aceita. Coloquei minhas emoções no papel como queriam, não é? Estava verdadeiramente furiosa, mas também sabia em algum lugar dentro de mim que isso aumentaria minhas chances. Com frequência rezo por causa disso. Pedindo desculpas a Bo por usá-lo para entrar na faculdade.

Tirei a terra das acelgas e coloquei-as na cesta.

Você não usou Bo. Escreveu exatamente o que estava sentindo.

Sim, mas sempre achei que a atitude mais honrada seria desistir de Dartmouth por conta desse tipo de expectativa, esses valores, e ter ido para Northern State. A Northern State é uma faculdade agrícola. Era.

Quantos anos você tinha? Dezessete? Você queria movimentar seus músculos. Não se dobrava, como seu pai. Ninguém no mundo é mais honesto que um jovem de 17 anos. Além do mais, não era a faculdade o problema, era o Sr. Saco.

Você entendeu o que eu quis dizer. Ele estava certo, afinal de contas. Sobre o tema que iria laçá-los. Não sei. Penso nele às vezes, um homem de meia-idade, solteiro, humilhado e despedido do único trabalho que fazia muito bem. O que será que fez do resto de sua vida, como foi para ele quando a gripe chegou. Abandonado, solitário, apavorado. São estranhas as coisas que nos mantêm acordados à noite depois de tudo o que aconteceu.

Amém, concordei.

Silêncio. Puxei um pouco de grama nova. As mãos estavam pretas de terra, como patas de urso. Ela era educada demais para perguntar. Ainda a garota da fazenda.

Quer saber o que me deixa acordado à noite?

Ela se sentou sob o Sol, endireitou-se, soprou os cabelos do rosto. Tinha um nariz afilado e reto, olhos grandes. Um pescoço delgado, agora machucado.

Não podia dizer: Coloquei um travesseiro no rosto da minha esposa no final. Senti que ela lutava nos últimos segundos tentando empurrar a morte que pedira. Um reflexo, certo? Que eu segurei firme, inclinei-me e mantive a promessa que tinha acabado de fazer. Aquela era a decisão correta. Não era?

Poderia dizer que assassinei um jovem no meio da noite? Que não o transformei em comida de cachorro? Que matei uma menina em plena luz do dia que estava correndo atrás de mim com uma faca de cozinha provavelmente querendo minha ajuda? Ou que as lembranças de pescar trutas sozinho, no riacho perto de uma montanha, com Jasper deitado à beira do riacho, eram talvez minhas lembranças mais queridas? Que muitas dessas coisas são um sonho ou poderiam ser? Que não sei mais a diferença entre sonho e recordação? Acordo de um sonho a outro e não tenho certeza do motivo pelo qual continuo? De que suspeito de que somente a curiosidade me mantém vivo? De que não tenho mais certeza se isso é suficiente?

Asfixiei minha esposa com um travesseiro. No final, quando ela pediu. Como se sacrifica um cachorro. E outras coisas. Piores.

Sua mão ainda estava segurando o maço de acelga. A mão apertou as folhas. Ela assentiu. Seus olhos foram calorosos e firmes.

Eu gostaria de ter estado lá para fazer isso por Tomas. Faria isso por ele. Por que não fiquei com meu marido? Minha mãe tinha o dela, não precisava tanto de mim quanto ele. Bem, ele ainda não havia contraído a doença. Ele tossia um pouco, mas não tínhamos certeza. Ele não tinha febre. Muitas pessoas estavam tossindo, só algumas foram diagnosticadas com a gripe. Mas eu deveria ter percebido. Na minha posição, com os primeiros relatórios chegando, eu deveria ter percebido.

Endireitou-se sobre os quadris e chorou silenciosamente. Coloquei a acelga na cesta e fui arrancar as ervas daninhas. Sacudia a terra das raízes e colocava as minhocas de volta no chão.

< >

O local mais fundo era bem abaixo das cachoeiras. Mesmo com a água mais baixa, tinha de um metro a um metro e meio de profundidade, e frio. Era difícil imaginar o riacho secando, mas secaria sem neve o suficiente, sem chuvas de verão. Quando os dias ficaram muito quentes eu tomava banho ali todos os dias. Ia no fim da tarde quando a luz do Sol chegava ao fundo do cânion. Eu gostava do contraste, quente e frio. Era protegido por salgueiros. Pendurava minha camisa em um dos galhos como uma bandeira em farrapos, assim eles saberiam que eu estava lá, e entrava na pequena piscina por um caminho existente. A água da cascata chegava até as pedras da margem, deveria estar bem mais frio lá para dentro. Agradecido, tão agradecido quanto estive o dia todo, desabotoava minha calça e desamarrava as botas, tirava a roupa. Às vezes só me sentava em meio à bruma, as pedras mais afastadas da margem eram as mais quentes, e balançava os pés e as panturrilhas dentro da água: a ondulação fria no meu peito, o Sol nas costas, os contrastes. Observava a faixa de arco-íris mudar de posição nas gotículas de água que jorravam da cachoeira.

Queria perguntar a ela: O que vocês todos sabiam sobre a gripe, sobre a pandemia que estava por vir? Vocês sabiam? A gripe realmente pegou todos de surpresa? Por que foi tão rápida? O que foi a doença no sangue que veio logo depois e por que tantos dos que sobreviveram a contraíram? Queria perguntar tudo isso desde a primeira vez que ela me contou que era médica, daquela especialidade médica. Mas ela se antecipou com a história do marido morrendo sem ela no hospital e não quis remexer em velhas feridas, mas agora estava decidido. Ela trouxe o assunto à tona. Mas então ela começou a chorar. Eu também teria chorado, mas, para dizer a verdade, estava cansado de chorar. Esgotado como um trapo humano.

Sentado ali, pelado nas pedras, balançando meus pés na água, sentindo a umidade do ar que caía da cachoeira, não ouvindo mais nada além do barulho ensurdecedor da água jorrando, o Sol quente queimando a parte de trás das minhas orelhas. Sem pensar em nada. Grato por isso. Minha hora favorita do dia. Podia dizer agora: estou em paz. Aqui, à beira do riacho que está para morrer.

Na tarde do mesmo dia em que colhemos acelgas, subi até as cachoeiras e puxei a camisa suja, suada e irreconhecível, por sobre a cabeça e achei melhor lavá-la. O que significava molhá-la, batê-la nas pedras e torcê-la. Pensei: Mais uma coisa para agradecer, Hig. Não havia uma pilha de roupas de trabalho para lavar e pendurar no varal, depois dobrar e guardar nos cubículos do closet, que era pequeno demais. Melissa e eu nunca tivemos muito espaço para nossas coisas. Você deve pensar que um carpinteiro cuidaria das pequenas arrumações, mas não. Agora eu tinha apenas uma camisa, umas calças, algumas meias. Um moletom macio por baixo e um suéter de lã cerzido várias vezes. Pensei que ia ficar fora de Erie por apenas alguns dias.

Peguei a camisa, abri caminho pelos salgueiros e ali estava ela, nua em meio à água enevoada, de frente para mim, olhando alguma coisa lá em cima. Ela era esguia e magra como os salgueiros. Dava para ver suas costelas. Pernas compridas, quadris com curvas suaves, a elevação era proeminente, o toque do cabelo escuro não a escondia totalmente. Seus seios eram um pouco pequenos, mas não pequenos. Firmes como maçãs. O que estou querendo dizer? Firmes, volumosos. Clavículas, belos ombros. Braços fortes, delgados, mas fortes. Um hematoma na parte de cima da coxa direita. Devo ter parado de respirar. Ela era, não sei dizer. Perfeita. Meu único pensamento foi: por que razão você escondia tudo isso? Debaixo de uma camisa enorme de homem? Meus olhos devem estar sem prática! Foi o que pensei. Tudo em uma fração de segundos. Porque meu reflexo foi me virar para olhar para a parede acima e ver o falcão-peregrino aterrissar no ninho carregando um pássaro, um pássaro enorme.

Como você acha que ela vai distribuir? Ela perguntou elevando a voz acima do barulho da água.

O quê? Nada daquilo parecia real. Olhei de volta para ela, ela estava um pouco virada para trás, a parte de baixo das costas tinha covinhas, seu bumbum delicado fazia outra curva perfeita. A curva que me matava. Pestanejei. Pensei. Ela não tem nada, nadinha a ver com um daqueles pôsteres de Bangley. Ela é milhões de vezes mais atraente. Respondi: Ela vai cortar em pedaços. Quer dizer, gritei sobre a cachoeira e depois me virei e escapei.

Big Hig. Muito bom com um avião, muito bom com visitantes, reduzido a um balbucio confuso.

Um pouco depois, ela me encontrou à sombra. Sua vez, ela disse sorrindo.

Ela estava passando em frente à rede, inclinando a cabeça, torcendo os cabelos molhados. Estava deitado em um tipo de choque endócrino — tentando ao mesmo tempo recordar e afastar cada detalhe do que acabara de ver. Sobressaltado novamente pela visão dela e certo de que ela podia ler minha mente. Sorri de volta, encabulado como um garoto de dezesseis anos de idade.

Quando você vai me mostrar o seu? Perguntou. Seu sorriso largo era ingênuo, e vi por um instante a corredora do ensino médio, a garota da fazenda que gostava de vencer uma corrida de cavalos.

< >

Verifiquei a Fera, completei o óleo, enchi os pneus com uma bomba de bicicleta que guardava na parte de trás. Tirei algumas sonecas. Os sonhos com a casa antiga pararam. Agora sonhava com gatos grandes, tigres, leões da montanha descendo das montanhas por entre as rochas até o rio no crepúsculo, os olhos imperturbáveis vendo tudo. No sonho havia uma sensação de graça e poder supremos, e de inteligência também. Nesses sonhos ficava cara a cara com as feras, bem próximo, olhava dentro dos seus olhos e alguma coisa era transmitida, mas nada que soubesse nomear. Quando acordei, no entanto, senti-me impregnado com algo forte, assustador e talvez até belo. Sentia-me com sorte.

Tive um sonho, deitado na rede em uma tarde quase sem vento, que Melissa e eu estávamos caçando com arco e flecha. Ela nunca fizera isso, mas eu sim. Se tivesse tempo entre um emprego e outro para sair mais cedo e pegasse uma temporada de caça mais longa, compraria uma licença para caçar com arco e flecha. No sonho não estávamos caçando gatos, caçávamos um daqueles raros carneiros monteses nos tempos de outrora, lá pelas montanhas dos Himalaias, e quando Melissa já tinha o arco esticado na direção de um cervo grande, bem próximo, gritei: NÃO!, e o animal deu um pulo e correu. Ela se voltou para mim com o rosto vermelho de fúria e traição. Quando acordei, estava agarrado à corda lateral da rede e levei um minuto para perceber onde estava, que era um sonho, e depois senti quase uma vertigem, pensando: Isto é um sonho, e um pouco aliviado por estar neste, e não naquele.

Os hematomas de Cima foram suavizando e sumindo, e novos apareciam. Parecíamos falar sem parar. Mas me sentia confortável nos silêncios que nunca eram silenciosos, mas preenchidos com pássaros, garriças e cotovias. Com as asas brilhantes dos falcões noturnos ao anoitecer. Mais tarde havia guinchos de morcegos, a agitação das folhas, o sussurro do riacho baixando. Tudo meio idílico, um pouco estranho, dadas as circunstâncias. Sentia-me confortável trabalhando ao lado dela na horta, limpando verduras à sombra da mesa de madeira. Vou lhe dizer uma coisa: não há nada mais libertador do que quando tudo termina. Quanto mais agradável era esse descanso, mais o animal enjaulado dentro de mim se recusava a se render. Quanto mais eu sonhava com Jasper, com Melissa, mais triste eu ficava. Estranho, não? Certa vez, descascando ervilhas, nossas mãos se tocaram sobre a tigela e ela deixou seus dedos ficarem nos meus. Só por um segundo. Levantei os olhos e os dela estavam firmes, sinceros, parecidos com a superfície de um lago carregado de taninos, quase negro, sem agitação, serenos, contidos, esperando. Fascinantes. Esperando para refletir uma nuvem ou serem varridos pela chuva. Eu quase não respirava.

A sinceridade, a simples existência daqueles olhos me enchiam de coragem e pavor. Devo ter recuado. Ela sorriu por dentro e voltou a debulhar as vagens. Tenho a impressão de que os médicos veem toda espécie de sintomas, nada mais deve surpreendê-los.

Tínhamos bastante carne seca, não havia razão para comermos carne de carneiro ou de boi, então não comíamos. Papi achava que alguns dos animais poderiam sobreviver aqui por conta própria se chovesse depois, se o inverno fosse moderado como o último. Quando as coisas melhorarem, podemos voltar, avaliou. Ninguém disse nem uma palavra. Papi não tinha o hábito de enganar a si próprio, mas ali estava ele, iludido. Todo homem tem seu refúgio imaginário.

Mais uma semana, duas. Alguns fios internos começaram a soltar as amarras. Nunca se sabe o quanto estamos presos até então. Papi estava cortando lenha. Acendi a fogueira para o jantar no buraco cavado do lado de fora da casa e nos sentamos nos troncos cortados para contemplar o fogo subir. Ele oscilava e sussurrava no ritmo da brisa. Naquela hora do dia, o vento vinha na direção oposta à correnteza, como fazia em todo aquele campo, mas alguma coisa em relação ao formato do cânion fazia o vento formar redemoinhos, portanto não havia nunca um local seguro ao lado do fogo, longe da fumaça. Nós já tínhamos mudado de lugar duas vezes. Meus olhos lacrimejavam com a fumaça.

A fumaça nos faz chorar e ficamos tristes, comentei. Como cortar cebolas. Sempre me deixava triste.

Ela sorriu.

Nunca estive em Nova York. Você gostava?

Adorava. Amava. Sabe quando as pessoas dizem que gostariam de ter duas vidas para poderem ser caubói em uma e ator em outra? Ou algo do tipo? Queria ter duas vidas para poder morar em Brooklyn Heights, de um lado e, digamos, East Village, do outro. Não me cansava daquilo. Queria ver os jogos dos Yankees — Yanks, não Mets — e depois para a Off Off Broadway e para as competições de declamação de poesia e me perder no Museu Metropolitano de Arte. De novo. Ia a todas as retrospectivas que havia. Comia *Sabrett´s* até ficar enjoada.

Sabrett´s?

Cachorro-quente. Com molho à base de repolho e vinagre, cebolas refogadas, mostarda, sem condimentos. Algumas noites, descia a Court Street até Carroll Gardens e voltava. Conheci todos os vendedores ambulantes, de todas as bancas, vendendo lenços de pescoço, livros infantis e relógios falsificados. Pensei: Quando tivermos filhos vou comprar o primeiro livro deles aqui. Por dois dólares! Provavelmente roubados de caminhões por gangues, não é?

Provavelmente.

Existe um mundo com uma gangue. Aquilo soava antiquado. Os bons e velhos tempos. Perguntei: E o fim? Você viu alguma coisa?

Ela fez que não. Inclinou-se à frente e empurrou a ponta de um galho para dentro do fogo. Ao fazer isso, sua camisa folgada me deixou ver seus seios novamente, mais volumosos do que deveriam ser, bronzeados, com sardas na parte de cima e brancos como o leite na parte de baixo. Não consegui tirar os olhos deles hoje. Acho que aquela parte minha acabou de acordar. Provavelmente estivera lá o tempo todo, Hig, e você estava envolto na Bruma.

A Bruma da Existência, afirmei.

O quê?

Desculpe. Às vezes falo sozinho.

Já notei.

Verdade?

Ela assentiu. Eu falo?

Nunca ouvi.

Silêncio.

Não vi o colapso, a morte em massa. Mas senti que viria. Como uma queda de pressão. Aquele tipo que é pior do que o mau tempo. Nós o tivemos algumas vezes na fazenda. Uma mudança de pressão que podíamos sentir na pulsação, nos pulmões. Um escurecimento do céu, um verde estranho com um toque de negritude. O gato estava agitado e perturbado além do presságio normal de uma trovoada. Deveria ter percebido.

Deveria mesmo. Isso eu pensei comigo mesmo. Tantos avisos. Eram tantos que deles eu poderia até ter construído casas, transformado em combustível, fertilizado o jardim.

Você sabe como começou? Nova Délhi?

Ela negou.

Foi o que a imprensa declarou. Mutação de um vírus poderoso, um dos que vinham observando por duas décadas. No fornecimento de água e tudo mais. Combinado com uma gripe aviária. Nós a chamávamos de gripe aviária africanizada, depois das abelhas assassinas. Os primeiros casos foram em Londres, mas puseram a culpa em Nova Délhi. Mas provavelmente não foi onde se originou. Ouvimos boatos de que o vírus teve origem em Livermore.

No laboratório nacional de armas?

Ela assentiu. O boato era de que era uma simples baldeação, a transferência de um transporte para outro. Uma encomenda em um voo militar com uma amostra levando-o para nossos amigos na Inglaterra. Supostamente o avião caiu em Brampton. Ninguém jamais saberá — ela olhou ao redor do cânion e deixou que o absurdo daquelas palavras viajasse no vento com a fumaça.

Agora estava completamente acordado. Ela inspirou profundamente e eu vi — Hig! Os bicos dos seios contra o tecido da camisa. Meu Deus. Hig. Você não soube de nenhuma notícia, notícia verdadeira em quase uma década. Isso te deixa excitado!

A gripe geneticamente modificada é um assunto antigo.

Certo, concordei.

Olhe-me nos olhos quando disser oi para mim.

Estremeci. Ela estava sorrindo para mim em meio à fumaça.

Calmate, soldado, brincou ela.

Nunca aprendi espanhol, murmurei.

< >

Nem sei a que horas jantamos, mas deve ter sido tarde da noite, quando o céu tinha aquele tom azul luminescente que guarda para uma única estrela. Os falcões noturnos volteavam na campina e sobre o riacho, banqueteando-se com os ovos já chocados. Eles passavam o inverno no México ou em algum outro lugar e pareciam estar se dando bem. As asas cortadas rentes, acrobáticas como as andorinhas. As faixas brancas nas asas são um clarão com a mudança repentina de direção. Pequenos piados. É uma alegria assistir aos pássaros na hora em que se alimentam.

Acho que comeram os ovos nesse momento porque não havia mais insetos. Não estava tão frio quanto estaria mais tarde com a escuridão total, os filamentos de estrelas aglomeravam-se em espirais e o calor do dia irradiava do paredão de rocha.

Levei os pratos até o riacho e lavei-os com areia. Na maioria das vezes, eles cozinhavam do lado de fora, em uma fogueira alinhada com pedras do rio. Nessas noites, pai e filha se sentavam em dois troncos e assistiam às brasas avivadas pelo vento como televisão. Coloquei os pratos úmidos na mesa, deitei na rede e tentei ver quanto tempo conseguiria ficar sem pensar em nada. Acho que meu recorde foi seis segundos.

Certa noite adormeci nu, antes de conseguir me arrastar até o saco de dormir e acordei no escuro com o peso de um cobertor sobre mim. Não fiquei assustado, pareceu-me normal. Fiz menção de me sentar e mãos suaves me empurraram de volta. Shhh, sussurrou ela. Eu fui fazer xixi e achei que você ficaria com frio dessa maneira.

Deitei.

Obrigado.

Ela se inclinou sobre mim, senti seus cabelos roçarem meu rosto, um toque de sua respiração, e então ela levantou o cobertor, esticando-se ao meu lado e insinuando sorrateiramente seus quadris, as costelas na beirada da rede apertadas contra mim, e murmurou atrás de meu pescoço.

Pronto.

Foi só. Então ela dormiu.

Ela estava usando a camisa masculina. Nada mais. Sentia o contato de sua parte íntima contra minha perna. *Mons pubis*, é isso mesmo? O início dos ossos púbicos. Fiquei deitado ali, o coração disparado. Fiz o traçado de seu corpo na minha mente, dos dedos dos pés, onde tocavam os meus, meio ossudos e frios, subindo pelas suas panturrilhas, coxas, a parte interna dos joelhos, a rótula, escondida na curva de minha perna — para ter uma ideia. Meu cérebro fez a viagem por conta própria, seguiu o mapa, demorando-se em cada ponto de interesse, cada vista cênica. Era a novidade. Meu coração batia e meu pênis se esticou e ficou comprido, e então veio a dor. Ele latejava, e minha mente continuava a viajar. Subindo e descendo pelo comprimento do corpo dela, cada ponto de contato. Em algum momento, devo ter ficado exausto, fiquei sem combustível, dormi.

< >

Na manhã seguinte, percebi que era a vontade de ter o peso de outro alguém limitando seu espaço durante o sono, que era o desejo de escutar outra respiração. Simples assim. Jasper fazia isso. Nem me fale, que saudade. Era tudo o que ela queria ou o que gostaria de ter pedido.

< >

No dia seguinte havia carne fria com batatas na mesa do jantar. Ela estava a mesma, supervisionando o fogo. Os mesmos olhos calmos absorvendo tudo, à maneira que um lago escuro absorve a luz do Sol. As mulheres são assim. Papi não, eu não. Ele não é bobo, provavelmente esperando o desenrolar de algo parecido desde o primeiro dia. Independentemente do que vai se desenrolar, talvez nada. Afinal de contas, somos algumas das poucas pessoas que sobraram na terra. É como uma daquelas piadas sobre ilha deserta. Aquela sobre o chapéu. Seria mais estranho se não acontecesse, certo, Hig?

Na verdade, não. Não é assim que sinto. É muito estranho. Não estranho tumultuado. É grandioso. Bom, provavelmente não é nada. Provavelmente não signifique grande coisa. Ou seja, é só uma experiência para ver qual é a sensação depois de tantos anos. Uma experiência durante o sono.

Os olhos dele se demoram nos meus uma fração a mais de segundo. Só isso. Sutil, mas bastante claro. Não consegui sustentá-los. Afastei o olhar. Entendo que Papi é um homem duro onde precisa ser, mas passando do necessário ele não se mete na vida de ninguém e espera o mesmo.

Será que ela quer ser minha namorada? Que pensamento estúpido e idiota. Por acaso estou na droga do ensino médio? Você está na Praia, cara. O último homem e a última mulher que sobraram no quê? Três países provavelmente. É seu dever patriótico seguir isso.

É?

Não.

O que então?

Dei de ombros.

Faça o que quiser.

O que eu quero?

Quero ser duas pessoas de uma vez. Uma delas foge.

< >

Na noite seguinte, ela veio bem tarde. Percebi que estive esperando durante a maior parte da noite sem dormir. Apenas esperando. Imaginando o que eu faria, o que ela faria. Ela levantou o saco de dormir que deixei aberto e murmurou: Sentiu minha falta? E adormeceu. Foi uma ordem e uma pergunta.

Bastante desconfortável. Ela se deitou sobre a curva de meu braço, que adormeceu, começou a formigar. Sentia o corpo dela inteiro, sua coxa sobre a minha, seu seio tocando minha lateral, a expansão de sua respiração. Ela tinha cheiro de fumaça e algo doce, refrescante à maneira que a sálvia é refrescante. Tive outra ereção explosiva. Fiquei ali deitado. Você de novo? Está virando freguesa, é isso? Você é bem-vinda, provavelmente, vai depender do seu bom comportamento. Fico deitado tentando distinguir as constelações por entre as folhas, sentindo o cheiro de seu cabelo, ouvindo o movimento relaxado de sua respiração. No meio da noite, ela me descobriu, descobriu *aquilo*. Deslizou a mão pela minha barriga e acariciou. Suavemente. Nem um murmúrio, nem um beijo, como se estivéssemos os dois dormindo. Não estávamos. Senti meu corpo como se fosse uma base aérea daqueles filmes em que a sirene dispara. Todos correndo de todas as partes. Todas as células despertas, colocando toda sua atenção na direção de meu pênis pego de surpresa. A sensação era muito, muito boa. Sua mão foi parando, parou, fez dois movimentos rápidos... Ela adormeceu. Eu ainda estava pairando à beira de um precipício terrível. Fiquei ali deitado em um encantamento suspenso, martirizante.

< >

Papi e eu levamos a pá e o facão para a campina e trabalhamos na pista. Trabalhamos em silêncio, movimentando pedras, nivelando, cobrindo os sulcos com terra, cortando arbustos. Se havia qualquer tipo de embaraço e falta de jeito, era da minha parte. Estávamos arrancando as raízes de um arbusto de alfarroba que se encontrava no meio da trilha. Ela fazia uma alavanca com a pá, eu puxava uma corda que amarráramos em um toco de árvore mais fino. Girei bruscamente o arco da corda como se fosse um laço para dar um puxão de uma direção melhor, e puxei. Uma raiz corpulenta se soltou, jogando terra em seu rosto. Ele parou e se endireitou, cego. Lentamente limpou a terra, cuspiu. Segurou a pá com as duas mãos, como uma lança.

Hig, você está agindo de maneira muito estranha. Mais estranha do que o normal.

Ele não me chamou de Higs. Piscou para tirar a terra dos olhos, esfregou-os com o dorso das mãos.

Você precisa da minha bênção ou algo do gênero? Como em um filme piegas?

Fiquei mais chocado do que se ele tivesse me batido. Segurei a ponta da corda como se não soubesse bem o porquê, como se fosse o rabo de algum animal feroz pelo qual não queria ser tão intimidado.

A essa altura do campeonato, tenho mais com que me preocupar. Mesmo assim, nunca fui esse tipo de pai, nem uma vez ordenei: Traga minha filha de volta às dez.

Olhei para minha mão segurando a corda, para a terra no rosto dele, e comecei a rir. Jesus. Ri muito. Quanto mais eu ria, mais engraçado ficava. Droga. Não sei por que, talvez fosse a tensão reprimida da noite anterior. Reserva de esperma mortal, era como costumávamos chamar. Talvez fosse apenas a piada da ilha deserta, a história do pai protetor, o modo como todos agiam como era esperado que agissem. Será que era isso? Provavelmente não. Provavelmente era apenas alívio por ainda não ter sido morto por Papi. Ou porque ele estava parado ali com terra no rosto todo sem se zangar. Ou porque eu não gargalhava de verdade há muito tempo.

< >

Já deveria ter passado do meio de junho. Perdi a conta dos dias. Provavelmente isso não era bom. Sem jornal, sem nenhum aparato para saber a data. Uma vez que se perde a conta, bom, já era.

Acabamos com a carne de cervo, comemos tudo, com exceção da carne seca que estávamos guardando para a viagem. Então abatemos uma ovelha e vínhamos comendo sua carne há dois dias. A carne da ovelha, as batatas que sobraram do verão, folhas verdes, alface, acelga, ervilhas. Os dias eram quentes, o riacho agora era um preguiçoso regato e as noites eram agradáveis. Ela veio logo depois do anoitecer, depois que eu me acomodei com a mochila atoalhada abaixo de mim na rede, dormindo só de camisa. Ela estava usando uma camisa masculina e sua mão veio até meu rosto, passando pela minha bochecha, agarrando um tufo da minha barba e puxando, o que me fez rir. A Lua estava em quarto crescente, como um farol flutuante sobre o cânion, portanto eu a via com clareza. Ela estava segurando um cobertor. Ela o esticou sobre o chão de terra ao lado da rede e se deitou de costas, com a cabeça sobre um dos braços. Ela observava a Lua, eu a observava. Passei meu pé descalço sobre a beirada da rede e encostei na ponta do cobertor, dei um impulso e me balancei.

Bancando o difícil? Ela murmurou.

Não.

Balancei a rede. Ela desabotoou a camisa. A camisa se abriu. Ela empurrou um lado da camisa com a mão livre, deixando um seio à mostra. Ainda contemplando o céu, ela enfiou os dedos debaixo de um botão e puxou o restante para o lado. A camisa caiu no chão. Sua respiração subia e descia. Ela toda. Na escuridão, ela irradiava uma luz suave como ondas quebrando ao luar. A maciez de seu estômago reto. A... Ela inteira.

Meu Deus, Hig. Não se vire, não feche os olhos. Respire, cara! Você deve olhar, seu pateta! Não é falta de educação. Se não olhar vai insultá-la. Para quem você acha que é isso, é para você! Ela não estava passando pela vizinhança.

Tudo isso passava pela minha mente tumultuada. Suplicando a mim mesmo que fosse respeitoso, que agisse como adulto. Absorvi cada detalhe. Ela lhe concedeu uma parcela de pura sorte. Seja agradecido.

A Lua avermelhada tingia o corpo dela sem sombra. Cravei os dedos dos pés na lã do cobertor e parei de balançar. Fiquei parado, analisando Cima com uma espécie de deslumbramento suspenso. Da mesma maneira que observei um alce real saindo de trás de um álamo: o que você está vendo, Hig, não pode ser de verdade, é magnífico demais. Não mova um músculo ou ela desaparecerá.

Ela não desapareceu. Ela virou a cabeça para mim. Limpei a garganta.

Você estava na vizinhança, murmurei de maneira pouco convincente. Minha voz saiu um pouco aguda, como a de um adolescente que não consegue controlar o timbre.

Ela ergueu uma sobrancelha: talvez. Apoiou-se nos cotovelos, libertando-se da camisa e deixando que ela caísse pelos braços. Depois rolou e se deitou sobre a barriga, a cabeça sobre as mãos cruzadas. Oferecendo outra visão. O mundo pode acabar, mas você não está imune, ah, não.

Se quiser, você pode só ficar olhando para mim, disse ela. Provavelmente já faz muito tempo. Não tenho pressa.

Ela ergueu seu bumbum encantador para o ar.

Hum, tudo bem se nos apressarmos para aquela parte.

Hã-hã.

Tirei meu traseiro da rede, descartei a camisa e me deitei ao lado dela. Não sei por que razão, pensei em voar. Como um checklist que você vai ticando antes de ligar o motor, antes de taxiar e decolar. Como se estivesse voando todos os dias e todos os movimentos fossem suaves, sequenciais, mal olhando a lista, mas se fizer algum tempo, você hesita, pensando em tudo, passando item por item, certificando-se. Para que não entre em pane.

Esqueci por onde se começa, admiti. Sinto-me como um...

Um garoto de quinze anos não diria isso.

Sim. Estava pensando mais como um piloto. Um piloto enferrujado com uma lista enorme para checar. Para não derrubar o avião.

Toque minhas costas, pediu ela.

Eu a toquei. Percorri meus dedos suavemente sobre seu corpo. Sua pele se contraiu e depois relaxou debaixo dos meus dedos. Pensei no vento passando por um campo de trigo. Ela gemeu.

Está doendo?

Não. Minha nossa, não. Ela disse isso por entre os braços cruzados. Precisa ser de leve, mas é maravilhoso.

Minha mão deslizou sobre a elevação das suas nádegas, passou por suas coxas, costas, a parte de dentro.

Hummm, murmurou ela. Talvez seja melhor ainda quando se esquece.

Ela se virou sobre a lateral e seus dedos encontraram meu cabelo, minha barba, emaranhando-se neles, puxando meu rosto para o dela. Quando sua boca encontrou a minha, desmoronei. Não explodi como uma bomba ou algo parecido, mas me desmanchei. Alguns pedaços por vez. Eles flutuaram, subiram para uma espécie de órbita. Uma galáxia estilhaçada. Uma aniquilação profusa em câmera lenta. O único centro era sua boca, seus cabelos. Era ela. Rolei para cima dela e ela arfou de dor.

Espere...

Ah. Droga. Saí rapidamente.

Tudo bem, tudo bem. Olha, não sou tão frágil assim. Ela me fez deitar de costas. Beijou minha boca. Beijei e beijei seus cabelos que caíam sobre mim. Ela beijou meus olhos, nariz, lábios. Com a boca, depois deitou seus seios sobre meu rosto e me beijou, roçando em mim com os mamilos, os olhos, o nariz, a língua. E então. Surpresa. Um choque. Ela se abaixou sobre mim. O primeiro toque. Úmido. Como sua boca. Resistente. Aquele calor. Lentamente, deslizando, eu me rendi.

Ah, Deus, não se mexa. Todos aqueles pedaços. Ela se mexia. Seu movimento sobre mim, chamando, chamando. À maneira dos milhares de peixes gingando com a ondulação. Para frente e para trás. Como as estrelas nas folhas. Penetrei. Dentro dela, bem no centro, em algum lugar na única e rara quietude, onde todas as coisas fazem sentido. Nada além de penetrar.

Então me soltei. Tanto esforço a troco do quê? Nada. Renúncia. A entrega. Se chorei, e não estou dizendo que chorei. O êxtase, a mera perda da entrega.

Ela sentia um prazer intenso e eu explodi. Independentemente de qual constelação fosse, a que foi alcançada foi subitamente arrebatada pela luz e espalhada pela escuridão e, droga, era lá que deveria ter estado o tempo todo. Ela se deitou sobre mim, estremecendo o corpo todo, e todos aqueles estilhaços de nós caíram de maneira suave e sem cerimônias, como cinzas.

< >

Uau! Ela sussurrou com os lábios em minha orelha.

É, uau.

Nós arrebentamos, hein?

Sim. No bom sentido.

Como se reabastecer. Deitado ali. Era algo parecido com felicidade, como se fosse água, pura e clara, sendo despejada. É tão bom que você nem agradece, e aquela água percorre seu corpo como um regato suave, como se tivesse estado ali o tempo todo.

< >

Ficamos o mais parados que conseguimos, coração palpitando contra coração, um ritmo harmonioso que ricocheteava e saltava, descompassados e sincronizados novamente; ambos, creio, fascinados pela música e pela sensação. Depois de algum tempo, ela se levantou, puxou o acolchoado sobre nós, aconchegou-se ao meu lado e dormimos. Não como nas outras noites de confusão. Uma letargia profunda, aliviada. Bem-estar verdadeiro, mera exaustão.

Antes do amanhecer, para poupar o pai de constrangimentos, acho, ela se levantou, abotoou a camisa e voltou para a campina para dormir na cama espessa feita de agulhas de pinheiro ponderosa que usava nas noites quentes. Sob as estrelas, dizia, onde conseguia ver tudo. Mas acho que gostava da respiração do gado, o som ritmado da grama sendo arrancada, sempre dois ou três ao seu lado ou ao redor que a olhavam admirados à noite. E o pai roncava, contava ela. Ele ia ao riacho aos primeiros raios do dia, como sempre. Acima do marulhar, eu o ouvi lavando o rosto, escovando os dentes com as cerdas extintas achatadas, alguns escarros ruidosos e cuspes, uma tosse.

E ela — eu a ouvi desejando-lhe bom dia, abri os olhos: avistei Cima com a camisa, mas com calça agora, que ela devia deixar ao lado da cama. A satisfação incrível de vê-la assim agora, no mundo, limitado como é agora. Conhecendo-a agora como conhecia. Fechei os olhos para tirar um cochilo novamente. Ela nunca me deixava acender a fogueira de manhã. Eu faço isso, insistia. É um ritual meu. Não se meta com meus hábitos. É assim que nos entendemos por aqui. Relaxe. Durma um pouco. Quando eu acordava, ela já tinha uma caneca de chá amargo pronta. O chá era bem-vindo tanto pelo ritual como pelo gosto amargo.

Naquela manhã me levantei devagar, espreguicei-me, fiz uma checagem: Hig, os braços estão aí? Sim. E as pernas? Sim. Você não explodiu em pedacinhos? Não. Seu coração está aí? Essa não é uma pergunta que já fez antes. Nem depois. Sim, está. Meio estremecido, meio saciado. Mais leve e mais pesado também, vai entender...

Eles estavam à fogueira. Senti o cheiro de carne assando. Lavei o rosto, o peito, mergulhei a cabeça, enxuguei-me com uma camisa, caminhei até a fogueira.

Bom dia.

Papi acenou com a cabeça. Ela estava agachada, colocando um pedaço de madeira cortada nas chamas quando a brisa do nascer do Sol fez um redemoinho com a fumaça, envolvendo-a numa espiral. Ela piscou, fez uma careta, inclinou a cabeça para o lado, colocando a madeira.

Bom dia, repeti.

Ela tinha muita fumaça ao seu redor para me escutar ou não conseguia responder. A careta. Ela ficou de pé, saiu da fumaça, colocou o dorso da mão nos olhos lacrimejantes.

Bom dia, disse.

Ela enxugou as lágrimas, piscando para mim com os olhos irritados. Vi um suspiro. Ela não disse uma palavra. Pegou a chaleira fumegante de um toco de árvore, serviu o chá, entregou-me a caneca sem olhar para mim.

A carne vai queimar, avisou ela. Para o pai, para mim ou para ninguém. Percebi uma ponta de frustração.

Deixa que eu pego, ofereci. Peguei o garfo comprido, mas ela empurrou minha mão com seu antebraço, agarrou o garfo, virou os pedaços de carne na grelha.

Relaxe, disse ela.

Gelei por dentro.

Olhei para Papi, que educadamente virou para o lado, sem expressão. Ele analisava o topo do cânion mais distante, bebericando seu chá.

De novo:

Relaxe. A carne vai sair em um minuto.

Dei um longo suspiro, virei para o lado também, analisei a parede distante do cânion com Papi. Seus braços estão aí? Hig? Hig? Sim. E as pernas? Sim. Pare aí. Agradeça por isso.

Poderia ter chorado. Fiquei em meio à onda de fumaça, usando-a como cobertura. Então é assim.

Depois de um café da manhã silencioso, mastigando em silêncio, levei os pratos para o riacho como fazia sempre: três pratos, três canecas, três facas dobráveis, três garfos compridos. Deixei a grelha esfriar. Espalhei a areia fina nos pratos com meus dedos, esfreguei a gordura. Foque na tarefa que está fazendo, concentre-se, Hig. A água. Parecia quente. Mais quente. Isso era triste demais. Espetei a ponta do garfo no fundo de areia grossa, limpei-os nos meus dedos. Droga. Respirei. Quando terminei, coloquei-os para secar na mesa de madeira. Papi passou por mim. Estava carregando o fuzil, pendurado no ombro, e a pá.

Vou inspecionar a estrada, avisou. Não quero ir até lá no grande dia e descobrir que está toda esburacada.

Fazia sentido. Não tínhamos combustível suficiente para circular enquanto ele preenchia os buracos.

Deu um passo e depois olhou de volta para mim.

Todos aqui têm passado por coisas demais, disse.

Eu o adorei naquele momento.

Pela primeira vez, senti como se ele fosse quase da família. Se é que é possível construir laços a partir de explosões e destroços.

É...

Ele assentiu, descendo o cânion na direção da cerca viva.

Ela estava varrendo a sujeira acumulada ao redor do fogo com uma vassoura de ramos. Ela varria todas as manhãs para tirar as migalhas e manter formigas e ratos longe da cozinha.

Quando me aproximei, ela varria. Nenhuma pausa. Concentrada na sujeira à frente da vassoura.

Quer que eu pegue algumas verduras para o almoço, perguntei.

Um nó no meu estômago. Ela continuava varrendo.

Se você quiser, murmurou. Varrendo.

Cima?

Varrendo. Raspando as folhas com aspereza.

Peguei seu braço. Ela ficou rígida.

Ei!

Soltei-o como se fosse um ferro quente. Ela me encarou.

Isso vai ficar roxo, afirmou ela. Sem modulação na voz.

Cima. Meu Deus. Desculpe.

Fiquei preso ao chão. Em pânico. Mal conseguia enxergar direito. Contra toda minha vontade, um suspiro encheu meu peito e senti lágrimas rolando e caindo pelo meu queixo. Fiquei completamente paralisado. Ela me encarava. Uma máscara. Uma máscara da morte, mas com os olhos vivos ou tentando reunir vida. Olhos escuros paralisados como moedas. Depois, de algum modo, foram absorvendo a luz como fazem os olhos, e registrando, tornando-se suaves. Ela ficou ali tremendo, estudando meu rosto, e então vi lágrimas nos seus olhos também. As piscinas escuras voltaram. Ficamos parados como duas árvores. Balançando. Com o que sobrou da fumaça da fogueira apagada e reduzida a um filete.

Ontem à noite, começou. Depois que adormecemos. Sonhei com Tomas. Sonhei com ele a noite toda.

Seus lábios tremiam e sua máscara se desmanchou.

Ele me chamava. Estava morrendo na sua maca e me chamando, balindo como um animal que sabe que vai para o abate. Como um animal. Hig! E eu fiquei de pé contra a parede sem vontade de ajudá-lo. Meu marido. Meu melhor amigo.

Ela soluçava violentamente.

Meu amor estava congelado. Como um lago no inverno. Devo ter sonhado isso durante horas. No final, não aguentei mais, peguei minha faca, fui até onde ele estava e cortei sua garganta. Ah, Deus!

Ela entrou em colapso. Dei um passo à frente e a segurei. Pensei em duas árvores quase sem raiz, uma apoiada na outra.

Não sei se consigo ir em frente, confessou ela. Pensei que conseguiria.

< >

Papi informou que a estrada estava boa e plana por, pelo menos, 300 metros. Boa o suficiente, sem grandes buracos. Ele deixara uma bandana amarrada a um marcador de quilometragem para servir como biruta. Cima estava um pouco mais afetuosa, porém reservada. Ela vinha até a rede, mas não toda noite, nem em noites alternadas. Não fizemos amor novamente por vários dias. Cinco. Não vou fingir que não contei. E quando aconteceu, quando estávamos quase... Quer dizer, estávamos deitados sobre o cobertor, nus, abraçados, sem beijos, sem palavras, apenas explorando com nossos narizes as orelhas e pescoço um do outro. As mãos faziam o reconhecimento de um novo território, avaliando as perdas — quando pareceu ser a hora de consumar ou pelo menos celebrar de alguma maneira essa nova vulnerabilidade, puxei-a para cima de mim, mas ela não estava molhada e tive problemas para penetrá-la. Percebi que iria machucá-la e, por alguma razão, pensei em Tomas — o Tomas do sonho — e uma onda de pânico tomou conta de mim, fazendo com que perdesse a ereção.

Que se dane o mundo dos sonhos. O fantasma de Tomas estava ultrapassando o limite de seu mundo e arruinando o que há apenas alguns dias fora o amor mais entusiasmado que já vi.

Ela ofereceu ao meu pênis um aperto duplo de consolação, o que fez com que me sentisse pior. Dei um suspiro profundo — era o Desapontamento em pessoa — e rolei para o lado.

Seus braços me envolveram suavemente. Ficamos deitados sobre o cobertor, braço com braço, em uma paralisia não consumada. Sentia-me mais solitário do que estava antes de encontrar o cânion. Os corações batiam e ricocheteavam um contra o outro, mas o espírito não. Só consegui acariciá-la de um jeito distraído, não conseguia beijá-la, nem mesmo conversar com ela de um modo autêntico. Como se ao ter falhado na consumação do amor perdesse toda a legitimidade como amante. Como se tivesse me privado da licença de amar ou expressar afeto. Era horrível.

Ocorreu-me, enquanto me deitava ao lado dela e tentava catalogar este novo temor, o receio da separação quando o amor já estava tão próximo, ocorreu-me que o que pode ter sido transmitido no momento crítico da verdade, da penetração, foi sua recordação do sonho. Ou seja, nós nos comunicamos sem palavras, é claro. Pensei que provavelmente aquela imagem aterrorizante do morto tenha passado por ela naquele instante, ou um pouco antes. O que queria dizer que nenhum dos dois estava pronto. Certo, Hig, pensei. Racionalize as coisas do jeito que quiser. Procure se sentir melhor como puder, mas não poderá reescrever o que aconteceu. Que saco. Não posso melhorar nada. Não consigo. Não consigo me mexer. Mal consigo respirar.

Hig.

Ela sussurrou a palavra, um vento formando um redemoinho em minha orelha.

Sim?

Você faz sexo oral comigo?

Ela falou com um sotaque francês e entendi que ela estava se referindo ao filme *Pulp Fiction*.

Fiquei radiante, mas meu riso era silencioso, sem estardalhaço.

Sério? Você não está falando sério.

Ela assentiu com a cabeça, que estava apoiada no meu peito.

Tudo bem. Suspiro. O dever me chama.

Comecei beijando-a entre os seios, o pequeno umbigo, os ossos salientes da pelve, a parte inferior da barriga côncava, a faixa de pelos encaracolados, os pequenos lábios, o núcleo macio. Inspirei-a e mãos à obra. Como se estivesse trabalhando. O que funciona? O que funciona melhor?

Durante algum tempo foi assim. Então ela foi erguendo os quadris e se contorcendo debaixo dos meus lábios, da minha língua, murmurando gemidos. Então ela gemeu mais alto, eu a encorajava, depois a animava com dentes, lábios, língua. Colocando e tirando. Eu a empinava como a uma pipa, era essa a sensação, e então esqueci minha porcaria de "eu", a pipa estava bem alta e eu dando linha, o sangue reafirmava, e ela gozou. Ela estava arqueada e gozando, eu dentro dela, e ela agarrava minhas costas e me arranhava. Percebi que poderia machucá-la com meu peso. Rapidamente rolei e soltei o ar, e então nos deitamos e respiramos sem pensamentos. Estávamos quase felizes de novo. Quase sem reservas.

Vai entender...

Depois tivemos de esperar mais três noites porque ela estava machucada. O humor no acampamento estava melhor, no entanto. Sentia que havia um impulso crescente na direção da partida.

< II >

Papi partiu depois que o dia raiou. Sem cerimônia nem sentimentalismos. Deu uma olhada ao redor do cânion, as últimas duas vacas e bezerros, ovelhas e carneirinhos, ergueu a mochila leve, o rifle e, sem dizer nem uma palavra, caminhou rio abaixo, saindo pela cerca viva.

Deixou para trás a única vida que dera a si mesmo. A vida da sua linhagem, de seu pai e sua mãe, do pai de seu pai. Aquilo estava verdadeiramente em seu sangue, e ele abriu o portão e caminhou para fora do cânion.

Pesei tudo novamente. Fiz uma balança com uma garrafa de um litro e um balde de 20 litros, um galho e uma corda. Pendurei-a em um tronco baixo ao lado do riacho. Vinte litros correspondem a vinte quilos, metade são dez quilos, a garrafa de um litro pesa um quilo. Pesei o fuzil AR-15, a mochila de Cima, a minha, a mangueira e a bomba manual.

Quanto pesa um carneirinho?

O pequeno rebanho se movimentava por entre o mato alto com as cabeças baixas. Três carneirinhos sacudiam a cabeça, as orelhas, e voltavam a comer. Um deles cutucou a mãe nas costelas para mamar. Suas vidas estavam para mudar. Se algum sobrevivesse ao inverno, seria um milagre.

Não sei, talvez dez quilos?

Vamos ver. Você tem um macho e uma fêmea?

Ela sorriu. Um carneiro e uma ovelha? Sim.

Como a Arca de Noé. Lá vamos nós.

Embrulhamos um dos carneirinhos em uma faixa feita de uma camiseta e o pesamos com o balde na outra ponta. Ele oscilou debaixo do galho, as orelhas caídas, as pernas esticadas e abertas para fora deixavam maiores seus cascos pequeninos e perfeitos, um olhar de pura perplexidade estampado em sua carinha. Esvaziei o balde até eles se equilibrarem. Mais ou menos sete quilos e meio.

Tudo bem, podemos levá-los. Sem seu pai na decolagem acho que tudo bem.

Acha?

É um chute, de qualquer forma. Aplainamos a estrada, aparamos os galhos das árvores. O manual diz que precisamos de mais 30 metros, mas não conhecem a Fera.

Uma aceno afirmativo curto. Cima olhou a campina, o cânion. Se fosse pintor — ela era bonita assim. Talvez não ela apenas, mas o momento. O verde refletido mais escuro em seus olhos cor de violeta, e pensei: Se amanhã cairmos e pegarmos fogo, tudo bem.

< >

Fiz a última fogueira no escuro, observei as chamas se firmarem e iluminarem a parede das pedras pela última vez. Comi carne de veado, batatas e verduras, tomei chá. Apaguei o fogo com um silvo. Ouvi o mugido de uma vaca, o farfalhar das folhas.

Carregara tudo na tarde de ontem, exceto os carneirinhos. Cima dormiu no campo com seus animais, ouvindo-os pastar ao seu redor. Agora levávamos os dois carneirinhos com cordas rio acima, subindo com eles pela escada de madeira ao lado do gotejamento da cachoeira. Eles se esquivavam e baliam. Duas mães responderam, seguiram os gritos até a parte de cima do campo, confusas. A tristeza de nosso mundo está na base de tudo, como a água. Colocamos os carneirinhos com as patas no chão e eles ficaram rígidos, processando a vida daquela altura. Os bichinhos deram a volta para ficar atrás de nós.

Puxar um carneirinho com uma corda não é o mesmo que andar com um cachorro na coleira. Era uma conversa constante, uma discussão. Cheia de debates, concessões, acordos de última hora, obstinação em face à razão. Eles empacavam, nós puxávamos. Eles saltavam à frente, não tinha jeito, corríamos atrás. Não tinha como não rir. Era a distração perfeita das emoções de deixar um lugar como este e tudo o que significava. Por fim, peguei meu carneirinho no colo e o carreguei.

Na Fera, Cima imobilizou os pequenos com destreza e nós os acomodamos sobre as mochilas atrás dos assentos. Subimos, puxamos o cinto de segurança sobre os ombros e o afivelamos na cintura. Entreguei-lhe a prancheta com o checklist.

Você será a copilota. Há tempos não tenho ninguém nessa função.

Dei a partida no motor, puxei a alavanca dura do controle do painel, procurei escutar o combustível enchendo o carburador e o empurrei. Repeti. Virei a chave geral. Zunido da rotação do giroscópio. Pressionei o acelerador mais alguns centímetros, apoiei as botas nos freios e empurrei o pedal de arranque.

Dois solavancos, duas meias-voltas da hélice e pressionei o acelerador. A Fera pegou, rugiu e sacolejou. Todos nós, eu, Cima, os carneirinhos. Um avião pequeno sendo trazido à vida é emocionante. É como se um auditório inteiro se levantasse para uma ovação. É grandioso e um pouco assustador. Pressionei o acelerador de volta até um ponto onde ficasse mais silencioso, menos escandaloso, com menor trepidação e mais movimento. Deixei o motor esquentar um pouco, observei o medidor da pressão do óleo chegar ao verde.

Certo, gritei. Vamos repassar a lista “Antes da Decolagem”.

Tinha de gritar. Não tinha fone de ouvido extra. Para quê? Jasper não precisava.

Equilibrador das rodas no neutro!

OK!

Alinhar indicador de proa.

OK!

Acelerar até 2.700 quilômetros por hora.

OK!

Magnetos.

Aquecimento do carburador.

Ajuste do injetor do combustível de partida e trava.

OK!

Tudo ganhava força enquanto o motor aquecia, as colunas digitais de cada cilindro do analisador do motor subiam, a pressão do óleo caía — tudo isso acontecia enquanto o motor rugia, o avião tremia, tudo levava ao momento crítico da decolagem. Eu adorava isso. A expectativa de ser transportado por um avião, tanto quanto o voo em si, faziam com que voltasse inúmeras vezes, sempre que tinha uma chance.

Termômetro externo em ordem, marcando 11 °C. Ótimo. Temperatura agradável, fresca. Ar mais pesado. Soltei os freios e a

Fera começou a rodar. Levei-a aos solavancos pelo matagal de sálvias na direção da pista recém-limpa usando os freios para conduzi-la, virando-a para o leste e girando no círculo que abrimos. Ela apontou para o oeste. O Sol atrás de nós lançava sombras compridas do matagal. Era um raiar do dia penetrante e frio. Do outro lado da campina à nossa frente, os bosques de cedro eram nosso limite, nossa barreira.

Ela fez sinal de positivo com o polegar, verifiquei o compensador das rodas pela última vez, empurrei o manete na direção do painel, dei uma olhada na pressão do óleo, a Fera rugiu, tremeu, gritei: *Deus é maravilhoso!* Soltei os freios.

Não sei por que gritei aquilo. Poderia ter sido a última coisa dita nesta vida. Não tinha nada a ver com o *jihad* da fé muçulmana, tinha a ver com Hig. Aqueles caras de jaleco branco que trabalhavam para a Cessna nunca testaram isto. Talvez nunca tenham imaginado um mundo 80 anos adiante, quando seu avião seria uma Arca de Noé para carneiros. A Fera rodou, quebrou a inércia, quase se recusando a seguir em frente no início, muito lenta, e o pensamento relampejou: Sem Chance!

A Fera deu um salto, ganhou a trilha, engolfando-a, as árvores adiante ficaram mais próximas, mais escuras, maiores. Talvez a meio caminho delas senti a Fera avançando demais, o momento da elevação no ar. Empurrei o nariz para baixo com força, pressão, ela queria decolar, subir, mas eu a segurei, segurei-a a um metro fora da trilha com força no chão onde ela conseguiria ganhar velocidade máxima. Nós nos deslocamos assim, mal saindo do chão e então ouvi Cima gritar, as primeiras árvores já bem na nossa cara. Sacudi a barra de Johnson e puxei o manche, não o puxei mas liberei-o na direção do meu peito e a Fera reduziu a velocidade, o nariz subiu, o avião rugiu, parecia estar indo direto para o céu. A única oração era: não reduza a velocidade. O alarme de redução de velocidade bradava, o velocímetro, o ponteiro pairando em 95 km/h, o alarme, os carneiros aderindo ao barulho, os pensamentos estranhos que se tem quando tudo oscila: os carneiros estão na mesma porcaria de tom. No mesmo tom do alarme de redução de velocidade. Eles se parecem com a mãe.

Cima não. Ela só gritou. Uma vez. Empurrei o manche para frente de novo, empurrei o nariz para baixo para atingir o nível, rezei por velocidade, por velocidade, e logo a Fera pegou embalo, acelerada como uma andorinha que se lança depois de desviar para o alto para pegar um inseto. Voávamos ao nível de 20 metros do solo. Baixei os olhos para as árvores e pensei: Se nós ficarmos meio metro acima delas...

Não foi uma decolagem dentro das regulamentações. Nada daquilo estava no manual, nem mesmo em um campo curto e em boas condições. Era mais ou menos assim nosso vetor, partindo da vista da campina:

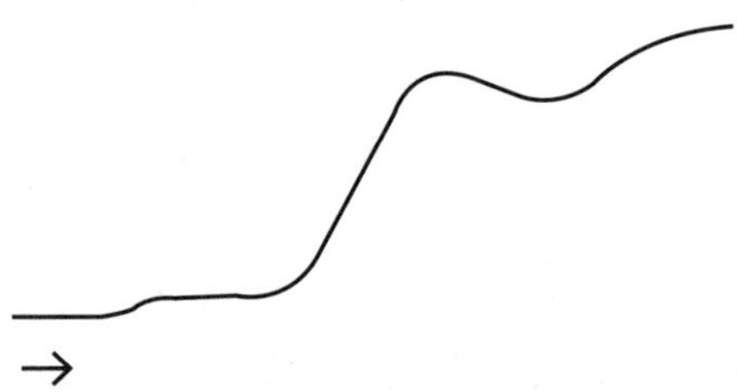

<>

Bom, deveria estar feliz por estar vivo. Soltei um grito. Os juníperos passavam a toda velocidade por baixo de nós. A Fera voou até a cadeia de montanhas seguinte a 15 metros acima das árvores. Parecia ter vontade própria, como um tapete mágico. Circundamos o outro lado. Único caminho para entrar no próximo sonho. Ela sorria como uma criança sorri depois de sobreviver a uma queda na água da Magic Mountain. Ela chegou mais perto e beliscou meu braço.

Estamos vivos, viu? Bom trabalho.

Estamos acordados.

Você diz coisas muito estranhas.

Até os carneirinhos ficaram de bom humor. Não choravam mais, levantaram a cabeça da mochila e seguiam a conversa, com as orelhas para baixo, acompanhantes sinceros e ingênuos. Segundo eles, tudo aquilo representava o estágio seguinte do ciclo normal de vida de um carneiro.

Cruzamos o rio grande e vimos Papi sentado sobre sua mochila, como alguém que pede carona, em uma faixa sem sombra da estrada deserta. Havia alguma coisa em sua atitude, ao mesmo tempo determinada e rebelde, preso à sua sombra comprida com o rifle na vertical entre os joelhos, lembrando o auxiliar de um padre. E ele realmente era: totalmente dedicado à missão, devotado agora a uma vida nova, se conseguíssemos chegar lá. A bandana tremulava no poste, mal registrando a brisa de uma tranquila manhã de verão. Inclinei o avião para a esquerda, aterrissei e encostei nos freios para fazer uma parada completa bem na direção de onde ele estava sentado.

Ele subiu e se sentou atrás da filha. A Arca de Noé, comentou, dando uma olhada para os carneirinhos. Foi tudo. Cima fechou a porta, trancou-a e decolamos para o oeste, na direção de Grand Junction.

< >

Alguma coisa não estava certa. Não vou dizer que havia algo errado porque, da forma que estava registrado, não era algo definitivo. A dezesseis quilômetros para o leste fizera a primeira chamada. Tínhamos nos afastado dos despenhadeiros mais longínquos de Grand Mesa, do grande monte isolado com o topo plano que parecia ter sido uma península em um mar pouco profundo, assombrado pelos antigos plesiossauros. Era uma extensão de quase cem quilômetros de um maciço de rochas que se erguia contra o céu. Havia faixas de despenhadeiros roxos e partes cobertas por bosques de álamos. No verão, os álamos eram cobertos por samambaias até a cintura e entremeados por lagos escuros e piscinas para os castores. Melissa e eu fizéramos umas de nossas melhores viagens de acampamento aqui. Certa vez montamos a barraca à beira do lago, sem estrada nenhuma a quilômetros de distância. As trutas quase pulavam na panela.

Passamos por ali voando baixo para economizar combustível, o vento quente soprava através da janela sem vidro, onde Papi atirara. Ali estava Grand Junction, estendendo-se pelos dois rios e espalhando-se sobre as montanhas do deserto. Uma enorme cidade arenosa que foi crescendo até chegar às montanhas de Book Cliffs, ao norte.

Havia as estradas, as ruas, o crescimento gradual, os becos sem saída, os telhados brancos e planos das lojas em formato de caixas, os enormes estacionamentos. Havia a zona industrial, ao longo do Rio Colorado, as vias ferroviárias, a falange de armazéns. A cidade era entremeada por choupos. Muitas das árvores antigas que se alinhavam nas ruas e dependiam de água estavam esqueléticas e mortas, porém outras tantas estavam bem arraigadas e pontuavam as passagens com traços e agrupamentos de um verde intenso, como se fossem um tipo de Código Morse.

As copas dos choupos ainda faziam sombra sobre os parques à beira do rio. Alguns dos mais antigos e maiores lutavam contra a seca, quase mortos, ainda cobertos por folhas de um lado. E queimadas. Nenhum canto da cidade intacto. Como se fora o fogo, e não a gripe, que tivesse varrido a cidade com a morte. Os carros, todos, pareciam estar chamuscados. Onde estavam estacionados, enfileirados nas ruas laterais, nos estacionamentos de grandes centros comerciais, nas estradas, onde ficaram em caos total, em tal ausência de padrão que algum gigante deve tê-los jogado, como no pega-varetas. Bairros inteiros estavam queimados. Outros pareciam ter sido incendiados até o ponto de derreter e deixar esfriar, à maneira que um confenteiro vitrifica o açúcar que cobre o creme *brûlée* com o fogo do maçarico. O cheiro das cinzas de madeira saturava minhas narinas, não sabia ao certo se conseguíamos sentir o cheiro da cidade a 305 metros de altitude ou se a visão causava isso. E se havia esqueletos de árvores havia ossos humanos. Eu os vi. Não esqueletos de verdade, pois não havia mais tecido conectivo, mas os ossos dos mortos estavam em todo lugar, amontoados em pilhas por algum predador e espalhados por necrófagos, animais que se alimentam de cadáveres. Os amontoados eram tão grandes que conseguíamos vê-los daqui.

Cima vomitou. Com a visão da cidade destruída. Empurrou apressadamente a janela lateral, colocou a boca no espaço e pulverizou o vidro de trás. Aquela era a cidade onde faziam as compras grandes. Na loja Costco, peças de automóveis, equipamentos para a fazenda. Era ali onde assistiam a um filme no fim de semana, quando o que estava passando em Delta não os interessava. As duas cidades tinham praticamente a mesma distância do rancho. Ela não vira tudo acabar. Ela e Papi foram embora quando a situação estava ficando ruim. Na época em que ainda havia notícias na televisão, quando os locutores pareciam exaustos, depois exaustos e assustados e mais tarde aterrorizados por verem seus colegas indo para os hospitais e enfermarias improvisadas, ou simplesmente por não saberem mais deles, supostamente doentes ou mortos. Os últimos âncoras da televisão substituíram os correspondentes de campo, gravando a si próprios usando tripés, os relatos desesperados. Por fim, as notícias acabaram sendo interrompidas por causa do caos. Lembro-me de quando aconteceu. Não havia mais o que fazer no final: transmitir, com coragem, uma banda tocando no deque de um navio que afundava. Era isso ou ir para casa e morrer.

Em algum momento, Papi e Cima decidiram deixar a fazenda. Puseram os animais na carreta que transporta gado e em um trailer pequeno, rebocado atrás. Saíram no meio da noite com uma dúzia de cabeças de gado, a mesma quantidade de ovelhas e carneiros, dois cavalos selados, dois pastores australianos e os mantimentos. Papi teve de lutar muito para passar por três emboscadas que tentavam impedir a passagem, tudo em apenas 24 quilômetros até a estrada do riacho, sendo obrigado a atirar em três idiotas malucos mais à frente, nas encostas dos cedros. Ele já esperava pelas emboscadas e não teve grandes problemas para agir com suas armas. No entanto, atiraram em um dos cavalos e duas ovelhas que estavam dentro do trailer. Dificultou, no dia seguinte, fingir que estavam levando as vacas para a casa de verão alugada, como fariam em qualquer manhã normal do início de maio. Ele montou o cavalo e Cima dirigiu o quadriciclo, que vinha puxando o trailer pequeno com os equipamentos e os suprimentos, por 19 quilômetros até o cânion. Ela teria preferido ir a cavalo, nunca ficou muito à vontade em cima de quadriciclos, mas o pai tinha habilidade em arrebanhar os animais montado no cavalo, os cães também, além de estarem acostumados a obedecer às ordens de Papi.

Na manhã seguinte, caminharam rio abaixo e ele dinamitou a única parte rasa do riacho e fez uma trilha intransponível, a não ser a pé ou a cavalo, e somente com a água baixa.

Apagaram as pegadas o melhor que puderam, tentando disfarçá-las por três quilômetros antes de saírem da estrada de terra para a trilha do riacho e depois para o cânion. Demoraram o dia todo. Então, graças a Deus, dois dias depois, a chuva caiu.

Tudo isso ela me contou nas últimas três semanas. Por isso entendi o choque de ver Grand Junction. Uma coisa era ver perder o mundo como você o conhecia, outra completamente diferente era ver, talvez até sentir, o cheiro de seu antigo bairro parecendo um ossuário ou os "campos de morte" no Camboja.

Ela vomitara para fora, riscando a janela de trás, mas o avião ainda fedia. Entreguei-lhe a garrafa de água que sempre deixava entre os bancos e arrisquei um olhar para Papi para ver se ele também não aguentara o cheiro ou as visões lá em baixo. Isso acontece muito nos barcos e aviões, os passageiros já enjoados vomitam e acontece uma reação em cadeia. Mas ele estava sentado como um Buda, com um carneirinho no colo, uma garra forte no ombro dela, a expressão impassível, inclinado para a janela, absorvendo tudo.

Foi isso o que vocês deixaram, pensei. Estava aí a justificativa da escolha que fizeram ao partir naquela noite. Justificativa e pavor. Algumas vezes ter certeza não é tão bom quanto parece: quantas vezes, nesses últimos anos, pensei nos resultados desastrosos de algo que fiz, como quando você tem certeza de que o que está fazendo é bom e depois mal consegue olhar para o que fez.

Mas não era a cidade queimada e devastada ou os bolsões de árvores verdes que pareciam errados ou simplesmente não muito certos. Estava agora a nove quilômetros de distância. Estava a 1.450 metros do solo na direção do aeroporto, da torre, onde três anos atrás captei o sinal, o início de uma mensagem. Digitei a frequência — ainda a tinha gravada no GPS — e fiz uma segunda chamada.

Torre de Grand Junction, Cessna Seis Três Três Três Alfa Seis sudeste a 1.768 metros de altitude, na direção de aterrissagem.

Repeti. E, então, milagre: estática. Um estouro de neve auditiva. Girei o abafador de ruídos, entusiasmado, chamei de novo.

Cessna Seis Triplo Três Alfa...

Não era puramente claro, mas era. Era! Uma voz de mulher. Talvez mais velha, um pouco rouca. Levemente bem-humorada.

Cessna Seis Triplo Três, vento dois quatro zero a 1.768, aproximando-se, autorizada aterrissagem dois nove (282).

Tudo dentro das formalidades, perfeito, como manda o figurino, exatamente como antes de antes. Dito com seriedade. Como em um dia de semana normal em um antigo aeroporto. Não era possível descrever totalmente o que aquela volta à normalidade fez ao meu espírito. Como se fingindo que essa era uma operação costumeira no aeroporto, também pudesse fingir que minha esposa vivia e meu cachorro também, que Melissa estava no sétimo mês de gravidez e que tinham voltado à região do Front Range e que eu estava prestes a tocar o solo depois de três horas de voo longe deles, e não nove anos.

O que não estava certo também não era isto. Era o farol. Quase todos os aeroportos pavimentados têm, ou tinham, um farol rotativo verde e branco. E eu tinha visto o farol piscando há 16 quilômetros de distância e não me toquei de nada. Depois, a dez quilômetros eu o vi piscar mais uma vez, pulsando como o coração de um aeroporto em funcionamento, e a divergência — a cidade incendiada do fim do mundo como o conhecemos e a luz viva e pulsante, a voz do controlador transmitindo comandos diários — finalmente chamou minha atenção, e os cabelos de minha nuca se arrepiaram. Não sei bem o porquê, a não ser dizer que, no mínimo, era estranho terem energia. Ou, por que não? Tínhamos energia em Erie. Cada vez mais aeroportos vinham sendo equipados com energia solar e eólica. Ou o farol não deveria estar aceso à luz do dia em condições boas segundo as regras de voo visual. Não sabia o motivo, só sabia que alguma coisa me pôs de sobreaviso.

Fiquei alinhado, inclinei a aeronave 20 graus à esquerda e endireitei-a para finalizar. Havia uma faixa comprida de leste a oeste, construída para aviões a jato, alongando-se à nossa frente como uma miragem. Em ótimas condições, era possível ver daqui. Não tinha os buracos deformados, rachados que todas as pistas tinham do lado oeste das montanhas. Alguém a vinha mantendo. Pelo menos era o que parecia a menos de dois quilômetros da descida. Recuei o manete, ajustei os flapes a 20 graus e deixei a Fera flutuar a 150 metros por hora. Ela parecia suspirar aliviada com a volta ao protocolo. Juro que ela tinha uma alma, mente ou algo do gênero.

Enquanto descíamos lentamente e a pista ia ficando mais larga, comprida e se levantava para nos encontrar, víamos as fileiras de hangares, alguns desmoronados, alguns com telhados pela metade, levados pelo vento. Conseguíamos ver a torre de controle à nossa esquerda, com janelas em balanço tingidas de verde, à prova de balas. Havia alguns aviões destruídos dos dois lados da pista, um jato grande no final. Como acontecia em todos os aeroportos — aeronaves estaqueadas, arruinadas pelo tempo, por fim se soltando e tombando, mas. Foi quando percebi. Como uma maldita bala.

Estava a mais ou menos nove metros do chão. Eu diminuíra a potência, colocara a hélice em ponto morto alto, fizera tudo o que se faz nos momentos finais e estava me preparando para puxar o manche de volta e arredondar o pouso em um toque macio no solo e. E então entendi.

O farol, a torre: os aviões inutilizados no campo estavam chamuscados como os carros. Não sei dizer se pensei em alguma coisa, nada que fizesse sentido, articulado, não houve tempo. Houve apenas o choque da imagem: os aviões queimados e amassados. Era diferente de Erie. Diferente de Denver, de Centennial, os aviões antigos arrancados com violência de suas amarrações, rodopiados sobre o campo de aviação pelo vento. Esses sim são acidentes. Motores destroçados. Puxei o manche de volta, mas desta vez não para arredondar o pouso. Eu o sacudi e golpeei o manete, o motor pegou e urrou, a palma de minha mão acertou o controle de aquecimento do carburador e demos uma guinada, a parte traseira em direção ao céu. Saltamos para fora do campo talvez em uma subida mais íngreme do que nossa decolagem uma hora antes na campina. E os carneirinhos baliram.

Olhei para baixo pela janela, uma tigela de acrílico, e no mesmo instante vi o cabo. Esticado com firmeza, não acertou as rodas provavelmente por três metros. Uma armadilha. Era isso o que era.

Puta que pariu.

Hig, você é um idiota. Isso foi Bangley falando. Fazendo seu raro sinal de positivo com o polegar. Naquele momento, olhei para o medidor de combustível e vi que havia apenas sete litros. Dez minutos, no máximo. Droga.

Inclinei para a esquerda, para fazer a volta e olhar, e retesei-me com os tiros que vinham do chão.

Maldição! Era Papi. Uma linha esticada no meio da pista. Ele retirara o carneirinho e apontava a arma, examinando cuidadosamente os hangares, os destroços.

O cabo estava esticado sobre a pista cerca de um terço da descida e a três metros do chão, esticado por dois braços soldados em uma barra de aço em forma de T. Os braços movimentavam-se para baixo como os bicos de garças malignas. O cabo fora pintado de preto, da cor do asfalto, mas consegui ver sua sombra com clareza e a ameaça que significava. Não havia tiros. Virei-me para olhar para trás.

Papi?

Era isso, gritou ele. A armadilha deles.

Quer voltar? Gritei para ele.

Para pegá-los? Caramba, com certeza.

Cima?

Ela parecia confusa, ainda enjoada, incapaz de compreender as implicações do que acabara de acontecer.

Não temos muita escolha, gritei. Estamos quase sem combustível.

Apertei o banco e lancei-me para outro final, desta vez sem checklists, sem qualquer pensamento a não ser: Aquele filho da mãe, aquele filho mãe, estou voltando para pegar você. Aquela sensação de traição no estômago. Todos aqueles anos pensando naquela chamada pelo rádio. A esperança que gerou. Aquilo me deixou maluco.

Tudo estava no automático. Inclinei a aeronave, desci precipitadamente e toquei o solo a uns 30 metros do cabo. Papi se inclinou para a frente e disse:

Vá taxiando mais à frente. Ali. Estacione atrás do prédio, o segundo a oeste depois da torre.

Mantive a Fera rodando rápido. O rádio chiou. *Bela aterrissagem*, comentou a voz. Agora não soava como a tia simpática. Havia um tom de irritação e rigidez. Depois risadas. Risos como metais raspando contra o asfalto, alta e prolongada. *Parabéns, você é o primeiro*.

Não chamei de volta. Virei à esquerda onde Papi sugeriu e fechei a Fera. Paramos à sombra fria da Escola de Aviação Big River e do centro de serviços autorizados da Cessna e ficamos perto o suficiente da parede, portanto não víamos o topo da torre e eles não nos viam, quem quer que eles fossem. Desci, coloquei o banco para a frente para que Papi pudesse sair. Uma cigarra trilou alto. Cima ficou sentada. Não desatou o cinto. Não sabia o que dizer, nunca a vira dessa maneira. Ela parecia estar em choque. Ela estava em choque. Dei a volta até a porta dela e a abri. Suas mãos longas pressionaram o painel por cima do mostrador da pressão do óleo e um novo hematoma se espalhou por seu antebraço. Ela se virou. Seus olhos estavam turvos.

Não é só a maldade de tudo isso. A armadilha. Isso também. É a cidade.

Eu concordei. Ela e Papi se aposentaram cedo do mundo, antes que o fogo se alastrasse por completo. Eles haviam visto o bastante, o suficiente para querer fugir, mas não o legado completo. Não viram o que eu vira todos os dias do ar. O que Bangley e eu conhecêramos no meio da noite. A cidade incendiada e tudo o que isso implicava.

Você quer ficar aqui?

Confirmou.

Tudo bem.

Dei a volta por trás do avião, destravei a metralhadora Uzi do suporte e entreguei a ela.

Se aparecer alguém que não goste de mim ou do seu pai, atire neles. Está carregada.

Ela hesitou, concordou, pegou a arma.

Destravei a AR. Também peguei o rádio portátil. Liguei-o e coloquei-o na frequência II8.I, a torre. Às vezes é uma boa ideia conversar com o inimigo. Não sempre. Bangley me ensinara isso — o valor do comedimento. Também o valor de impressionar com seu poder de fogo. Procurei debaixo de um dos carneirinhos e olhei o saco que guardava as granadas, fiz sinal para Papi e demos a volta pelo canto sul do prédio. Eu o segui. Ele abriu os braços contra a parede para que ficássemos fora da visão da torre. Antes de chegarmos ao outro canto e cruzarmos a rampa aberta onde os aviões pequenos ficavam amarrados, ficamos totalmente à vista de quem quer que estivesse lá em cima e paramos. Faltavam cerca de 50 metros até o prédio seguinte. Um prédio de tijolos aparentes de um andar, os escritórios da Base Fixa de Operações, um hangar adjacente e atrás. Conseguíamos ver a parte de trás do prédio: uma fileira de janelas escuras, a maioria ainda intacta, e uma porta de metal na parte de trás.

Hig, aquela senhora lá em cima falava exatamente como minha avó.

E?

Vamos acabar com ela e com quem mais estiver lá. Ele não fez perguntas. Olhou para mim.

Fiz um gesto de aprovação.

Esses cretinos o atraíram para lá com falsas intenções. Você viu todos aqueles aviões destruídos? Quantos aviões você acha que pegaram?

Muitos. Muita gente. Esta é a maior pista no caminho para Los Angeles entre Denver e Phoenix.

Ele se inclinou contra os tijolos.

Por quê? Perguntou Papi.

Por que fazem isso?

Não é pelo combustível. Metade destes aviões destruídos pegou fogo. Também não é pela maldita *carne*. A menos que gostem de carvão.

Deve ter havido sobreviventes. Alguns talvez não tão machucados. E algumas vezes os aviões não incendiaram. Não até o fim, em alguns casos não chegaram a pegar fogo. Deveria haver suprimentos, comida, armas. Carneiros. Bééé.

Certo, então o que faziam com os sobreviventes que estavam putos da vida?

Silêncio. Ele deu um passo para virar a esquina e um tiro estalou. A poeira do tijolo voou no meu rosto. Pensei que ele tinha sido pego. Caiu para trás. Agarrei-o quase sem enxergar, puxando-o para mim.

Merda. Estou perdendo as estribeiras, Hig. Obrigado.

Ele estava bem. Respirava com dificuldade. Limpei meus olhos.

É o que eles fazem, Hig. Destroem um por um. As vítimas saem do avião machucadas, confusas, sem ter certeza no que bateram e *bangue*! Ou as usam para sei lá o quê. Está certo, agora estou muito puto da vida.

Desabotoou sua camisa de flanela remendada, examinou minuciosamente o chão atrás de nós e pegou uma barra de ferro enferrujada de meio metro de comprimento. Pendurou a camisa nela.

Coloque a camisa para fora quando eu disser. Para cima, assim. Se entrarmos naquele próximo prédio, estamos feitos. NÃO se mexa daqui até eu chamar. Ele deslizou a haste, verificou se havia bala na câmara, agachou. Três, dois, um, já!

Pus a camisa para fora, o tiro estalou, zuniu, ele se fora. Correu a toda velocidade na direção da porta de trás, como um zagueiro em campo, fintando e ziguezagueando, e mais dois tiros explodiram no asfalto atrás e na frente. Papi conseguiu chegar ao ponto cego do edifício, onde não podia mais ser visto de cima, e andou o restante do caminho até a porta. Virou-se e fez sinal de positivo antes de empurrar a porta e desaparecer lá dentro. Maldito Papi. Quero correr assim quando tiver... O quê? Minha idade. Nunca consegui correr assim. Porcaria. Puxei a camisa de volta. Havia um buraco perfeito na parte de baixo, repetido em três dobras. Um tiro no estômago. Ai! Esperei. Um minuto, dois, comecei a contar como fazia com Bangley. Quando cheguei a 200, comecei a me preocupar com o que estava acontecendo. Em 223, um tiro. Reverberou pelo aeroporto como um sino. Só um dobre de sino. Ecoou e morreu. Era a calibre 308 de Papi. Conhecia o som. Meio minuto depois, a porta de trás da Base Fixa de Operações se abriu e Papi fez sinal para ir até onde estava. Corri. Ele levantou a mão e fez sinal para que eu fosse devagar, como que dizendo: *Calma, relaxe.*

Que merda! O que aconteceu?

Um tolo, só isso. As janelas do alto da torre são à prova de balas. Tem sido assim desde o 9 de setembro. Mas precisam atirar de algum lugar. Eles têm orifícios. Como em um forte antigo. Soube assim que entrei que teria todo o tempo do mundo para atirar.

Eu o fitei.

Você acertou o atirador por um orifício? Como assim, atravessando a mira dele?

Nada disso. Acontece que eles tinham dois orifícios — um mais alto, mais ou menos na altura do peito, para tiros de longa distância, um para o ângulo diretamente abaixo para cobrir a base da torre. Ele estava olhando para o de cima e atirei pelo de baixo. Você quer explodir a porta, vá lá em cima e faça uma visita.

Caramba, Papi.

Ele atirara em sei lá quem bem ali. Através de um buraco de mais ou menos dez centímetros.

Com certeza. Atravessamos. A porta na base da torre era de um metal pesado pintado de verde. Ele abriu o zíper de uma mochila suja, tirou duas bananas de dinamite e uniu-as com fita adesiva.

Há algum tempo venho guardando isto. Parece ser uma boa hora para usar.

Ele as fixou na porta de metal ao lado da dobradiça, perto do chão, acendeu-as e correu para trás. Fomos nos esconder dentro da Sala de Jatos por precaução. Explodiu. Pequenos pedaços de asfalto voaram contra as janelas. Fez com que eu me lembrasse de um caminhão passando em uma estrada de cascalhos. Corremos de volta. A porta ficou pendurada pela dobradiça de cima, balançando como um metrônomo triste em meio à fumaça. Papi ficou parado na passagem da porta como um mensageiro hesitante.

Me dê sua arma, pediu ele. Você se importa?

Entreguei-a, ele me deu a dele.

Isto será um pouco melhor para o que estamos fazendo.

Reflexo: ele puxou a alavanca de armar para trás, verificou se a munição estava na câmara e entrou no modo de comando. Não que já não tenha feito isso antes. Mal podia esperar para que ele conhecesse Bangley. Era o que estava pensando, entretido imaginando as apresentações enquanto Papi subiu os primeiros degraus da escada e colocou a arma no ombro mirando a escadaria com os dois olhos abertos. As estradas eram de concreto sobre aço e faziam um *tóin tóin* monótono enquanto corríamos para cima. Eram cinco níveis. Em cada um, Papi pedia para que eu ficasse no vão e fizesse a cobertura enquanto ele passava pela porta. Ele verificou cada andar rapidamente e fomos subindo. Apoiou-se na direção de minha orelha, ofegante.

Você vai adorar a decoração deste lugar.

Eu podia imaginar. A porta de cima, a da sala de controle, estava fechada. É claro. Ele atirou na porta e a empurrou. O cheiro. Senti náusea e cuspi. Gatos em todo lugar. Aterrorizados com o tiro, correndo sobre o teclado do radar, os painéis de comando, com os pelos eriçados e sibilando para os monitores do computador totalmente pretos. Malhados e pretos, siameses de olhos azuis.

O ar cheirava a urina de gato e nadava na luz tingida que vinha das janelas, infundida de verde como em um aquário. Do lado oeste, o mesmo de que viéramos, onde sabia que o atirador estaria caído de lado debaixo das janelas em balanço, havia um homem sufocando e chorando. Ele estava segurando seus intestinos, que estavam espalhados no chão. O sangue era derramado pelas costas, acumulado em uma poça e depois corria pelo chão em uma corrente sinuosa como um riacho. Era um senhor, mais velho que Papi. Sua barba era branca, seu cabelo grisalho era comprido, emaranhado agora e ensopado no sangue do chão de aço. Era o que havia chamado primeiro, o que eu ouvira anos antes, deve ter sido. Ele usava suspensório. Seu boné fora jogado para o meio da sala aberta. Estava escrito "Peoria Jet Center — Assistência no Coração do País". O coração do país veio para a região oeste em busca de um abrigo seguro para a gripe e dava de cara com o cabo desse filho da mãe. Provavelmente. Seu fuzil estava a alguns centímetros do boné. Um AR-10 com cano longo. Os gatos emitiam miados altos e prolongados, como quando estão em pânico na sala de espera do veterinário. O velho engasgava, golfava, gemia. Um gato destemido já estava lambendo o riacho vermelho.

Samuel! Um grito agudo. *Summy, meu Summy, meu Summy!*

Dei um pulo. No canto — não havia cantos, aquilo tudo eram cantos, octagonal — do outro lado havia uma mulher com os cabelos, não acredito, amarrados em um coque. Ela estava perto de uma mira armada em um tripé e usava, não acredito de novo, um vestido de algodão com estampa de florzinhas azuis. E óculos de armação redonda. Poderia ser a bibliotecária da escola, sua avó coruja, o rosto em uma embalagem de biscoitos caseiros. Ela já estava encostada contra uma tela de navegação e paralisada em uma investida na direção do atirador, que deveria ser seu marido, com as mãos arranhando o ar em frente ao peito e a boca aberta em um grito. Papi atirou nela. No meio da testa. Vinte gatos deram voltas rápidas ao redor da torre e depois congelaram em diversas posições, arqueados de pavor. Agora havia apenas os gatos e o velho.

Papi andou até ele, agachou.

Termine, o vovô sussurrou engasgado. Os olhos se voltaram para cima. Estavam embaçados como ovos pochê. *Atire*, implorou.

Papi perguntou: Como você esticava o cabo?

O *quê*...? Ele golfou um naco de sangue.

O cabo. Como você o esticava?

Retro...
Retroescavadeira?

O vovô vomitou afirmativamente.

E o combustível? Onde está o combustível? Você tem 100 LL?

Atire por fa...

Onde está?

Tanq les...

Tanque leste?

Sim...

Papi puxou um molho de chaves enganchadas ao cinto do homem.

Essa é a chave?

Aaaaaaa...

Esta é a chave?

Sim...

Vá para o inferno.

Papi atirou nele. Vomitei.

< >

Olhei pela janela uma vez antes de fugir dos gatos, do fedor. O telhado do Jet Center era coberto de painéis solares. Iguais aos de Erie. Era assim que bombeavam água, combustível, carregavam os rádios e o farol. As bombas de combustível do lado leste estavam bem abaixo de nós, a menos de 100 metros. Alvo fácil daqui, era assim que a protegiam. Os sobreviventes? Dos acidentes de avião? Conseguiam acertá-los a distância, ou ela também poderia ir ao local bloqueado, como uma atriz, acenando como uma vovó preocupada, gesticulando com urgência para que subissem. Muito fácil. Droga.

< >

Antes de sairmos da torre, Papi me convidou para ir até o terceiro andar. Afirmei que não queria ver. Você vai querer ver. Os gatos já estavam se aventurando escada abaixo. Eu o segui.

Você já esteve em uma motocasa de aposentados? Aquelas casas motorizadas que eles compram depois de se desfazerem da antiga? Já reparou como são imaculadas e incrivelmente organizadas? Camas feitas com colchas de patchwork, talvez com uma estampa de girassóis, alisada com perfeição sobre a cama e um ursinho de pelúcia encostado na almofada? E rosas de seda em um vaso de cristal lapidado sobre a bancada do café da manhã? Era assim. Um quarto de solteiro pequeno, sem janelas, um tapete felpudo, imaculado, de parede a parede, sem gatos. Exceto no ambiente onde teria sido a sala de estar, onde a televisão deveria estar, uma parede estava repleta de pregos, e em uma centena de pregos havia bonés, a maioria bonés de beisebol com logos das Bases Fixas de Operadores e centros de serviços aeronáuticos, especialistas de todos os tipos em aviação — cilindros, hélices, revestimentos — de todos os cantos do país. O restante das paredes era coberto por prateleiras. Nas prateleiras, alternadamente, estavam pares de óculos de aviação — óculos de sol, óculos de leitura, bifocais, tudo — e pássaros de todo tipo empalhados de forma grosseira. Eram cheios de grânulos, de cores apagadas e sem brilho, empalhados com algum tipo de enchimento sem uso de armação, com os olhos costurados fechados, sem nenhuma habilidade — corujas, pássaros azuis, pombos. E guias de pássaros: o antigo Petersen, Golden, National Geographic, Sibley's. Parecia ter tudo o que fora publicado no último século.

Os hobbies continuam em alta, disse Papi. Isso é um alívio.

Com certeza.

< >

Enchemos o tanque quase como antes, só subi a alavanca, ouvi a bomba elétrica e fiquei observando os números rolarem. Verifiquei a cor, a água e as partículas com um tubo de plástico transparente que carregava comigo. Encontramos mais seis latas de 19 litros cada e as enchemos também. Liguei o motor. A Fera correu suavemente, então o combustível era bom. Decolamos. Papi disse: Na linha de frente! Duas horas da tarde. Inclinei o avião. Três bisões bicavam no fim da pista, os couros ainda estavam remendados e ásperos por causa do inverno.

< >

Os búfalos estão descendo para o antigo pasto, os lobos, os carneiros monteses também. Não existem mais trutas, alces, mas. Já vi águias pescadoras no riacho de Jasper, e águias-de-cabeça-branca. Fica cheio de ratos em um mundo cheio de falcões. Um montão de corvos. No inverno, as árvores ficam cheias deles. Quem é que precisa de decoração de árvore de Natal? Quilômetros e quilômetros de florestas mortas, mas os espruces estão voltando, os abetos e os álamos.

< >

Sobrevoamos. O vento fustigava e se agitava no vão onde antes fora a janela. Na cidade de Kremmling, nos montes abaixo de Gore Range, havia um fogo enorme. O fogo era novo. Deve ter sido raio. Vimos veados descendo a colina, apressados.

Olhe! Cima exclamou.

Atrás dos veados havia uma ursa-parda. Ela vinha descendo a passos largos, com dificuldade, sobre as patas curtas da frente, brecando, dando voltas e tentando arrebanhar duas crias aterrorizadas. Arrebanhando-as cada vez mais para baixo.

No rio, no trecho plano sobre o cânion, veados nadavam.

< >

Pensei em um quadro que vira no Museu de História Natural em Denver. Eram vários dinossauros misturados, lembro-me de que havia triceratopes fugindo por uma planície escassa perseguida pelo fogo e vulcões entrando em erupção ao fundo. Não sei se conseguiriam ser tão rápidos quanto esta mamãe ursa ou um veado.

< >

As cadeiras balançavam no teleférico em Winter Park. Árvores novas chegavam quase até a altura das cadeiras. Tínhamos combustível suficiente para chegar a Erie, porém nada mais. Queria aterrissar e colocar pelo menos mais uma lata extra de combustível. Para o caso. De quê? Só por garantia. Demos uma volta até um trecho limpo da estrada do lado oeste do vilarejo da estação de esqui. Aterrissei, fui parando aos solavancos, perto dos prédios, no limite do vilarejo. Fiquei de pé, despejei as latas de combustível. Enquanto ficava de pé sobre a haste de apoio do avião, Papi ia me passando as latas. Os limites do vilarejo estavam a 70 metros de distância, um centro de recreações, um posto de gasolina, um chalé de madeira escura de mau gosto: Helga´s Cozinha Alemã e Bar. A cidade, por milagre, não havia sido incendiada.

Cima ficou na estrada, com as mãos nos bolsos dos jeans, olhando. Ainda parecia estar em choque. O mundo além do cânion. O mundo vazio e queimado. Os prédios intactos eram os mais assustadores. Para mim. Porque pareciam quase normais, porque ecoavam. Eles fazem o que um sino faz depois do repique, depois que o som se esvai.

Quero entrar ali, avisou Cima. Apontando como uma turista para o restaurante alemão.

Ali?

Sim.

Quanto mais rápido enchermos o tanque e decolarmos, mais seguros estaremos. Isso aqui está vazio, mas. Nunca se sabe.

Quero entrar.

Dei de ombros. Papi estava perdido em seus pensamentos, observando as cadeias de montanhas de Gore Range e de Never Summers, atônito. Você se acostuma com muitas coisas, mas talvez não a isso. É inesperado. Avisei para ele que estaríamos de volta em alguns minutos, peguei a AR e caminhamos pela estrada em elevação coberta de geada. Tufos de grama, sálvia e pequenos álamos cresciam entre as rachaduras. Lagartos pequenos deslizavam com rapidez. Andamos na direção do Sol que pairava sobre a neve do Divide. Ainda lá em cima.

Você gostava de comida alemã?

Senti como se estivéssemos saindo juntos, e era estranho. O cânion recebera mais luz do Sol do que esse lugar vazio e sibilante.

Destestava.

Ah.

Ela esticou o braço e segurou minha mão. Não vou a lugar nenhum, Hig, afirmou. Aonde iria?

A muitos lugares, pensei, mas não disse nada. Ou então bem, bem para dentro. Para lugares onde ninguém jamais chegaria.

Fiquei calado. A porta estava aberta, não havia mais porta. Talvez a tenham queimado na lareira juntamente com a mobília. As janelas estavam fechadas com tábuas. Alguém vinha se planejando para dias ruins, planejando proteger o negócio, as economias de uma vida. Esses sinais de esperança eram tão estranhos agora, quase perversos. Entramos.

Não haviam queimado a mobília: todas as mesas, as cadeiras de madeira pesada, vultosos em meio à pouca luz, vigilantes e impassíveis. Havia uma lareira no centro, redonda, com bordas de pedra, local de destaque indispensável para todos os estúpidos que se transformaram em estilistas de roupas de esqui. Provavelmente havia tigelas de fondue na cozinha. Perto da frente, onde a chuva e a neve respingaram, a madeira estava manchada e empenada, porém mais ao fundo havia apenas terra seca e as trilhas de cocô de rato. Um bar construído com madeira de carvalho, banquetas altas, um espelho esbranquiçado, ainda inteiro. Refletia a luz da porta de entrada como uma piscina dissolvida em um rio perto do cair da noite. Ela hesitou, mas depois avançou e ficou parada na frente do bar, olhando para dentro do espelho grande. Afastou-se alguns centímetros, imóvel, os braços estendidos para o lado. Pensei em uma criança no recital de dança que se esqueceu dos passos seguintes. Deu branco. Ou em uma garota de fazenda em um bar novo, uma garota das montanhas, embasbacada, sem saber o que pedir, como pedir. Ela olhou para si e explodiu em lágrimas.

< >

Quem era aquele homem esfarrapado, corpulento e barbado ao lado dela? É você, Hig? Você está todo remendado, descabelado e esfarrapado, como aqueles bisões no inverno. Está sem um dente. Está parecendo um jogador de hóquei sem teto.

< >

Não sabia. Estava um pouco nervoso com relação a passar pela parte mais difícil. "Passar pelas Rochas", costumavam chamar nos aeroportos pequenos das regiões industriais, como se fosse grande coisa. Não para mim, nunca foi. Sim, era alto, era o Continental Divide, quase sempre havia neve, um lugar horroroso para se perder o motor em quaisquer circunstâncias, uma longa descida até as primeiras clareiras em meio aos pinheiros. Em ambos os lados, Winter Park e Nederland. Sempre deixava 600 metros de folga, voando tão alto que ficava um pouco desorientado de vez em quando, e sempre ficava tudo bem. Mas. Agora a coisa era diferente. Como seria? Mirei para o ponto baixo, o desfiladeiro onde a estrada do Jeep passava sobre pedras e neve irregular. Observava o campo se erguendo atrás da cadeia montanhosa, como sempre acontece quando se está passando por cima dele, assistindo-lhe se levantar e se soltar ao vento à maneira daquelas bandeiras usadas nas Olimpíadas. Avistei, adiante do pilar final do contraforte: a velha cidade de Erie, a pista de decolagem visível ao sul da torre do rádio que não pisca mais, a faixa de asfalto desenrolada como um tapete de boas-vindas somente para mim. Estava nervoso porque ia ver Bangley de novo, era isso. Estive fora, pelos meus cálculos, um pouco mais de um mês e meio.

< >

Agora descíamos sobre o contraforte e apontei a Fera na direção de Erie pela rota. Mirei a escarpa de terra que se destacava como um painel do outro lado da rodovia interestadual, ainda a 24 quilômetros do meu objetivo a oeste, que me colocaria bem em cima do meio-campo. Vendo-a, uma lembrança do verão dos meus 18 anos reacendeu: voltando para a casa de minha mãe em Hotchkiss. Era uma surpresa para ela. Subia a rua sinuosa no pôr do sol. A empolgação de voltar para casa, o medo de não ser nada do que esperava. Meu coração estava disparado. Sentia que a batida do meu coração estava tentando competir com o ruído do motor, o ronco mais baixo e a vibração enquanto puxava o manete para trás para descer.

Até os nossos 13 quilômetros de pradarias. Sobrevoando as últimas árvores, os últimos pinheiros vivos balançando sobre a planície como sentinelas desorientados, nosso perímetro, nossa margem de segurança, e então avistei a torre, a que construíramos juntos. A construção de franco-atirador de Bangley, o terraço de onde atirava o estoque de morteiros — então estava sobrevoando o local e não olhei atentamente para baixo para ver os ossos, os corpos deixados ao relento e espalhados agora por lobos e coiotes e não sei mais o quê. Conseguiria ter visto, se tivesse olhado com mais atenção, a curvatura de uma costela ou de um crânio. Senti o impulso de — o quê? De algo por Bangley, que percebi naquele momento ter se tornado parte da minha família. Porque foi por ele, como foi por minha mãe há 22 anos, que voltei para casa. Não foi por minha esposa, meu filho, minha mãe, ninguém além de Bangley com sua voz rouca. Por causa dele foi questão de honra ser um idiota teimoso o tempo todo. Sentia uma ponta de medo, de pavor. E se ele estiver muito puto da vida comigo?

As emoções eram conflitantes. Senti o peso do medo sobre mim. Desci a 1.800 metros e sobrevoei o rio cintilante e que havia baixado, porém corria e passava direto pela ponta sul da pista de decolagem. Vi a cobertura das casas chamuscadas, vi fundações, vi metade do meu hangar arrancado como se tivesse passado um tornado e causado um incêndio.

< III >

A casa de Bangley ficava 100 metros ao norte, a que tinha a loja de armas na sala de estar rebaixada e a foto da família de loiros esquiando — a casa estava de pé, mas havia tiros nas janelas e marcas de queimado ao redor das janelas do sótão do segundo andar, que estavam estilhaçadas, e ao lado havia um buraco no telhado. Ah, droga. Droga, droga, droga.

Papi estava ereto e alerta sobre sua mochila. Olhei de relance para trás, ele sabia que a situação era ruim, e Cima apertou minha coxa e não conseguia tirar os olhos da janela, pressionando o rosto contra o vidro, como uma criança olhando para o tanque do tubarão.

Antes de aterrissar, voei baixo e dei uma olhada no jardim. Estava tudo intacto, no lugar. A água ainda corria pelo percurso da parte de cima do terreno e na metade dos sulcos também.

Mas. Mesmo a 60 metros de altura, conseguia ver as ervas daninhas. Elas tomaram conta do percurso onde não havia água e coroaram os cumes dos montes de terra.

Agarrei o manete, empurrei-o para cima e fiz outra volta, agora mais alto. Inclinei para a esquerda, mirei a parte central da pista e aterrissei, taxiando diretamente até casa de Bangley. Mistura, magneto, chave geral. Desligados. Pararam de funcionar. A Fera mal havia parado totalmente quando abri a porta, pulei para fora e corri para a casa.

A porta da frente estava aberta, balançando sutilmente com o vento leve.

Bangley! Bangley! Ei! Você está aí? BANGLEY!

Fiquei surpreso com a força do meu grito. Parecia um estranho.

Desci até a oficina. Era estranho, a janela grande e redonda que dava para as montanhas estava intacta, mas havia uma fileira de buracos de bala na diagonal, na parte de cima da parede sobre a lareira. A foto da família estava intacta na mesinha lateral. As ferramentas de Bangley estavam onde ele as deixou, o cano e o receptor de uma arma Sig Sauer calibre .308, uma das suas favoritas, suspensa sobre uma mesa de trabalho em dois tornos.

Meu Deus.

Papi estava atrás de mim.

Seu amigo, disse. Sabia desde o nosso primeiro encontro que ele era violento, caso contrário como um cara como você...

Parou de falar.

Nunca imaginei isso.

Bangley!

Estava desesperado. Pela primeira vez. Senti o peso, o desespero, como um odor ruim. Estranho. Nunca sabemos como nos sentimos em relação a alguém até sua casa ser invadida.

Esquivei-me. Era a mão de Papi no meu ombro.

Pegaram-no aqui. Estava trabalhando. Foi durante o dia. Nunca esperei um ataque durante o dia como esse. Entraram pela frente, ele sobreviveu ao primeiro ataque e tentou afastá-los. Lutou para que houvesse uma retirada, e então foi para o andar de cima, de onde teria uma vista melhor, melhor ângulo, e lutou de lá. Provavelmente só dois deles tinham armas.

Subi as escadas correndo. Meu coração estava apertado. O que veria? Nunca estive lá em cima, nunca. O corredor tinha uma fileira com fotos da família. Esquiando, velejando, em um bangalô e bambu, palmeiras, um labrador caramelo em um campo coberto de flores. Vi tudo isso em grande velocidade, ganhando o corredor enquanto corria sobre o carpete espesso, parando uma vez para me orientar na direção da frente da casa, onde a janela do sótão estaria. É este quarto aqui. Empurrei a porta parcialmente fechada.

Era um quarto de criança, o do menino. Havia um pôster de Linu Linu de biquíni sobre a cama que estava coberta com uma colcha de coubóis montando cavalos selvagens. Borboletas presas dentro de quadros nas paredes e uma guitarra elétrica no canto.

Esquis de slalom também. Uma prancha de surf, outra prancha pequena colocada sobre um suporte no teto angulado, com um desenho gráfico verde brilhante da serpente na macieira com a Eva nua, de pé e com o tronco virado para trás, com os seios semicobertos pelos cachos dos cabelos: SIN SURFBOARDS. Um pôster NASCAR assinado. Carro número 13.

Duas flechas de caça, de verdade, fincadas no pôster, e a parte de cima da parede esburacada por balas.

Dois tubos de fumo Copenhagen e uma lata vazia no chão, ao lado da cama, servindo como escarrador. Binóculos de visão noturna e dois revólveres Glock pendurados nas cartucheiras em um mancebo. Minha nossa. Era o quarto do filho e o quarto de Bangley. Era aqui onde morava. Positivo. Preservado como um quarto de um museu histórico. Tive um lampejo em relação ao pai de Bangley, que ele odiara — e pensei: Ele jamais tivera um quarto como este, aposto. Estava curando a si próprio ou seguindo algum instinto de compensação, ou até algo mais estranho, quem poderia saber, vivendo neste museu, neste quarto de brinquedo. Havia luz vinda do telhado. Um buraco de 60 centímetros de diâmetro. Nenhum sinal de explosão. Como aquilo chegou ali? Oh. Quase tropecei em um buraco do mesmo tamanho no chão. As perguntas giravam na minha cabeça, colidindo com uma pilha de revistas NASCAR. A janela queimada. E sacos de areia amontoados no peitoril e nas laterais. Nenhum sinal de Bangley, o que a essa altura era bom sinal.

Fiquei no meio do quarto engolindo ar, recuperando o fôlego. Fui até a janela sem janela e olhei lá embaixo para o nosso acampamento, nosso aeroporto, e não pude evitar uma risada repentina.

Ele conseguia ver tudo por cima da berma até o outro lado da pista onde eu dormia com Jasper, bem na direção do contentor de lixo que tiráramos da minha casa, a casa que funcionava como isca para uma armadilha. Ele via a varanda e a porta da frente, descendo pela fileira de aviões enferrujados, dois lados do prédio da Base Fixa de Operações, a passagem para o hangar. Não havia quase nada que ele não pudesse ver daqui, por isso é óbvio o motivo pelo qual escolhera esta casa. Isso não me ocorrera, não sei por quê. Também não percebera que quando o bipava no meio da noite com o alarme de um invasor, ele tinha o campo de visão da cena toda daqui. Ele poderia saber quantos estavam escondidos atrás do contentor de lixo, o que estavam carregando, quantos mais talvez houvesse. Ele sabia de tudo antes de perambular pela berma na escuridão, provavelmente já havia planejado em quem atiraria primeiro, e como. Era por isso que nunca estava surpreso, sempre parecia relaxado demais para mim. Droga. E os sacos de areia. Ele poderia ter dado os tiros com um fuzil de precisão bem daqui. Filho da mãe. Qual era a distância? Trezentos metros talvez. Moleza. Para ele. Senti ali de pé surgindo em mim a transformação súbita e a admiração, e tenho de admitir — o quê? Amor, talvez, que vim a sentir por um indivíduo completamente maluco.

Ele era bom em uma coisa, muito bom mesmo, e o restante ia levando com incrível má vontade. Tinha uma estratégia, creio. E me dava cobertura. Incessantemente, sem titubear. Com generosidade. Quero dizer, fazia mais do que o suficiente, certo? Nunca deixou que eu soubesse o quanto tinha toda a operação nas mãos. Quando fui embora, ele sabia exatamente o aumento do risco, do perigo. Provavelmente até conseguiu calibrá-lo a um grau exato e letal, da mesma forma que calibrava a pontaria para compensar a influência do vento e a elevação para um dos seus tiros a longa distância do alto da torre. Também sabia com precisão de arrepiar o quanto estaria em perigo vivendo aqui sozinho, sem mim e Jasper, depois só comigo, como um sistema de alarme. Estou falando de entendimento mútuo, do quanto não estivera consciente dele, o que de algum modo fez com que sua resistência rude à minha partida acabasse se tornando ainda mais tocante. A cesta de granadas. Admitir que me considerava como um irmão. Dizendo para, do meu jeito mesmo, para me cuidar, não por ele, mas por mim mesmo.

E as outras viagens. A pesca e a caça que sabia serem para diversão mais do que qualquer outra coisa, ou por necessidades psicológicas, para relaxar, e que o colcavam em risco mortal. Nunca fez objeção.

Este era seu quarto. Fiquei tocado, aquilo tudo era curioso.

Virei-me. Papi estava à porta com seus olhos acinzentados se movimentando pelos objetos da criança, as armas.

Isto aqui é Bangley em poucas palavras, comentei.

Bem.

Os olhos de Papi moveram-se até o saco de areia.

Ele não morreu aqui.

Papi deu um passo até o buraco chamuscado que havia sido a janela do sótão. Examinou em baixo e do outro lado.

Ele foi ferido aqui. Papi tocou a cortina rasgada.

Sabia que não poderia ficar aqui ou acabariam com ele. Sabia que tinha de se movimentar, mesmo ferido. Tinha de se mexer e atacar. Era um bom soldado.

Era?

Papi deu de ombros, sem resposta.

Ficamos os dois parados ali. Não conseguia me mexer. Estava paralisado.

Então ouvimos os tiros duplos e o grito.

Corremos pelo corredor e pelas escadas abaixo, pelo andar térreo de lixo seletivo e saímos para a dolorosa luz do Sol.

A Fera estava a metros de distância sobre a rampa que servia como pista de taxiamento para essas casas ao norte. Cima estava agachada ao lado da Fera, debaixo da asa, tentando ficar menor que a roda.

Papi parou de repente e eu trombei com ele, quase o jogando no chão.

Espere.

Papi protegeu os olhos e sondou. Cima estava agachada ao lado do avião, apontando. Na direção do hangar, que estava fechado. Pelo menos a parte que ainda estava intacta. Ela estava bem, mas o som dos tiros a abalou.

Papi começou a se movimentar.

É ele, afirmou.

Dei três passos e passei à frente dele. Você nunca sabe o que sente por alguém até essa pessoa morrer e voltar. Empurrei a porta do hangar, a que as pessoas usam para passar, a que foi cortada e que pode ser erguida. Bati com tanta força que caí na minha própria armadilha. Tropecei no pedaço de chão enorme que cobrira com os tapetes persas chiques de outras casas. Tropecei com tanta força e de maneira tão impetuosa que dei mal jeito nas costas, merda, e sofri uma distensão no joelho, ai. Tentei ficar ereto, parei e fiquei como uma árvore, apertei os olhos tentando me acostumar com a escuridão.

Havia dois painéis translúcidos e enrugados no telhado que serviam como claraboias e meio que iluminavam o local com luz natural quando as portas estavam fechadas. Vi o sofá, o *Valdez*, a cadeira de Jasper, a bancada de trabalho, a banqueta, a bancada no fundo onde cozinhava e a mesa de linóleo vermelha onde geralmente fazíamos as melhores refeições. Nada mais. Mas ouvi. Um atrito sutil, como um rato na parede. Metálico.

Eu tinha um armário de ferramentas com gavetas rolantes, era de aço pintado em vermelho e com 1,80 metros de largura. Lindo. Bangley e eu levamos boa parte da manhã tentando trazê-lo da central de serviços do hangar, rolando, passando pelas camadas de gelo e os buracos da estrada, usando tábuas como ponte onde era mais difícil passar. Teve lugar de honra no meio da parede face norte. Bangley a chamava de Canto Vermelho. Preciso de uma droga de uma chave inglesa, pedia ele. Você pode tirar a bunda da cadeira e procurar para mim no Canto? Por favor. O ruído vinha do armário e ele estava um pouco afastado da parede. As botas de trabalho com ponteira de aço estavam enfiadas atrás do armário. Ao lado, contra a parede, o lançador de granadas no qual ele vinha trabalhando.

Ele estava coberto por sangue seco. Parecia que alguém despejara um balde de sangue nele da cintura para baixo. Os olhos estavam inchados, quase fechados, com uma crosta de um muco branco seco ou vômito na lateral do rosto e que chegava até o braço. Sua perna esquerda estava inclinada em um ângulo estranho. Estava deitado sobre seu fuzil de ataque predileto, o M4, e a mão esquerda ensanguentada estava na proteção do gatilho.

Um gemido gutural saiu dos seus lábios rachados. As palavras chegavam como um sussurro enfraquecido.

Maldito Hig.

Isso foi tudo. Sua mão se levantou, rígida como uma garra, e tocou minha barba.

< >

Tocou e se foi. Durante duas semanas. Mais. Se morresse, seria de desidratação. Não morreu. O filho da mãe era durão. Ele sabia que era. Cima não queria que Bangley se mexesse. Nós o colocamos no sofá. Ela ajeitou sua perna e colocou uma tala. A coxa fora ferida por uma bala. Ela limpou e costurou o buraco do lado esquerdo. Outra bala atingira uma costela, mas não o estômago. O hangar estava quente na parte da tarde, mas nem tanto com a porta levantada e o buraco na parede do lado oeste. Demorou quatro dias para que registrasse meu rosto novamente. Foi durante alguns segundos. Entrava em um tipo de coma nesse meio tempo. Cima lhe dava água e Sprite com um conta-gotas. No sexto dia, ele abriu os olhos enquanto ela o alimentava e olhou fixamente.

Sra. Hig, disse.

Ela contou que caiu na gargalhada. Tinha alguma coisa a ver com sua expressão. Mais que isso: a expressão facial de um homem semimorto. Ela contou que foi um desafio atrever-se a negar e, consciente, confirmou bem-humorada.

Doutora Hig para você. Ela disse que ele manteve os olhos nela por um momento significativo, consentiu lentamente e voltou a dormir.

< >

Papi ficou menos tenso durante o dia. Levei-o comigo na Fera e fizemos o circuito. Mostrei os limites, como um guia turístico. Encontrei um fone de ouvido para ele e expliquei enquanto íamos. A torre, o rio, as distâncias, o que conseguiríamos ver. As inclinações íngremes nas margens do riacho feitas pela erosão e que formavam nosso fosso, o único trecho raso decente, a berma. O raio de 48 quilômetros para vigiar as estradas, as famílias.

Quando sobrevoamos a região, as famílias vieram correndo do jardim, das casas, dos abrigos, umas boas-vindas esfarrapadas e maltrapilhas, acenando. As crianças pulavam. Contei as crianças: sete. Uma a menos, não sei bem quem. Fiz a volta, acenei, fiz sinal positivo. Vou voltar.

Cima disse que Bangley era, em essência, um paciente de UTI, de cuidados intensivos 24 horas por dia, 7 dias da semana. Nós nos revezávamos. Alguma coisa nela. Alguma coisa durante a semana crescera e florescera, algo que ficara hibernado no cânion agora saiu para a luz do Sol e gostou do que viu. Difícil explicar.

No papel de médica, não havia dúvidas de que havia experiência, uma competência fácil, que não precisava de esforço, um retorno à função conseguida com trabalho árduo e que a faziam parecer maior para mim. Não sei, mais alta, mais larga, um planeta com mais gravidade do que já havia antes. Era assim mesmo. Observe qualquer pessoa entrar na arena de seu domínio real e a verá ficando maior. Adoro isso. Mas tinha algo mais também. Como se a chegada a este pequeno aeroporto semidevastado nas planícies, alienado como era de qualquer lugar que vivera antes — Nova York, certamente, as montanhas e suas plataformas do lugar onde foi criada —, como se fosse uma chegada para a qual vinha se preparando. Há muito tempo, sem saber. Talvez. Não sei. Parecia assim para mim. Como se parte dela houvesse relaxado, como se lhe tivesse sido tirada uma pele antiga. Uma casca de si mesma que fora uma barreira da qual não estive consciente. E, com a retirada dessa pele, ela se abriu e floresceu. Piegas, hã? Na verdade, não. Era mágico. Observar uma pessoa se libertar de alguma coisa e florescer.

Não sei dizer de que Cima se libertou.

Adorava vê-la sentada na banqueta que cortei na altura de um sofá, inclinando-se sobre Bangley e falando gentilmente com ele, não de médica para paciente ou com a bondade de uma religiosa, mas com respeito, com humor, como dois amigos. Adorava observá-la verificando a tala, refazendo os curativos. Os movimentos eram mais seguros, até mesmo mais seguros que quando cuidava do jardim comigo — a diferença entre uma segunda natureza meio ressentida e a segurança do orgulho, da habilidade conquistada com esforço e serenidade. Adorava ficar olhando ela tirar os cachos escuros do rosto e amarrá-los com um cordão, ou quando ela alongava os braços compridos e passeava sob o brilho do Sol de verão, andando pela rampa onde os carneirinhos estavam amarrados a uma cerca que Papi construíra debaixo da sombra de um salgueiro. Adorava quando se despia e mergulhava no lago ao lado do rio e depois parava em meio aos respingos de água. Naquela primeira noite, me chamou assim. Ela era simplesmente o ser mais lindo que Big Hig já vira.

Dormíamos ao relento, no chão, onde eu sempre dormira. Com Jasper. Mas fizemos um biombo de salgueiro, abrimos dois sacos de dormir e os espalhamos em um colchão de casal que tiramos da minha casa, aquela com terraço, e dormia como nunca dormira antes, não desde. Sempre dormíamos abraçados, com os braços e as pernas entrelaçados de uma forma que nunca fora capaz de fazer com ninguém. Acordava no meio da noite como sempre fazia, apoiava a cabeça nos braços e ficava olhando as estrelas, contando constelações e inventando outras, mas agora fazia isso com a pressão do cotovelo dela na minha bochecha — tirava-o gentilmente —, seus cabelos na minha boca, a coxa sobre a minha, com a sensação de ter sido poupado e de ter sido abençoado.

Ainda assim, algumas noites eu ficava angustiado. Sofria por saber da natureza efêmera da minha felicidade presente, como acontecia com qualquer perda, qualquer passado. Vivíamos tensos, se é que algum dia já vivemos com tranquilidade. Quem sabia que ataque, que doença. Aquela duplicidade novamente. Era semelhante a voar: a imobilidade e a velocidade, serenidade e perigo. A maneira como conseguíamos englobar o espaço com a Fera, parecendo não sair do lugar, aquela sensação de estar dentro de um quadro.

Fazíamos amor como se tudo fosse novidade. Talvez porque tivéssemos de fazer tudo de forma muito suave, lentamente. Às vezes, ela se movimentava sobre mim e me levava tão gentilmente para dentro dela, envolvendo-me com as pernas, e ficávamos deitados tão imóveis que as estrelas atrás dela se mexiam, e nossos movimentos eram infinitesimais, como uma conversa, enchendo-me de uma felicidade, uma onda de alegria impossível de descrever.

Papi ficou com a casa ao lado da casa de Bangley, pegou um quarto no andar de cima com vista para o campo de aviação, sempre tático. De certo modo, os dois eram farinha do mesmo saco. Colocou sacos de areia em uma das janelas e se apresentou para Bangley certa manhã, perguntando com deferência se poderia pegar emprestado um dos fuzis dele, o Sig Sauer. Bangley já estava bom o suficiente então. Já era o décimo ou décimo primeiro dia. Estava bem o bastante para se sentar no sofá, analisar Papi e falar com os lábios costurados.

O outro cara mais velho, resmungou Bangley. Aquilo foi a primeira coisa que disse.

Papi esboçou um meio sorriso forçado e pensei, positivo: os dois sorriem igual. As mãos de Bangley estavam enfaixadas, e Papi o cumprimentou tocando seu antebraço. O gesto foi tocante e respeitoso.

Você lutou com bravura.

Bangley olhou para ele com a firmeza daqueles olhos que conseguem fragmentar, tornando-se caleidoscópicos. Não respondeu.

Eram dez ou doze, não? Talvez três armados.

Catorze, murmurou Bangley com voz áspera. Catorze e quatro.

Papi assentiu.

O que caiu pelo telhado?

Pedra. Ou outra porcaria. Tinham um maldito canhão leve.

Recolheram os mortos.

Bangley fez sua melhor simulação de um sacudir de ombros.

Acho que sim, gemeu. Depois de alguns minutos de silêncio, continuou. Eles se agruparam uma vez.

Sua garganta raspou e ele a limpou.

Pensaram que estava morto. Na casa. Acertei-os com o lançador de granadas. Peguei mais dois a caminho daqui. Foi o suficiente. Para eles.

Bangley analisou aquele que vinha supondo ser seu novo amigo.

Com quem você esteve? Perguntou por fim.

Com a marinha SEALs, respondeu Papi. Afeganistão. E em outros lugares.

Bangley tentou fazer um gesto de aprovação.

Vestiam-se como malditos mongóis. Seis eram mulheres. Tinham arco e flecha. Sabiam como...

Bangley se calou, seus olhos reviraram, buscando na memória. Um tremor sutil percorreu seu corpo.

Papi esperou. Se soubessem.

Estive pensando, disse Papi por fim. Peguei a casa aqui ao lado, na direção nordeste. Estive pensando se poderia pegar emprestada aquela Sig por enquanto. Enquanto você está no hospital.

Bangley demorou algum tempo para tornar a focalizar. Quando o fez, assentiu lentamente. Aquela é sua filha? Foi sua resposta.

< >

Levei-a para ver as famílias. Ela quis ir assim que aterrissei com Papi. Levou sua maleta de médica. Pousamos na estrada e eles foram saindo de todo lugar, alguns correndo, alguns mal conseguindo andar, aglomerados como uma companhia desordenada ao longo da linha da quarentena no pátio. Saímos e observamos sua expressão mudar enquanto Cima se aproximava. Os olhos com olheiras escuras se arregalavam de surpresa, os queixos caíam, os pequeninos pareciam cervos curiosos e assustados, esticando os pescoços. Se tivessem orelhas giratórias, teriam-nas girado, os olhares se voltavam para as mães, empolgados.

Cima ultrapassou a linha de segurança, e todos se afastaram meio passo para trás, abrindo um espaço diante dela. Ela estendeu a mão longa, forte e com manchas roxas.

Está tudo bem, sou médica.

Como se aquilo explicasse alguma coisa. Sorriu. Percebeu como soava absurdo e arcaico.

Oi. Meu nome é Cima.

Deve ter sido seus hematomas, a percepção repentina da fragilidade dela, de ter sobrevivido a uma terrível doença. Alguns faziam um aceno de aprovação, sorriam, mas. Eles a analisavam com certa fascinação, uma curiosidade que quase superava o medo, eram boas-vindas entre pessoas afins. De um ser que talvez fosse de algum modo como eles, não sabiam ao certo de que maneira. E diferente também, diferente o suficiente para despertar forte encantamento. Bem. Eles eram menonitas. A visitação era parte de seu conhecimento. Pensei que fosse o anjo descendo. Pela primeira vez, fiquei parado no pátio sem saber do que fazer das minhas mãos grandes, sentindo-me como carne picada, rindo, surpreso e desconfortável.

E. Ela era médica. Mas.

Cima — chamei.

Ela se virou.

Eles...

Eles. Claro que sabia que eram contagiosos. Faláramos sobre isso minutos antes.

Ela levantou uma das mãos, um gesto de "está tudo bem", e em parte me dispensando, e tive de rir novamente. Como os tempos mudam. Eles se reuniram em círculo em volta dela e compreendi que ela os havia seduzido, ou ganhado sua confiança, e que já a amavam como eu a amo. Percebi nos primeiros instantes.

As crianças estendiam os braços, agarrados à sua saia. Uma garotinha, acho que o nome dela era Lily, Lily a agarrava como um filhote de urso se agarra a uma árvore.

Oi! Ouvi Cima cumprimentando os pequenos. Oi. Você é linda. Como você se chama? E você? E esse mocinho bonito?

O encantamento de ser tocado por um estranho. De não ser mais intocável.

Estava preocupado, mas. As possíveis consequências quase valiam a pena, só por essa cena.

Ela foi levada para um quarto na velha casa da fazenda, o que fora chamado naquela época, de forma bizarra, de salão, e examinou todos eles. Ela vestiu luvas de látex. Consegui vê-las em suas mãos quando abria a porta da cozinha e chamava o próximo. Gentilmente. Acho que tinha um arsenal na maleta. Deu pontos em cortes fundos, fez curativos, pedia baldes de água morna. Soube que deu conselhos a um idoso cujo choro podia ser ouvido do lado de fora da porta da cozinha. Ela me disse que eu poderia me aproximar, poderia me misturar. Era uma ideia equivocada. Como hepatite C, explicou. Como o HIV costumava ser. Através da transferência de fluidos, de sangue. Caso contrário...

Ideia equivocada que salvou suas vidas. As placas enormes nas cercas, no limite das suas terras: TEMOS A DOENÇA. O terror que causava. A verdade contada por todos os que tinham binóculos para ver: vultos enfraquecidos, inclinados, como se estivessem contra um vento forte, movimentos exauridos, olhos esvaziados.

Mantinha todos afastados, todos os invasores, a doença preservava suas vidas enquanto os matava.

Voltamos em silêncio no avião, apesar dos bons fones de ouvido.

Naquela noite, deitamos ao lado da berma, juntinhos. Os dois de costas, ambos analisando recifes de nuvens luminosas que foram desmanchadas pelos topos das montanhas, lavados por uma meia-lua e estremecidos por dentro, pelo calor dos raios. Observei as nuvens passando, esperando que uma boa chuva nos mandasse para dentro do hangar, terminando como companheiros de quarto de Bangley. O campo poderia tirar proveito da chuva. Ela disse

Tivemos alguns estudos no final. Relatórios convincentes.

Sobre a doença?

Aham.

Esperei.

Os estudos sugeriam que o início da doença autoimune era acelerado por um colapso na capacidade do corpo de produzir sua própria vitamina D. Um mecanismo muito curioso. Semelhante à AIDS com as células T. Quero dizer, se houver alguma analogia conhecida.

Fez uma pausa, observou as nuvens.

Adoro quando você fala assim.

Ela deu uma cotovelada na minha orelha.

Não houve evidências de que o inverso era verdadeiro. Ainda não haviam conseguido ir tão longe. Era tudo tão novo.

De que a vitamina D poderia retardar o processo?

Sim.

Talvez tenhamos de fazer uma visita ao Walmart.

Ela ficou em silêncio. Olhávamos as nuvens. Elas se desfaziam, mas não engrossavam. Não sobre nós. A chuva, se houve alguma, ficou nos picos.

Ei, murmurei, quer ouvir meu poema predileto? Foi escrito no século 9º, na China.

Achei que ela estava perdida em pensamentos médicos, mas a senti estremecendo encostada em mim. Não o estremecimento dos pesadelos que Jasper às vezes tinha, mas o estremecimento de se soltar, de deixar-se levar.

< >

Foi nesse dia ou perto dele. É o melhor que posso dizer. Bangley ticara o calendário no meu hangar até o dia do ataque, o que achei de profunda consideração. Mas. Portanto, sabíamos que aconteceu no dia 19 de junho. No entanto, não sabíamos durante quantos dias ele ficara deitado atrás do Canto Vermelho. Pelo menos uma semana, ele achava.

Foi mais ou menos no dia 4 de julho, estava trabalhando no jardim. Matando pulgões da batata, um de cada vez. Cima estava com as famílias. Eu a deixara lá de manhã e ela pediu que fosse buscá-la para o jantar, ela queria ficar lá o dia todo. Estava distribuindo uma infusão de vitamina D, mas sabia que era pelas crianças. Cima não conseguia ficar longe delas.

Estava trabalhando na horta. Ela estava fora. Bangley jogava xadrez com Papi. Era o que faziam. Sentavam-se na varanda da minha casa, nas cadeiras que rangiam, e jogavam xadrez como se ali fosse um armazém no campo em uma paródia apocalíptica de uma pintura de Norman Rockwell. A bengala de Bangley apoiada no parapeito. Ele era melhor no xadrez, mas sua mente vagava e Papi o vencia.

Estava esmagando pulgões entre os dedos e ouvi um som que ouvia com bastante frequência, então não levantei os olhos. Mas. Fazia muito tempo. Suspendi a cabeça, contraindo os olhos contra o Sol, e lá estavam: dois rastros de vapor. Paralelos, mas um mais atrás. E o ruído distante do ronco dos motores se afastando.

Não estou sonhando, não.

Nunca correra tão rápido. Em anos. Cheguei à Fera, apertei a chave geral e liguei o rádio. Tinha um escâner Narco que mostrava os dígitos. As frequências aumentavam com o silêncio, e nada. Estática. Os números ficavam rodando, rodando. Pararam como uma roleta. Pausa, desgaste. Antes de apertar o botão do microfone, obriguei-me a escutar e não consegui entender. Era árabe. Tinha de ser. Uma conversa, risadas. Na direção oeste a nove mil metros. Provavelmente indo para a Califórnia. Lá de cima, nós, nosso aeroporto, não seria distinguido do restante da paisagem, com a infraestrutura decadente. Chamei diversas vezes. *Dois jets 747, Erie, Boeing 747 que acabou de sobrevoar Denver, chamando de Erie.* Continuei chamando. Até ficar rouco e os rastros de fumaça transformarem-se em uma lembrança, uma miragem. Olhava fixamente para eles, espantado. Bom ou ruim?

Exatamente uma semana depois, mais dois. Mais ou menos na mesma hora. E na semana seguinte. Na quarta semana, nada. Os quatro se juntaram na varanda à tarde como que esperando por fogos de artifício ou algum dignitário. Nada.

< >

Pode ser que tenham imunidade, comentou ela. Uma raça poderia ser imune. Ou grupos imunes. Os países árabes são tribais. Uma tribo inteira poderia ser imune.

Em setembro, mais dois sobrevoaram. Nunca responderam minhas chamadas.

< >

Dormimos ao relento durante o mês de outubro. Quem sabe também no inverno. Como Jasper e eu costumávamos fazer. Empilhando os acolchoados. Dormindo com gorros de lã em noites de geada, apenas com os narizes para fora. Cabeça com cabeça ou bumbum com bumbum. Damos nome às constelações do inverno e quando as que sabemos acabam — Órion, Touro, Plêiades, a Carruagem — nós as inventamos. As minhas quase sempre são animais, as dela quase sempre comida — Panqueca com Calda, Caranguejo de Casca Mole Gratinado. Tenho uma para um cachorro brigão que adora peixe.

< >

Ainda sonho que Jasper está vivo. Caso contrário, meu coração não aguenta.

< >

Meu poema favorito, aquele de Li Shang-Yin:

Quando estarei em casa?

Quando estarei em casa? Não sei.
Nas montanhas, em meio à noite chuvosa,
O lago de outono inundou.
Algum dia estaremos juntos novamente.
E à luz de velas nos sentaremos à janela com visão para o oeste
Então lhe direi o quanto me lembrei de você
Esta noite, nessa tormentosa montanha.

Agradecimentos

Muitos amigos e minha família contribuíram na forma de insight e energia para fazer este livro. Aos meus primeiros leitores, Kim Yan Heller, Lisa Jones, Jay Heinrichs, Rebecca Rowe, Heeri Thorpe, John Heller, Pete Beveridge e Caro Heller, sou imensamente grato. Não tenho palavras para agradecer. Lisa, como sempre, foi uma leitora e uma guia destemida e valiosa. As palavras de Helen vieram no momento perfeito. John e Caro, meus pais, foram modelos de coragem e criatividade.

Pela leitura e conhecimento, agradeço infinitamente a Jason Hicks, Jeff Streeter, Donna Gershten, Mike Gingeler, Kirk Johnson. E também a Jason Eliott, da marinha americana. Obrigado a Jamis Hallowell, Nathan Fischer, Mark Lough, Ted Steinway e David Grinspoon pela ajuda.

Carlton Guise foi fonte de grande inspiração. Bobby Reedy me levou a um riacho muito especial com uma vara de pesca anos atrás. E obrigado a Bobby e Jason Eliott por me iniciarem no mundo temível e poderoso de um fuzil de precisão.

Obrigado a Brad Wieners pela primeira história sobre pesca com mosca artificial, e todas as outras.

< Agradecimentos >

Muitos amigos e minha família contribuíram na forma de *insight* e energia para fazer este livro. Aos meus primeiros leitores, Kim Yan Heller, Lisa Jones, Jay Heinrichs, Rebecca Rowe, Heen Thorpe, John Heller, Pete Beveridge e Caro Heller, sou imensamente grato. Não tenho palavras para agradecer. Lisa, como sempre, foi uma leitora e uma guia destemida e valiosa. As palavras de Helen vieram no momento perfeito. John e Caro, meus pais, foram modelos de coragem e criatividade.

Pela leitura e conhecimento, agradeço infinitamente a Jason Hicks; Jeff Streeter; Donna Gershten; Mike Gugeler; Kirk Johnson. E também a Jason Eliott, da marinha americana. Obrigado a Janis Hallowell, Nathan Fischer, Mark Lough, Ted Steinway e David Grinspoon pela ajuda.

Carlton Cuse foi fonte de grande inspiração. Bobby Reedy me levou a um riacho muito especial com uma vara de pesca anos atrás. E obrigado a Bobby e Jason Eliott por me iniciarem no mundo temível e poderoso de um fuzil de precisão.

Obrigado a Brad Wieners pela primeira história sobre pesca com mosca artificial, e todas as outras.

David Halpern tem sido um amigo e um campeão há muitos anos. Sem ele este livro não teria se realizado. Sou profundamente grato. Obrigado a Kathy Robbins por tudo. A Louise Quayle pelo excelente trabalho. E a Charlotte Mendelson pelo discernimento e entusiasmo.

À minha excepcional editora, Jenny Jackson, faço um brinde.

E a Dave Hoerner, um dos melhores pilotos de aviões pequenos em áreas inacessíveis que já esteve no ar, obrigado por me ensinar a pilotar um avião.

< Nota sobre o autor >

Peter Heller é mestre em Belas Artes pela Iowa Writerls Workshop em ficção e poesia. É um premiado escritor de aventura e antigo colaborador da NPR; editor colaborador da revista *Outside, Men's Journal* e *National Geographic Adventure*, e colaborador regular da *Bloomberg Newsweek*. Também é autor de vários livros de não ficção, incluindo *Kook, The Whale Warriors* e *Hell or High Water: Surviving Tibet´s Tsango River*. Ele mora em Denver, Colorado.